D1720268

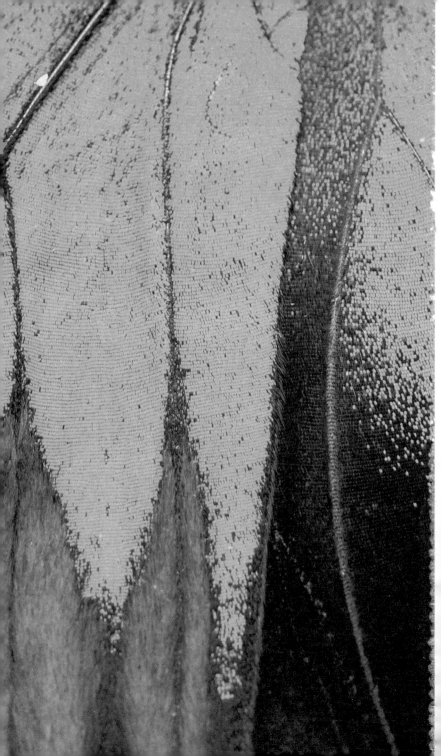

АМЕЛИЯ ГРЭММ

ХРОНИКИ ИНФЕРСИТИ

АМЕЛИЯ ГРЭММ

МОРФО

Москва
2022

УДК 821.161.1-312.9
ББК 84(2Рос=Рус)6-44
Г91

Иллюстрация на переплете и дизайн обложки
Полина Dr.Graf

Грэмм, Амелия.

Г91   Морфо / Амелия Грэмм. — Москва : Эксмо,
2022. — 352 с.

ISBN 978-5-04-111956-0

Говорят, что нет ничего хуже смерти. Флинн тоже так
думал, пока не умер.

Теперь он – один из обитателей бесконечного города
призраков, полного тайн и опасностей. Чтобы выбраться и
исправить ошибки прошлого, Флинну нужно пройти испытания: океан Гнева ждет его, болото Безысходности жаждет
поглотить, а коридор Прощения не отпустит никогда.

А еще этот город хранит множество секретов, которые
мечтают вырваться наружу. Но у Флинна тоже есть тайна,
и больше всего на свете он боится, что кто-нибудь о ней
узнает...

УДК 821.161.1-312.9
ББК 84(2Рос=Рус)6-44

ISBN 978-5-04-111956-0

1 ВОДЫ БЫЛОГО

Придя в себя, Флинн понял, что влип. Конкретно так влип. Он лежал в небольшой лодке посреди моря и не мог пошевелиться: руки и ноги были крепко связаны. Флинн хотел поднять голову, но не вышло: от боли она превратилась в гирю. В глазах потемнело, мерзкий ком подкатил к горлу, стало трудно дышать. И дернул же черт связаться с этими подонками! Теперь придется расхлебывать по полной. Целое море в его распоряжении!

— Давай быстрее, у нас мало времени, — раздался чей-то холодный голос.

Страх разъедал изнутри, тело почти не слушалось, но Флинн все же смог найти силы и приподнялся. На носу лодки сидел наемный убийца, в этом не было сомнений. Настоящий профессионал, не какой-нибудь тупой громила. Да уж, мистер Баедд раскошелился. Таких нанимают разве что для устранения высокопоставленных лиц; один точный выстрел — и дело сделано.

Мужчина был одет просто, но элегантно: черное двубортное пальто, дорогие туфли, брюки со стрелками. Руки, скрытые кожаными перчатками, покоились на коленях. Лицо его словно было высечено умелым скульптором: прямой нос, острые скулы, волевой подбородок. Черные волосы идеально уложены — воплощение безупречности. Но больше всего поражали глаза незнакомца — абсолютно пустые.

— У меня нет того... того, что вы ищете, — с запинкой проговорил Флинн, облизав пересохшие губы. — Мистер Баедд зря потратил деньги.

Мужчина медленно сцепил руки в замок, не проронив ни слова. Двигался он странно, немного неестественно. Флинн с трудом поднялся и сел, подтянув к себе ноги.

— Я не знаю, где конверт. Я его потерял, когда меня преследовали, — полушепотом продолжил он.

Флинн понимал, что нет смысла врать, оправдываться, умолять, ведь сейчас его все равно убьют. Мистер Баедд не прощал ошибок.

— Я тут не из-за мистера Баедда, — ледяным тоном сказал мужчина.

А вот такого поворота Флинн никак не ожидал.

— Выкуп за меня вы не получите, у моей семьи нет денег, — признался он.

— Деньги меня не интересуют.

«Мои органы ему тоже без надобности, иначе бы я и не проснулся, но тогда... Черт!» — подумал Флинн, и внутри у него все оборвалось. Оставался самый страшный вариант из всех возможных — перед ним маньяк. А это означало только одно: смерть будет долгой и мучительной.

Флинн лихорадочно искал пути спасения. Если он выпрыгнет из лодки, то все равно утонет, руки-то связаны.

— Я не маньяк. И не советую прыгать за борт. Вода тебе уже не страшна, а вот то, что обитает в ней, — представляет угрозу, — ровным голосом произнес мужчина.

Флинн от удивления открыл рот. Чертовщина какая-то. Неужто этот тип умеет читать мысли? Нет, это невозможно! Скорее догадался, ведь все жертвы думают одинаково.

— Тогда зачем вы похитили меня?

— Я не похищал.

Флинн только сейчас понял, что мужчина разговаривал совсем без интонаций. Ровным, бесцветным голосом, без намека на какие-либо эмоции. Не человек, а машина с железным сердцем.

— А кто же тогда меня связал? — спросил Флинн.

— Уж точно не я, — ответил мужчина, смахивая со своего плеча невидимые пылинки. — Повторяю: у нас мало времени. Соображай быстрее.

— Что я должен сообразить?! — Флинн дернулся всем телом, пытаясь ослабить веревки, но тщетно: тот, кто его связал, знал свое дело. — Если не вы меня похитили, то помогите освободиться. Развяжите!

Но незнакомец не отреагировал, по-прежнему сохраняя невозмутимое спокойствие.

— Даже если бы захотел, не смог бы. Пока не поймешь, не освободишься. Ты лучше осмотрись.

Громко дыша от нахлынувшего раздражения, Флинн все же огляделся. Безмятежное свинцовое море, густая белая мгла и пугающая тишина: ни крика вечно голодных чаек, ни единого всплеска воды. Мертвый штиль.

— Я не знаю, какую игру вы затеяли, но участвовать в ней я не желаю, — сказал Флинн, собрав остатки храбрости.

Незнакомец вселял в него необъяснимый ужас, хотя Флинн никогда не считал себя трусом. Он был одним из самых бесстрашных в своей банде и самым безрассудным. За это, видимо, и поплатился.

— Давайте так: вы меня развяжете, мы доплывем до берега и разойдемся, — предложил Флинн, но мужчина промолчал. — Понял, договариваться бесполезно...

Из-за всей этой сырости Флинна пробил озноб. Как же он сейчас мечтал оказаться у себя дома, рухнуть на кровать, укрыться пледом и заснуть, забыв обо всем на свете. О мистере Баедде, об этом пугающем незнакомце, о потерянном конверте, о своей дрянной жизни. Как только эта мысль посетила его голову, он увидел нечто, плывущее по воде.

— Что за?.. — не договорил Флинн.

Это был его плед. Он узнал все неотстирываемые пятна и дырку, которую никак не мог зашить, все руки не доходили. Туман стал реже, и Флинн увидел другие вещи. Вот проплыл школьный дневник с кучей двоек, а вот альбом для фотографий с надписью «Мои счастливые моменты» (совершенно пустой). Где-то вдалеке дрейфовало пианино, на котором в детстве его учила играть мать. Она так надеялась, что ее сын станет великим пианистом, но у Флинна не было ни слуха, ни желания исполнять чужие мечты. Деревянный меч, подаренный отцом, ошейник его пса по кличке Ферни, коллекция карточек с мотоциклами, пластинки любимых музыкальных групп, кеды, в которых он выиграл свое первое школьное соревнование по бегу, перочинный нож, полученный на день рождения от лучшего друга, — здесь была вся его жизнь. Прямо-таки барахолка воспоминаний.

— Как тут оказались мои вещи? — с трудом выговорил Флинн: воздух застыл в легких.

— Их принес сюда ты, — ответил мужчина, небрежно окинув взглядом плавающие предметы. — Все это — твое прошлое. И только от тебя зависит, пойдешь ли ты дальше или навеки останешься здесь.

Флинн подумал, что нести полную чушь с таким умным видом могут разве что сумасшедшие, и тут картинка сложилась: перед ним сидел не маньяк, не наемный убийца, а самый настоящий псих. Легче от этого не стало, но появилась хоть какая-то ясность. С умалишенными ему еще не приходилось сталкиваться, поэтому он не знал, чего ждать и как себя вести.

Взгляд Флинна невольно заскользил по морской глади. Перочинный нож подплыл к лодке и теперь глухо бился о деревянный борт, точно кто-то стучал в дверь.

«Странно, почему нож не тонет? Он же из металла, — вяло размышлял Флинн. — Жаль, не дотянуться».

— Ножом эти веревки не разрезать. Я уже говорил, что тебе нужно просто понять, — сообщил мужчина.

— Да что же я должен понять? Я не знаю, где я, не знаю, кто вы, не знаю, зачем вам нужен! — вспылил Флинн, но тут же остудил гнев. Он не должен ему поддаваться.

— Неправда, ты знаешь, кто я, — возразил мужчина. — В глубине души ты знаешь.

— Поверьте — нет! Я вижу вас впервые!

— Хорошо, я дам тебе подсказку, — сказал мужчина. — Слушай внимательно: я тот, кто приходит ко всем и ко всему, я один, но для каждого я разный. Все боится времени, а время боится меня, ведь оно закончится, если я приду. Кто я?

Флинн терпеть не мог головоломки, ему казалось, что их выдумывают всякие умники, чтобы поиздеваться над глупыми, но все же призадумался. У всего на свете есть время. Оно тянется, начиная с рождения, и обрывается, когда приходит... Догадка раскаленной иглой пронзила голову.

— Смерть, — выдохнул он.

Веревки запылали ярким пламенем и в одно мгновение превратились в пепел. Флинн коротко вскрикнул от неожиданности.

9

— Правда освобождает, не так ли? — Мужчина сдержанно похлопал в ладоши. — Меня зовут Танат, — представился он. — Ты прав, я — твоя Смерть.

— То есть вы меня все же убьете? — обреченно спросил Флинн.

— Нет. — Танат покачал головой. — Ведь ты уже мертв. Я твоя Смерть, а не твой убийца.

Флинн больше ни на минуту не сомневался, что этот странный тип сбежал из психушки. Наверное, он долго следил за ним, как-то усыпил, взял ключи от дома, забрал некоторые вещи, скинул их в море, а теперь разыгрывал эту нелепую сцену. Все было ясно как день, правда, фокус с веревками вызывал много вопросов. Возможно, они были пропитаны какой-то самовоспламеняющейся жидкостью; единственное, что Флинн никак не мог понять, почему на руках не осталось ожогов.

— Ладно, — сказал Флинн, разминая запястья. Он решил подыграть. Вдруг появится шанс спасти свою шкуру? — Вы говорите, что я умер, но мертвым я себя не ощущаю. Я испытываю боль, голод, жажду, я чувствую запахи. — Он глубоко вдохнул. Пахло сыростью и рыбой. — Вряд ли такая роскошь доступна мертвецам.

— Ты умер недавно, это лишь отголоски жизни.

— Но прямо сейчас проверить это я не могу. — Флинн пожал плечами. — Вам все же придется меня убедить.

— Ты хочешь доказательств? — безразлично спросил Танат.

— Любой здравомыслящий человек захотел бы.

— Хорошо, я докажу, но ты пожалеешь об этом. — Танат нагнулся. — Посмотри мне в глаза, — приказал он, и Флинн послушался, а после действительно горько пожалел.

10 Мир пропал. Исчез. Хотя нет, это Флинн исчез: упал в черные глаза самой Смерти. Он целую вечность летел во мраке и одиночестве, забыв собственное имя. Когда же из памяти стерлось последнее воспоминание, он растворился в этой бесконечной тьме, став с ней единым целым. Став ничем.

Тьма выбросила Флинна обратно. Он снова находился в лодке посреди туманного моря и кричал. Долго и пронзительно. Новообретенный мир казался ему чужим и пугающим, как будто после падения в бездну для Флинна в нем уже не было места.

— Нет, этого не может быть, — придя в себя, быстро зашептал он. Его взгляд лихорадочно бегал и никак не мог за что-то зацепиться: все кружилось перед глазами.

— Но это так, — ответил Танат. — И в глубине души ты знаешь, что это правда, иначе бы твои оковы не пали.

— Но я не помню, как умер! — Флинн почувствовал себя вывернутым наизнанку.

— Сначала никто не помнит. Настанет время — и ты узнаешь.

— Нет, нет, нет! Это все не по-настоящему, это сон, — убеждал себя Флинн, похлопывая по щекам. — Это кошмар, сейчас я проснусь! — Он начал щипать свои руки, но боль была слишком реальной. Надежда, что это всего лишь дурной сон, разбилась вдребезги, осколки уже не собрать.

— Смерть чем-то похожа на сон. На очень длинный сон, — произнес Танат. — Только вот проснуться ты уже не сможешь, как ни старайся.

— Я не мог умереть! Не мог! — завыл Флинн, раскачиваясь из стороны в сторону. — Мне ведь и семнадцати нет. Я ничего не успел. Почему я? Нет, нет, это все неправда! — Он закрыл лицо ладонями, горячие слезы рвались наружу. Нет, плакать нельзя. — Домой, я так хочу домой...

11

— Ты не сможешь вернуться. Это невозможно. Теперь у тебя только два пути: идти вперед или остаться здесь. Выбирай.

— Вперед? — Флинн резко поднял голову. Его сердце забилось чаще, в сознании замелькал калейдоскоп мыслей. — И что меня ждет впереди? — Голос предательски задрожал.

— Узнаешь, если осмелишься, — сказал Танат, пристально посмотрев на него. — Будущее зависит от человека, что создашь — то и будет.

Флинну показалось, что на лице Таната вот-вот появится усмешка, но нет. Его губы оставались идеально ровными. Одновременно с этим Флинн почувствовал, как кто-то проткнул шарик страха и гнева, распиравший грудь изнутри. Лишние эмоции испарились, стало легче и спокойнее. Он был уверен, что без Таната тут не обошлось.

— А что насчет прошлого? Ведь за него, — Флинн замялся, — наверняка придется расплатиться.

— Да, придется, — кивнул Танат. — Человек после смерти должен вынести некий урок, иначе жизнь была прожита зря.

— То есть меня ждет что-то вроде исправительного лагеря? — предположил Флинн.

— Можно и так сказать, но выбор по-прежнему за тобой: до конца мира скитаться среди руин прошлого или заново построить свое будущее. Предупреждаю: строить всегда сложнее. Будет непросто, очень непросто. Решай, время на исходе. — Танат скрестил руки на груди.

— Да уж, выбора практически и нет, — рассеянно сказал Флинн.

— Он есть всегда, но порой нам сложно принять последствия того или иного выбора. — Танат достал из кармана пальто часы и открыл золотую крышку, на которой был выгравирован знак бесконечности. — Хватит транжирить время, оно все же не безгранично, хоть само и уверено в обратном. Еще минута — и я исчезну.

Флинн с печальным вздохом посмотрел на море. Столько хлама, а ведь когда-то многое из этого он считал настоящим сокровищем. Теперь-то он четко осознавал, что в мире живых есть только одно сокровище — время. И хорошо бы воспользоваться им верно. Флинн так и не смог.

— Ну же, решай, — поторопил его Танат, не отрывая глаз от часов. Он протянул руку.

Флинн посмотрел на ладонь в черной кожаной перчатке. Самое ценное он уже потерял — свою жизнь, — так что терять ему больше нечего.

— Я согласен идти дальше, — твердо произнес он, пожав руку Танату.

Часы издали оглушительный звон, будто внутри них проснулся колокол.

— Что происходит?

— Время пришло, — сказал Танат, убирая часы обратно в карман. — Приготовься.

— К чему? — спросил Флинн и чуть не упал за борт: лодку сильно качнуло.

— К первому испытанию.

2 ДЕМОН ПРОШЛОГО

Туман частично рассеялся, а по воде пошла мелкая рябь, быстро перерастающая в волны. Море волновалось, Флинн тоже.

— Найди какое-нибудь оружие и будь готов рубить головы. Наш гость уже близко, — предупредил Танат.

— Какое оружие? — опешил Флинн. — Тут только мои старые вещи!

Лодку вновь качнуло, на этот раз сильнее. Издалека приближался нарастающий рев — на них надвигалось что-то огромное, голодное и злое.

Не успел Флинн умереть, как его пытаются убить во второй раз. Интересно, есть ли смерть после смерти? Откинув глупые мысли, он еще раз посмотрел на вещи из своего прошлого. Перочинный нож острый, но маленький. Не подойдет. Разве что монстр, идущий за ним, будет размером с форель, но, судя по жуткому реву, эта рыбка покрупнее.

Взгляд Флинна зацепился за старый деревянный меч, подаренный отцом. Он нагнулся и выудил его из воды. Бесполезная деревяшка! Если бы только меч был настоящим.

— Раньше тебе это не мешало, — заметил Танат, вновь читая мысли. — Этот меч сразил немало чудищ.

— Только вот они были воображаемыми. Я тогда просто играл.

— И в чем разница? Все мироздание — это одна большая игра, подчиняющаяся своим правилам. Конкретно это место, — Танат обвел руками пространство, — принадлежит тебе. Это твои воды Былого. Это твоя игра, и здесь будут действовать правила, которые придумаешь ты. Захочешь — и все станет реальностью, а захочешь — и все обратится в прах.

«Моя игра по моим правилам, значит?» — размышлял Флинн, рассматривая деревянный меч.

Краска на рукояти давно облезла, а само «лезвие» было нещадно искусано его псом. Как же с такой рухлядью идти на монстра? Нужно что-то новое и острое. Только Флинн успел подумать об этом, как игрушечный меч, с которым он, издавая боевой клич, весело бегал по улицам, тут же превратился в настоящий.

На море поднялись высокие волны. Они все сильнее качали лодку, как будто мать пыталась убаюкать расплакавшегося ребенка. Рык невидимого зверя оглушил — он близко. Флинн поднял меч и приготовился к бою.

— Почти тут. — Танат достал карманные часы, посмотрел на время и спрятал обратно. — Секунда в секунду. Наш гость сама пунктуальность, — сказал он и каким-то чудесным образом встал на нос лодки, не перевернув ее. — Я отсюда понаблюдаю. Не хочу испачкаться в крови, она плохо отстирывается.

— Так с кем же я буду бороться? — тяжело дыша от волнения, спросил Флинн.

— С демоном Прошлого.

Море успокоилось, а Флинн напрягся: мышцы превратились в сталь, дыхание замерло, сердце пропустило несколько ударов. В воздухе разлился кисловатый запах. Он ждал, что сейчас из тумана появится демон, но вместо него увидел свою мать. Лучше бы это был демон.

Она шла босиком по воде, как по обычной дороге. Подол ее белой длинной рубахи намок и потяжелел, но это не делало шаг матери тяжелым, наоборот, она словно плыла. Такая нереальная, похожая на фантом. Ее длинные светлые волосы слегка шевелились, а бледная кожа чуть заметно сияла. Или это только казалось?

— Мой мальчик, вот ты где. А я везде тебя ищу, — отстраненно произнесла мать, подойдя к Флинну вплотную. — Я так боялась, что потеряла тебя. Не прячься больше от меня, я же волновалась, — неожиданно строго сказала она и нахмурила брови.

— Мама? — все еще не веря своим глазам, прошептал Флинн. — Это действительно ты? Но как? Ты тоже умерла? — Он опустил меч.

— Умерла? — переспросила мать. На ее лице отразилось недоумение. — Что ты такое говоришь? Не выдумывай! Я приготовила ужин, а потом все ждала и ждала, но ты так и не пришел. Я очень долго искала тебя — и наконец нашла. Пойдем домой. Или ты опять хочешь сбежать? — Голос матери зазвенел от гнева, а в глазах сверкнул нехороший огонек.

— Что? Как? Почему? Нет! — Мысли Флинна разбегались в разные стороны. — Я не сбежал, мама! Я умер!

— Глупый. — Мать вдруг рассмеялась, но не обычным смехом, а каким-то лающим, с хрипотцой, будто старый пес задыхался. — Что значит «умер»? Я же с тобой разговариваю. Смотри, я пришла не одна.

16 Из тумана начали появляться люди с блаженными улыбками: все одеты в белое, всех он когда-то знал. Толстяк Корки, с которым Флинн дружил в детстве, пока их пути не разошлись. Он ему попросту надоел. Таких навязчивых еще поискать надо, а Флинн всегда ценил личное пространство. Темноволосая красотка Лейда — та еще штучка. Ее соблазнительная родинка над верхней губой вскружила голову многим

парням. Они пару раз пересекались на вечеринках, флиртовали, но до дела так и не дошло. Почему? Флинн и сам не знал. Рябой Доггид — парень из его банды, тот еще проходимец. Если бы ему предложили выгодную сделку, он бы и вставную челюсть родной бабушки продал прямо вместе с ней. Столько знакомых лиц и ни одного родного. Кислый запах стал еще навязчивее.

— Привет, Флинни! — весело крикнул Корки, и его пухлые щеки расплылись в стороны, освобождая место улыбке. — Слушай, давно не виделись. Давай с тобой сходим в магазин пластинок. Наша любимая группа «Вообрази гориллу» выпустила новый альбом, хочу купить. Уверен, мы классно проведем время!

— Флинн, а ты мне всегда нравился. — Жаркое дыхание Лейды обожгло его шею. — Я не буду против, если ты пригласишь меня на свидание. Помнишь? Ты хотел повести меня в кино, но мы можем обойти этот пункт и сразу зависнуть у меня. — От одного ее чувственного голоса у Флинна все внутренности свернулись узлом.

— Эй, дружище! — подал голос Доггид. — Не бойся, я все разрулил с мистером Баеддом. Все схвачено! Можешь спокойно тащить свой зад обратно, тебя никто не тронет. Знал бы ты, чего мне это стоило! Вовек не расплатишься, уж поверь мне.

«Что здесь творится? Где демон, о котором говорил Танат?» — мысленно спрашивал себя Флинн, но ответа не находил.

— Мальчик мой, что с тобой? — спросила мать, взяв его за руку. — Ты не рад нас всех видеть?

Он хотел что-то сказать, но не смог: слова испуганными птицами вылетели из головы, оставив после себя молчание. Из глубины сознания поднялась первая внятная мысль: «Пора делать ноги».

Флинн почувствовал острую, ни с чем не сравнимую боль. Что-то вцепилось в него мертвой хваткой.

Он опустил глаза. Вместо ногтей у матери были самые настоящие когти, как у хищника. Она впилась в его руку, загнав их глубоко под кожу.

— Я не позволю тебе вновь сбежать от меня, — сказала мать, и глаза ее превратились в две узкие щелки. — Ты мой, ты останешься со мной.

— Флинн, неужто ты хотел сбежать и от меня тоже? — обиженно протянула Лейда.

Она обняла его за шею и приблизилась, как если бы хотела поцеловать, но делать этого не стала. Девушка хитро улыбнулась, показав жемчужные зубы, и отстранилась, но руки с шеи не убрала. Ладони у нее стали холодными и влажными. Флинн испытал ту же боль, что и раньше: Лейда тоже впилась в него когтями. В этот раз он не сдержался и вскрикнул.

— Что вы делаете?! — заорал Флинн, широко распахнув глаза от ужаса.

— Мы хотим, чтобы ты остался с нами, — хором сказали призраки прошлого и одновременно вонзили в него ядовитые когти.

Десятки рук обхватили Флинна со всех сторон, заключив в живой кокон. Тело горело без огня, а его крик тонул в потоке голосов:

— Ты принадлежишь нам, ты не можешь уйти. Ты наш. Навеки наш. Не уходи, постой. Не бросай нас! Мы не сможем без тебя, а ты не сможешь без нас.

Внезапно призраки умолкли. Они сделали пару шагов назад, но это не освободило Флинна: когти остались в нем, от них к пальцам призраков тянулись сияющие нити. Он попался, угодив на сотни крюков своего прошлого.

— Теперь ты наш-ш-ш, — прошипела мать. — Наш-ш-ш мальч-ч-чик принадлеж-ж-жит только нам.

Флинн ощутил связь — мощную и несокрушимую. Ему казалось, что все эти люди привязали его к себе не тонкими нитями, а стальными тросами, которые никому не под силу порвать. И чем дольше он вот так стоял, привязанный к прошлому, тем больше убеждался, что все так и должно быть. Зачем ему куда-то идти, что-то делать? Зачем выходить в открытое море будущего? Ведь впереди сплошная неизвестность. В пути может начаться шторм, или же, наоборот: не будет попутного ветра и паруса его жизни так и не надуются. Лучше уж остаться здесь, в гавани прошлого. Тут так безопасно, так привычно.

— Не поддавайся, — шепнул ему Танат.

Флинн обернулся. Он уже и забыл, что сзади него черными крыльями нависала его Смерть.

— Демоны не всегда выглядят как чудища. Они рождаются из людских слабостей и растут, питаясь страхами, — продолжил Танат, хладнокровно наблюдая за происходящим. — Борьба с демонами — это борьба с собой.

— Да, все так... Вы — ненастоящие, — обратился Флинн к толпе призраков. — Всего лишь мои воспоминания, осколки прошлого. Вы живы, а я — нет. У нас разные дороги.

— Ты так жесток, мой мальчик, так жесток, — запричитала мать, прислонив холодную и скользкую ладонь к его щеке. — Не говори таких слов, они больно ранят меня. Мы должны быть вместе. Навеки вместе. — Она улыбнулась, обнажив ряд острых зубов. Едкий кислый запах уже разъедал легкие.

Флинн покрепче сжал рукоять меча и сделал то, что должен был. Он высоко замахнулся, и лезвие сверкнуло возле матери. Сияющие нити упали в воду.

— Больно! — прокричал Флинн и согнулся пополам. Он будто отрезал часть себя.

— Рвать с прошлым всегда больно, — заметил Танат.

Мать с душераздирающим воплем и остекленевшим взглядом упала на колени. Она подобрала нити и прижала их к груди, а после все кричала и кричала, пока ее кожа не начала вздуваться и лопаться. Флинна чуть не вывернуло от этого зрелища. Следом закричали и другие призраки. Воздух задрожал, а море стало рождать волны.

И тут демон показал себя во всей красе: вместо человеческих лиц возникли бесчисленные головы громадного змея. Его белая чешуя призрачно светилась, а сотни белесых глаз устремились в одну точку — и этой точкой был Флинн. Чудище синхронно покачивало головами, точно гипнотизировало. Оно тихо шипело, напевая зловещую колыбельную, которая проникала в самые отдаленные закоулки души, вытягивая на свет потаенные желания.

Все головы змея в одно мгновение оказались рядом, окружив Флинна ужасающим куполом из глаз, острых клыков и подрагивающих раздвоенных языков.

— Мальч-ч-чик, как ты пос-с-смел с-с-совер-ш-ш-шить такую дерз-з-зос-с-сть, — прошипел демон сотнями голосов. — Ты не с-с-смож-ж-жеш-ш-шь без-з-з нас-с-с, мы нуж-ж-жны тебе.

Белесые глаза расширились, и Флинн увидел в них свое прошлое. Как он играл с отцом в футбол, а в это время бабушка ждала их дома, приготовив целый поднос орехового печенья. Этот вкус не забыть никогда. Как хохотал до боли в животе, когда Ферни резвился в высокой траве. Розовая лента языка смешно прилипала к носу пса, стоило тому сделать очередной прыжок. Флинн видел то время, когда его мать еще не болела, а их семья была счастлива. Когда у него еще была семья...

Воспоминания мелькали перед ним, как дома и деревья мелькают в окне поезда. Вот они с Корки пошли на концерт любимой рок-группы «Вообрази гориллу». Флинн до глубокой ночи заслушивался их песнями, постоянно проигрывая пластинку, пока мать не начинала громко стучать в дверь, требуя тишины. Как же было здорово наконец-то услышать любимую музыку вживую и на полную мощность! Уши закладывало, тело начинало двигаться само по себе, а сердце подхватывало знакомую мелодию и учащенно билось, повторяя ее ритм.

Вдруг Флинн перенесся в момент, когда впервые увидел Лейду. Вечеринка, она болтала с какой-то девчонкой и скучающе перебирала пряди своих волос. Он стоял поодаль и бессовестно пялился на ее красивые губы, глаза, тело. Тогда Флинна впервые липкими лапами коснулось совершенно незнакомое чувство: вожделение. В мыслях он позволил себе многое, очень многое, и даже не стыдился этих откровенных фантазий. Лейда поймала его жадный взгляд и ответила соблазнительной улыбкой. Фантазии стали еще бесстыднее.

Воспоминание о первом увлечении утекло куда-то во тьму, но тут же появилось новое: первый день в банде. Они с Доггидом убегали от полиции, пытаясь затеряться в недостроенном здании, но хруст бетонной крошки под ногами постоянно выдавал их. Найдя какую-то подсобку, загороженную стальными листами, они кое-как протиснулись внутрь и притаились. Полицейские потеряли след и теперь шли неторопливо, внимательно осматриваясь по сторонам. В подсобке было душно, воняло сыростью и ржавчиной. Доггид шепнул: «Замри». Бетонная крошка хрустнула под тяжелыми сапогами полицейского. Флинн перестал дышать. Казалось, что его сердце вот-вот начнет высекать искры, настолько бешено оно стучало о ребра. Яркий луч фонарика юркнул в щель между листами и резанул по глазам. Шаги начали отдаляться. Пронесло! От пережитой погони внутри Флинна взорвалась адреналиновая бомба, и, признаться, ему чертовски понравилось это чувство. Он подумал, что быть членом банды — очень круто. Знал бы тогда он свое будущее, сам бы себе врезал за такие мысли.

И это воспоминание смыло на дно памяти, и вместо него волной накатилось другое. Флинн совсем маленький. Его голова лежала на коленях матери, летнее солнце светило ярко, пробираясь под веки разноцветными бликами, теплый ветерок касался щеки. Пахло персиками: мать любила фруктовые духи. Она что-то напевала себе под нос и нежно гладила Флинна по волосам. Так спокойно и хорошо. Он нехотя разлепил веки и посмотрел на мать. Она улыбалась. Сердце окутало забытое тепло. Он так давно не видел ее улыбки. Когда же все изменилось? Когда его жизнь начала рассыпаться на части? И тут Флинн вспомнил другую сторону своего прошлого: и голодные времена, и одиночество. То время, когда буквально все катилось в тартарары, и часто он сам подливал горючее, ускоряя процесс: ушел из дома, связался с дурной компанией, стал заниматься мутными делами, мало заботясь о последствиях.

В белесых глазах Флинн много раз видел самого себя — светловолосого парня, которому не исполнилось и семнадцати. Бледная кожа, ярко-синие глаза, поджарый и гибкий. Внешне он был копией матери, и это ему не нравилось. Ему в себе не нравилось абсолютно все, в чем он был похож на нее. Вдруг в глазах змея промелькнул образ бабочки с синими крыльями. Флинн дернул плечами, прогоняя наваждение.

22   — Не-е-ет! — взревел он, замахнулся и слепо рубанул мечом.

Одна из голов отделилась от длинной шеи и с всплеском упала в воду. Остальные взвыли, почувствовав боль собрата. Флинна было уже не остановить. Он рубил направо и налево, отсекая все больше голов демона Прошлого, который и не думал сдаваться. То и дело в руки и плечи Флинна вонзались острые клыки, отравляя его ядом сомнения, но он боролся, боролся так отчаянно и смело, как никогда раньше. Нет, ему нельзя увязнуть здесь, вечно скитаясь в этих туманных водах, полных мнимого счастья. Он не хочет тлеть на останках своего прошлого.

Взмах. Поворот. Ниже! Еще одна голова полетела вниз. Выпад! Лезвие сверкало, отсекая болезненные связи. И каждый раз Флинн чувствовал, что собственное тело разрывается на части. Боль демона эхом отдавалась в нем, но это не остановило его. Еще чуть-чуть, осталась самая малость!

— Прошлое всегда будет частью моей жизни, но жить им вечно я не хочу! — прокричал Флинн, отрубив последнюю голову демона.

Она упала в лодку, окрасив ее белой кровью. Вещи, плававшие в водах Былого, одновременно пошли ко дну.

Флинн будто выдыхал огонь — так сильно полыхало в груди; пот градом катился по лицу, а мышцы казались раскаленной сталью. Дрожь волной прокатилась по телу. Он посмотрел на свои руки. От укусов и когтей не осталось и следа — даже легкой царапины. Воздух очистился от удушающего кислого запаха. Все кончилось.

— Браво, — похвалил Танат. — Ты отлично справился.

Выбросив меч за борт, Флинн устало рухнул на дно лодки.

— Я и не думал, что будет так сложно, — признался он, запрокидывая голову.

— Бороться с собой всегда нелегко, — сказал Танат и обернулся.

— И что дальше? — спросил Флинн, чувствуя полное опустошение: демон Прошлого выпил всю силу до капли.

— А дальше — надежда.

Где-то вдалеке зажегся маяк. Лодка с рывком понеслась вперед, словно кто-то потянул за невидимую веревку, привязанную к носу.

Флинн неподвижно сидел и думал о том, как же резко изменилась его судьба: буквально вчера весь мир принадлежал ему, все дороги только и ждали, когда он пройдет по ним. Но это было вчера. Сейчас же он плыл навстречу неизвестности, пытаясь отыскать в сердце хоть маленькую надежду.

3 НА ДРУГОЙ СТОРОНЕ

Туман ушел куда-то за горизонт. Тьма распространилась так быстро, что Флинн даже не успел удивиться. Он почувствовал себя слепым: в глаза точно чернил залили. Ему показалось, что их с Танатом выбросило куда-то к Плутону, туда, где есть только холод, мрак и одиночество. И лишь крохотный огонек маяка сиял для них подобно далекому Солнцу. Далекому и безразличному.

Флинн поежился от гнетущих мыслей, забивших голову, но тут же отвлекся: вдоль бортов зажглись вереницы продолговатых фонарей. Лодка будто надела сияющую юбку. Вместе со светом пришла и крохотная надежда. Она зацепилась за ребра и начала расти, окутывая сердце теплым коконом.

Маленькая белая лодка быстро рассекала чернильные воды, но маяк никак не желал приближаться. Флинну подумалось, что это какая-то игра: только они подплывали ближе, как тот отдалялся. Танат тоже это заметил. Он встал на нос лодки, достал из кармана подзорную трубу и посмотрел в нее.

— Прекрати бояться, — сказал Танат. — Твой страх не дает подплыть к маяку.

25

— Легко сказать, — мрачно отозвался Флинн. — Я все еще смутно представляю, что меня ждет впереди.

— Тебе дадут шанс все исправить.

— А что будет, если у меня не получится? — Голос Флинна дрогнул.

— Все люди одинаковые. — Танат покачал головой. — Вы предпочтете плавать в своем ужасном прошлом, боясь открыться чему-то новому, даже не зная, каким оно будет.

— Но я ведь уже отбросил прошлое. Что еще надо? — спросил Флинн, насупившись.

Танат сложил подзорную трубу и сел на место.

— Ты завис между «было» и «будет». Откройся будущему, иначе до скончания времен будешь плыть в этой тьме: видя цель, но не достигая ее.

Флинн посмотрел на свои ладони. При жизни он сделал много ошибок и за все был готов ответить. Ему дают шанс. Он должен, обязан им воспользоваться, иначе все жертвы были напрасны, иначе...

«Бульк», — послышалось откуда-то снизу. «Бульк, бульк!» — снова раздался всплеск.

Из-под лодки выплыли светящиеся рыбы. Они весело били хвостами о борт и выпрыгивали из воды, делая в воздухе сальто, точно на представлении. Одна из рыбешек, расправив огромные плавники, больше похожие на крылья, с интересом уставилась на Флинна, а после выпустила изо рта струю воды прямо ему в лицо.

26

— Вот же мелкая дрянь! — выругался он.

Рыба издала странный звук, напоминавший сдавленный смех, вильнула хвостом и скрылась в глубине.

— Мы наконец-то покинули воды твоей жизни, — сказал Танат, вновь доставая из кармана подзорную трубу. Он раскрыл ее и протянул Флинну. — Взгляни.

Флинн рассерженно вытер мокрое лицо и посмотрел в трубу. Его взору открылись маяк, пристань, куда прибывали сотни белых лодок — почему-то пустых, — а еще город, сверкавший сотнями огней, — не иначе звезды прилегли на берег отдохнуть.

Небосвод ожил: по черному полотну фиолетовыми и оранжевыми пятнами растеклись туманности, белыми брызгами разлетелись незнакомые созвездия. Одновременно взошло несколько лун: рогатых и полных, золотистых и серебряных. Небо постоянно менялось, словно не могло решить, в каком же наряде ему лучше.

Из-под черной глади показывались все новые и новые морские обитатели. Они радужной рекой текли под водой, то и дело меняя направление. Их полупрозрачные тела, сияющие всевозможными цветами, слепили глаза, но Флинн не зажмурился. До этого момента он был слеп и ничего, кроме света далекого маяка, не видел. А теперь мир проявлялся, как проявляется фотография, — постепенно вырисовывая новые и новые линии, становясь ярче и четче. Он хотел вдоволь насладиться этим потрясающим зрелищем. Счастье и восторг заполнили его от макушки до пят.

— Что происходит? — пораженно спросил Флинн. — Что с этим местом? Почему оно так изменилось?

— Ты открылся своему будущему, а оно открылось тебе, — ответил Танат. — Потусторонье впускает в себя только тех, кто действительно готов идти дальше.

27

— Потусторонье? — переспросил Флинн, про себя отметив, что лодка замедлила ход.

— Да, — сказал Танат. — Так называется мир, который находится за порогом жизни. По ту сторону бытия.

Они остановились, дальше не проплыть. От берега их отделяли десятки пустых лодок.

— Как же мы доберемся до пристани? — растерялся Флинн. — Может, стоит подплыть с другой стороны?

— Иногда стоит, — согласился Танат, — а иногда нужно идти напролом.

Мужчина встал, поправил ворот пальто и с легкостью перешагнул в другую лодку. Флинн проделал то же самое, но вышло у него крайне неуклюже. Хоть лодки оказались довольно устойчивыми, грациозностью он никогда не отличался.

— Тебе помочь? — предложил Танат, глядя на его старания.

— Спасибо, не надо. Вы для меня и так много чего сделали. Например, помогли умереть, — с горькой усмешкой проронил Флинн.

— Повторяю: я твоя Смерть, а не твой убийца, — сказал Танат. — Не стоит винить меня во всех неприятностях. Я лишь итог, черта между одним и другим. Я пришел ровно тогда, когда закончилось твое старое время и началось новое.

— Ладно, ладно, никаких претензий, — ответил Флинн, подняв руки, и перепрыгнул в следующую лодку.

Ему показалось, что они играют в потустороннюю разновидность классиков. Эта мысль развеселила его.

— А почему вы такой м-м-м... бесчувственный? — продолжил Флинн. — Вы за все время ни разу не улыбнулись, не рассердились.

— Смерть не должна иметь чувств, — отрезал Танат.

— Почему? Что в этом плохого?

— А что хорошего?

— Ну... вы бы могли быть более справедливым, если бы испытывали эмоции, — предположил Флинн.

— Это люди должны думать о справедливости. — Танат резко остановился. — Смерть забирает всех, не делая различий: богатых и бедных, больных и здоровых, молодых и старых. Я — исход определенных событий, но эти события мне неподвластны. Я могу только наблюдать и ждать. Если бы Смерть могла чувствовать, то она бы сгорела, так и не выполнив свое предназначение. Теперь ты понимаешь?

Флинн ответил молчанием, слова в который раз ускользнули от него. Да и как он мог спорить со Смертью?

Танат прыгнул в последнюю лодку и оказался у пристани. Он взобрался по лестнице, достал карманные часы и взглянул на них.

— Мы последние. Быстрее, скоро начнется, — поторопил Танат.

— Начнется что? — спросил Флинн, схватившись за ржавую ступеньку.

Стоило ему вскарабкаться на пристань, как под его ногами появилась сияющая дорожка, золотой лентой убегающая вдаль. Он метнулся вправо, потом влево, но она последовала за ним, как приклеенная.

— Что это? И почему оно прилипло ко мне?

— Даже не старайся сбежать. Это твоя новая судьба, — пояснил Танат.

Флинн неуверенно сделал шаг, потом еще один и еще. Золотая дорожка продолжала тянуться в неизведанную даль, меняясь, подстраиваясь.

Они шли по улицам старого пыльного города. Фонари то на мгновение гасли, то вновь ярко загорались, словно переговаривались между собой, передавая сигнал бедствия. То тут, то там Флинн видел прозрачные кристаллы, практически захватившие это место. Они росли из стен домов, выглядывали между камнями мостовой, свисали с проводов. Город был похож на столетнюю черепаху, обросшую ракушками.

За всю дорогу в горящих окнах не промелькнуло ни единого силуэта. Они также не встретили ни одного прохожего, будто город в одночасье покинули все жители, оставив дела, заботы. Просто исчезли. Флинну стало не по себе, но он отогнал жуткие мысли, как стайку назойливых мух. Глупо ведь бояться, когда ты мертв, — самое худшее с тобой уже произошло.

В воздухе разлился горьковатый аромат, и с неба посыпалась снежная крупа. Она быстро запорошила улицы, покрыв их белесым слоем. Город еще больше состарился и теперь напоминал поседевшего старика.

— Неприятное место, — сказал Флинн, ссутулившись. Ветер бил ему в спину, продувая куртку насквозь.

— Иногда вещи меняются, стоит лишь посмотреть на них под другим углом.

Танат протянул руку. Снежная крупа падала на его ладонь, с глухим стуком ударяясь о кожаную перчатку.

— Присмотрись, — посоветовал он.

Флинн взял крупинку и растер между пальцами — не растаяла. Он принюхался, а затем положил ее в рот — вкус моря растекся по языку. Это был вовсе не снег! С неба на землю падала морская соль.

Ветер принес к ногам Флинна бумажную маску, такую старую, что в руки страшно взять — рассыплется в прах. Когда-то она была яркой, но краски с годами выгорели.

— Примерь, — предложил Танат.

— Эту рухлядь? — хмыкнул Флинн, аккуратно поддев маску ногой.

— Не отказывай городу. Ты очень обидел его, назвав неприятным. Теперь он хочет показать себя с другой стороны.

— Город хочет показать себя с другой стороны? — переспросил Флинн с недоверием. Он все еще не привык к странностям загробной жизни.

— Да, — ответил Танат.

— Ладно, — согласился Флинн. — Если городу от этого полегчает.

Он достал из карманов руки, которые все это время пытался безуспешно согреть, и поднял маску. Как только она коснулась его лица, все преобразилось: город стряхнул с себя пыль, соль и время. Оранжевые отблески фонарей метались внутри кристаллов, точно светлячки в банке. От запаха жареных каштанов заурчало в животе. В окнах появились силуэты людей. Шум, гам и музыка веселым потоком вытеснили тишину. Из домов вышли смеющиеся люди. Одеты они были немного старомодно, а их лица скрывали бумажные маски, такие же, как у Флинна, только новые. Прохожие беззаботно раскрывали зонтики, прячась от солепада. В городе проходил маленький карнавал.

— Ничего себе! — ахнул Флинн. — Это город призраков?

— Нет, этот город сам призрак. Когда-то он умер, погребенный под тоннами воды. И все, что ты видишь, — лишь вспоминания о том, каким он был раньше, до потопа. У городов плохая память на лица, поэтому все эти люди носят маски.

— Но где же все остальные умершие? Кроме этого города, других призраков мы не встречали.

— Неправда, ты их уже видел, — возразил Танат.

— Когда это? — удивился Флинн, роясь в памяти. — Ведь вы сказали, что эти люди — лишь воспоминания. — Маска на его лице растаяла, и город снова опустел и постарел.

— А как же та рыбешка, которая облила тебя водой?

— Это была чья-то душа?

— Не чья-то, а рыбья, — уточнил Танат, сцепив руки за спиной.

— Как это — рыбья? — У Флинна не укладывалось это в голове.

— По-твоему, у рыб нет души? Чему ты удивляешься? Даже звезды, которые ты видел, уже не существуют в мире живых. Потусторонье само по себе состоит из призраков.

Сейчас Танат выглядел особенно отстраненным. Флинн хотел еще о многом спросить, но мысли оборвались. Его сияющая тропа слилась с широкой золотой дорогой впереди. По ней бы запросто могла пройти сотня человек, взявшись за руки, но она пустовала.

— Это главная улица? — спросил Флинн.

— Нет. — Танат покачал головой. — Это река.

Флинн с опаской приблизился к реке и наклонился. Течение было медленным, а золотая вода тягучей, как кисель. В глубине что-то плавало, но он не смог рассмотреть, что именно. Река немного вспенилась, забурлила, словно задумала выйти из берегов. Откуда-то из глубины послышался голос. Сначала далекий, неразборчивый, но он все приближался и приближался, пока не достиг ушей Флинна.

— Я твоя колыбель, — мягко шептала река. — Однажды я принесла тебя в мир живых, теперь же я унесу тебя в мир мертвых. Не бойся, окунись в меня.

Река манила, облизывая ноги Флинна теплыми волнами, но он не спешил поддаваться ее уговорам. Страх цепями сковал тело.

— Я помогу. — Железный голос Таната перекрыл бархатный шепот реки. — Увидимся по ту сторону, — добавил он и толкнул Флинна в спину.

Его подхватило сильное течение. Он судорожно греб руками, но это не помогало держаться на поверхности. Флинн с самого детства плохо плавал, а однажды чуть не утонул. Он попытался лечь на спину, но ничего не вышло: паника овладела им и потянула ко дну. Сладковатая вода вытеснила весь воздух из легких.

— Не бойся меня, — прошептала река. — Позволь отнести тебя в твой новый дом.

Флинн перестал сопротивляться и отдался течению, погружаясь все глубже и глубже. Он не задыхался, но и не дышал. Думать связно получалось все сложнее, сознание медленно угасало. Кончики пальцев начало покалывать, и они сделались прозрачными. Мягкий свет обнял Флинна, и его тело стало легче перышка. Сквозь прозрачные веки он увидел бесконечное множество силуэтов — души людей, плывущие в неизвестность.

Ему показалось, что он вот-вот растворится в золотой реке, став одним из ее потоков. Скоро он полностью исчезнет из бытия. Неужто это конец и дальше ничего нет? Неужто Танат ему соврал?

— Смерть не умеет лгать, — послышался знакомый голос.

Флинна мигом вырвало из убаюкивающей золотой реки. Он закашлялся, выплевывая воду. На губах остался сладковатый привкус.

— Где это я? — простонал Флинн, чувствуя себя рыбой, выкинутой на берег.

— По ту сторону жизни, — бесцветным голосом сообщил Танат. — Уже официально.

4 СТАРИК, РЕБЕНОК И КОШКА

Река перенесла Флинна на площадь, которая упиралась в широкую лестницу. Мраморные ступеньки вели к зданию с белоснежными колоннами. Кроме растерянных душ здесь толпились высокие деревья и бесчисленные статуи ангелов с фонарями в руках. Те, кого Флинн видел в золотой реке, вертели головами, пытаясь понять, что же происходит. Некоторые были одеты в шикарные костюмы, а некоторые в лохмотья. Тут находились совсем юные ребята, толком и не жившие, и дряхлые старики, немало повидавшие на своем веку. Женщины и мужчины с разным цветом кожи, разрезом глаз. Поистине, Смерть не видела различий между людьми, перед ней они все были равны.

Флинн поднялся с колен, и золотая вода под ногами просочилась сквозь камни, уйдя глубоко под землю, а одежда мгновенно высохла — очередной магический трюк от мира мертвых. Танат же, скрестив руки на груди, стоял на постаменте, закрыв собой статую ангела, поэтому казалось, что мраморные крылья принадлежали ему.

— Что ж, поздравляю с прибытием в Чистилище. — Танат сдержанно похлопал в ладоши. — Здесь начинается твоя загробная жизнь. То, что было до этого момента, — лишь предыстория. Самое интересное ждет тебя впереди.

— Уже можно паниковать и думать о побеге?

— Поздно, — отрезал Танат. — Назад дороги нет. Скоро здесь появятся судьи, они и будут решать твою судьбу, как и судьбы всех этих душ. — Он обвел площадь рукой.

— Все хотел спросить... — пробормотал Флинн, взглядом ища кого-то в толпе. — Возможно ли в мире мертвых найти того, кого знал при жизни?

— Вполне, — подтвердил Танат. — Но тут ты вряд ли найдешь того, кого ищешь. Если только вы не умерли вместе.

— Вместе?

Флинн почему-то представил себе, как умирает с кем-то в обнимку.

— Я лишь хочу сказать, что все эти люди, — Танат кивнул на толпу, — умерли с тобой в один миг.

— Так много... — прошептал Флинн. Раньше он и не задумывался, насколько хрупка человеческая жизнь.

— Смерть без работы не сидит.

— Раз вы моя личная Смерть, то и у каждого из них, — Флинн не глядя махнул рукой, — тоже есть своя?

— Да, но чужую Смерть увидеть нельзя, как и нельзя увидеть чужого психофора.

— Психо кого? — переспросил Флинн.

— Психофора, — спокойно повторил Танат. — Не бойся, тебе обо всем расскажут. — Он в который раз достал карманные часы и посмотрел на время. — Осталось меньше мгновения, так что буду прощаться.

35

— Прощаться? — удивился Флинн. — Вы уже уходите?

— А ты думал, что я буду торчать с тобой до тех пор, пока звезды не остынут? Смерть — лишь черта.

Ты ее пересек, мое дело закончено, — сказал Танат, спрыгнув с постамента. — Так что я скоро испарюсь, вернусь к истокам. Прощай. — Он протянул ладонь в кожаной перчатке.

— Почему «прощай»? Мы ведь еще увидимся, правда? — У Флинна была железная уверенность — хотя он не мог понять, откуда она взялась, — что это не последняя их встреча.

— Да, как только иссякнет твое новое время, но тогда я буду другим. Ничто не повторяется в точности. Каждую нашу последующую встречу я буду новым, но ты меня все равно узнаешь.

— Что ж, было приятно познакомиться, Господин Смерть.

Флинн пожал руку Танату, наблюдая, как тот начинает медленно таять в воздухе. Сперва исчезли ноги, обутые в дорогие туфли, потом черное пальто, начиная с пуговиц, затем непроницаемое лицо с ровными чертами. Самой последней исчезла рука, которую пожимал Флинн.

— Надо же, действительно испарился. Смерть не умеет лгать, — усмехнулся он.

Флинн вдруг понял, что на него кто-то пялится, и так пристально, будто смотрящий хотел заглянуть ему внутрь. Он медленно повернулся и увидел золотые глаза. На него смотрела статуя ангела. Холодное мраморное лицо при этом казалось куда живее, чем у Таната. Статуя то опускала золотые глаза, то снова поднимала, изучая Флинна. Он представил себя газетой, которую внимательно читали, всматриваясь в каждую буковку. Потом статуя поднесла к его лицу фонарь; чуть не ослепнув от яркого света, он зажмурился. Виски сдавило болью, и под веками завертелись картинки, но Флинн не успевал их рассматривать: слишком быстро они сменяли друг друга. Еще немного, и его укачает от этого мельтешения, а голова рванет не хуже петарды.

Образы неожиданно пропали, но вместо привычной черноты Флинн увидел под веками белое пятно — свет фонаря стал ярче и теперь пробивался сквозь них. Лампочка не выдержала такого сияния и лопнула, рассыпавшись осколками по мостовой. Следом за ней взорвались и остальные, заполнив площадь глухими хлопками и запахом гари. Непроглядная тьма одеялом упала вниз. Толпа ахнула и замерла в ожидании чего-то ужасного. Кто-то не выдержал и жалобно заскулил от страха. Послышались многочисленные всхлипы. Флинн тоже напрягся, почувствовав в воздухе гнетущую атмосферу. Ему уже порядком надоели все эти странности, творившиеся с самого начала его смерти. Потусторонний мир жутко любил эпатировать публику и не отказывал себе в удовольствии ввергать новоприбывших в очередной шок.

Туманности и звезды стали больше и ярче, будто небосвод опустил лицо, чтобы поближе посмотреть, что же творится внизу, отчего поднялся такой шум.

— Эон, фонари опять не выдержали моей шикарности и перегорели. Будь так любезен, включи утро, — раздался чей-то голос в темноте.

Небо начало стремительно светлеть, из черного превращаясь в фиалковое, затем в серое и, наконец, в бледно-голубое. За пару мгновений наступило утро.

На широкой мраморной лестнице стояли двое: рыжеволосый мальчик, одетый в серый пиджак и бриджи, и некое существо, похожее на огромную лысую кошку. Оно сидело на задних лапах, медленно виляя хвостом. Лицо у существа было скорее женским, нежели мужским: большие черные глаза застыли в задумчивости, длинные темные волосы ниспадали на плечи, а сквозь тонкую бледную кожу виднелись синеватые вены.

Раздался ритмичный стук, точно десятки молоточков забили по мостовой.

— Дайте дорогу загробному судье!

Люди бросились врассыпную, создав коридор. Из центра толпы, попутно отбивая чечетку, шел старик. Металлические каблуки его туфель вовсю плевались голубыми искрами, а пальцы щелкали в такт позвякиванию. Протанцевав так до лестницы, старик на каблуках повернулся к толпе и хитро подмигнул.

— Добро пожаловать, смертные! — воскликнул он и прыгнул на первую ступеньку.

Старик то поднимался по лестнице, то опускался. Он явно наслаждался своим чудаковатым танцем, потому что время от времени останавливался и, блаженно прикрыв глаза, отбивал сумасшедшую чечетку, заливая ступеньки водопадом искр.

Наконец-то старик поднялся по лестнице, присоединившись к мальчику и странному существу. Он пару раз крутанулся на месте, ударил по мраморному полу сначала каблуками, а потом носками, высекая последний сноп голубых искр. Угомонившись, старик поправил черную бабочку, отряхнул сливовый пиджак с замысловатым узором и пригладил седеющую бороду. Он уже было хотел обратиться к толпе, но тут, будто вспомнив о чем-то важном, резко повернулся к мальчику и заговорил с ним:

— Эон, будь добр, останови небосвод. Если солнце поднимется еще выше, то начнет припекать, а ты же знаешь, что я на дух не переношу жару.

— Тоже мне проблема, создай себе шляпу. Не стоит из-за таких пустяков играть со временем, — хмыкнул Эон. Хоть он и выглядел лет на девять, но держался совсем как взрослый.

— Тебе ведь прекрасно известно, что шляпы — не мой стиль. За ними не видно моей потрясающей шевелюры. Только посмотри, какая она густая и шелковистая. — Старик тряхнул головой. — Настоящая грива, — с нескрываемой гордостью добавил он.

— А не надо было взрывать лампочки ради эффектного появления, тогда бы мне не пришлось перематывать время, — ответил Эон, закатив глаза.

— Ты с каждым мгновением становишься все невыносимее, — цокнул старик языком. — Моя луноликая Сфинкс, — на этот раз он обратился к кошке с человеческим лицом, — хотя бы ты повлияй на нашего упрямого повелителя времени. Что ему стоит остановить небо на десять минут? У него целая вечность в кармане, а он жмется.

— Все в этом мире относительно... и десять минут кому-то покажутся вечностью, — таинственно произнесла Сфинкс.

Она разговаривала очень странно, казалось, что вместо нее говорил целый хор разнообразных голосов: мужских и женских, детских и старческих, скрипучих и мелодичных, высоких и низких.

— Ладно. Но только на десять минут, не больше! — сдался Эон.

Он обреченно вздохнул и щелкнул пальцами. Небо замерло: облака перестали плыть, птицы застыли в полете.

— Премного благодарен. — Старик улыбнулся и повернулся к толпе. — Новоприбывшие! Рад приветствовать вас в Чистилище — городе неприкаянных душ. Здесь вы проведете самые лучшие моменты своего потустороннего бытия. Или худшие, тут уж как пойдет, — говорил он как профессиональный зазывала, никто не мог оторвать от него взгляд. — Все вы прибыли сюда лишь с одной целью: понять, что же в вашей жизни пошло не так. Наш долг — помочь вам. Сегодня каждый из вас встретится с личным консультантом, он вам все подробнее расскажет. Позже ваша жизнь будет детальнейшим образом изучена и вы получите список испытаний. По их завершении мы, достопочтенные судьи загробного мира, — он указал сначала на себя, а потом на мальчика и кошку с женским лицом, — будем решать вашу судьбу.

Старик подошел к мальчику сзади и положил руки ему на плечи.

— Прошу любить и жаловать! Эон — первый судья загробного мира, повелитель времени, хранитель Часов Вечности, — представил он мальчика публике. — Только не просите у него лишних минут, он тот еще скряга, — добавил старик, после чего Эон смерил его испепеляющим взглядом. — Обращаться к нему лучше по утрам, потому что к вечеру характер нашего повелителя времени совершенно портится. Уж очень он переменчив.

— А это. — Старик подошел к огромной кошке с женским лицом. — Это наша дорогая леди Сфинкс — вторая судья. Любительница тайн и головоломок. Только умоляю вас, не спрашивайте ее ни о чем, все равно ничегошеньки не поймете. Уж очень она загадочна.

Потом старик развел руки в стороны и торжественно произнес:

— И, конечно же, — я! Всеми любимый и обожаемый третий судья. Источник бесконечной мудрости, мэр Чистилища и просто отличный парень — господин Аяк!

Он хлопнул в ладоши и с самодовольным видом зажмурился. Толпа никак не отреагировала: все словно проглотили языки. Господин Аяк приоткрыл глаза и посмотрел на небо.

— Какая оплошность с моей стороны! Забыл, что сейчас утро. Эон, будь другом, верни ночь, иначе зрелище фееричным не получится.

— Это уже не вписывается ни в какие рамки, Аяк! Я не буду вертеть время туда-сюда ради твоих глупых фокусов, — запротестовал Эон.

— Ладно, сам справлюсь, — беззаботно ответил господин Аяк, ища что-то во внутреннем кармане пиджака.

— Хотелось бы посмотреть, как это у тебя получится, — насмешливо сказал Эон. — Я на прошлой неделе спрятал Часы Вечности там, где ты их точно не найдешь.

— Сейчас, сейчас, — пробубнил Аяк, продолжая что-то искать, но уже в кармане брюк. — Где же они? Ах, вот где! — победоносно воскликнул он.

Господин Аяк достал уже знакомые Флинну золотые часы со знаком бесконечности на крышке, такие он видел у Таната. Глаза Эона округлились от ужаса, и он попытался выхватить часы.

— Откуда они у тебя? Немедленно верни!

— Я их взял у нашего общего знакомого. Вспомнить бы, как они работают... — задумчиво произнес господин Аяк, открывая крышку.

— Он не мог их тебе отдать! Держу пари, что ты их украл! — Щеки Эона побагровели, а ноздри раздулись.

— Пока он не заметил пропажи, технически я их не украл, а лишь на время позаимствовал. Позаимствовал Время на время. Шикарный каламбур, — развеселился господин Аяк.

— Предупреждаю: если ты сломаешь Часы Вечности, то время перестанет существовать. А вместе с ним и ты! Хотя, — Эон призадумался, — если хочешь — ломай. Хоть так от тебя избавлюсь.

— О, мне так больно слышать, что ты не рад моей компании.

— Был бы рад, если бы не знал тебя с начала времен. Ты у меня уже в печенках сидишь! Так что давай, ломай, — с вызовом предложил Эон. — Разбери эти часы на маленькие винтики и закончи наконец мои мучения.

— Не волнуйся, ничего я не сломаю. У моих рук превосходная память, куда лучше, чем у моей головы. Ох, бедная моя головушка! — вздохнул господин Аяк. — Ей приходится столько всего хранить в себе! Все знания мира — это вам не шутки! Что-нибудь да обязательно запамятуешь. И все же тяжко быть олицетворением мудрости.

— После стольких лет мне уже кажется, что ты олицетворение глупости, — фыркнул Эон.

— Да будет тебе известно, что от глупости до мудрости всего один шаг. И этот шаг — истина, — подмигнул господин Аяк. — Смотри-ка, мои руки меня не подвели.

Застывшие облака вновь пришли в движение. Солнце быстро заскользило по небосводу: тени сперва почти исчезли, став короткими и темными, а затем вытянулись и побледнели. Запад окрасился в малиновый цвет, знаменуя окончание дня. Но менялось не только небо. Эон из рыжеволосого мальчика превратился в молодого парня с веснушками на лице, а после в мужчину с густой бородой.

С наступлением сумерек в фонарях выросли новые лампочки. Они, мигая, неуверенно зажглись, будто боялись, что их снова взорвут. Статуи ангелов зачем-то расправили крылья, шурша мраморными перьями. Может, так они приветствовали перерождение света?

Когда же наступила ночь, Эон стал дряхлым стариком с бородой по пояс и длинными серебристыми волосами.

— А ты не верил, что я справлюсь. Признай, ты просто не хотел вновь становиться старой развалиной. — Господин Аяк панибратски хлопнул Эона по плечу, который от этого жеста чуть не упал.

— Аяк, это была последняя капля! Я снова пожалуюсь Танату! — вытянув узловатый палец, просипел Эон.

— Это того стоило. Теперь на твоем фоне я выгляжу значительно моложе. — Господин Аяк снова поправил бабочку и отряхнул пиджак. — А теперь давай проверим твою ловкость. На, держи! — Он подкинул часы в воздух.

Дряхлый Эон испуганно охнул, но успел их поймать.

— Ты чуть не разбил Время!

— Но ты ведь сам мне предлагал его сломать. А теперь почему-то жалуешься. Эон, ох уж эта твоя переменчивость. — Господин Аяк сложил руки в замок и покачал головой.

— Это было несерьезно! Шутка.

— Отсюда вывод: не надо шутить со временем. Ах, когда же все научатся трепетно относиться к нему, — с напускной грустью вздохнул господин Аяк. — Ведь почти все бездумно проматывают его, не ценят, а потом жалуются, что жизнь быстро пролетела. — Он многозначительно посмотрел на толпу.

— Да уж, глупцов по обе стороны хватает, — сказал Эон, бережно пряча часы.

— На чем я остановился? — призадумался господин Аяк. — Вспомнил! — хлопнул он себя по лбу. — Добро пожаловать в Чистилище, мертвые вы наши!

Господин Аяк широко раскинул руки в стороны, и в этот самый миг на небе взорвались салюты, прогоняя тьму. Лепестки сияющих цветов распускались и опадали, превращаясь в разноцветный дым. Огненные змеи танцевали, выписывая невероятные фигуры, извергали из пастей алые искры, а после таяли.

У Флинна от бесконечных хлопков зазвенело в ушах. Он вспомнил, как в детстве наблюдал нечто подобное. Ему тогда было пять. Они с отцом пошли на день фейерверков и целых два часа любовались разноцветными огнями на фоне чернильного неба.
С каждым свистом запускаемого салюта его сердце замирало, а после оглушительного взрыва билось испуганной птицей. Столько смеха и радости ему больше не принес ни один день в его жизни. Ненадолго Флинн забыл, где находится. Все стало таким незначительным. Сейчас существовали только свет, грохот в небе и воспоминания, теплом разлившиеся в груди.

Представление закончилось, оставив после себя запах пороха, медленно тающий дым и привкус прошлого.

— Это было шикарно! Я такой молодец, — сам себя похвалил господин Аяк, натянув широченную улыбку. — А вам, — он обратился к толпе, — я бы хотел сказать еще пару слов. — Веселье мигом стерлось с его лица. — Из Чистилища есть только два пути: для легких душ уготованы Небесные Чертоги, для тяжелых, увы, Лимб. Если мы с коллегами не придем к единому решению, то вам будет дан второй шанс и через время вы пройдете все испытания заново. А теперь прошу вас проверить левые карманы.

Флинн опустил руку в карман штанов и достал золотую монету, которую видел впервые. На одной стороне изображалась бабочка, а на другой ухмыляющийся череп, дымящий сигарой. Монета внезапно потяжелела, выскользнула из рук и, к удивлению, упала на ребро.

— Это ваша Монета Судьбы, — пояснил господин Аяк. — С ее помощью вы сможете узнать о решении суда. Если она упадет бабочкой вверх, вас ждут Небесные Чертоги, если выпадет череп, то вам уготован Лимб. Ну а если на ребро, то вердикт еще не вынесен.

Внутри Флинна натянулась струна, вся радость от фейерверков улетучилась. Он нагнулся и поднял монету.

— Отныне ваша судьба только в ваших руках. А теперь проверьте правые карманы.

Флинн достал из правого кармана книжку размером со спичечный коробок. На темно-серой обложке был нарисован золотой клубок ниток.

— Это путеводитель по Чистилищу, — сказал господин Аяк. — Тут указаны все достопримечательности нашего города. С ним вы никогда не потеряетесь. Если захотите куда-то попасть, откройте путеводитель и четко произнесите название места. Дорога сама найдет вас. Также всем вам нужно обратиться в службу психофоров, где каждого из вас уже дожидается личный консультант. Все вопросы можете задавать ему. Удачи! Увидимся на Страшном (или не очень) суде!

— Фигляр, — буркнул Эон, спускаясь по лестнице.

— Кстати, Эон, не сочти за труд, одолжи мне часы еще буквально на минутку, — попросил господин Аяк.

— Зачем это?

— Хочу вернуться во вчерашний день, сегодняшний мне категорически не нравится. Воздух не такой свежий, да и звезды какие-то тусклые. Вчера было определенно лучше.

— Еще что удумал, обойдешься и сегодняшним днем! — возмутился Эон. — Когда-нибудь ты доиграешься и разобьешь Время.

— А ты разбиваешь мне сердце! И все же я был прав, сказав, что к вечеру у тебя портится характер. С утренним тобой сложно, а с вечерним вообще невыносимо.

Флинн больше не слушал пререканий двух судей: все мысли заняла монета, блестевшая в свете фонарей. Его судьба отныне в его руках, как и сказал господин Аяк. Флинн пытался вспомнить свою жизнь. Сколько хорошего и плохого он сделал за свои неполные семнадцать лет? В какую сторону склонится чаша весов?

45

Поглощенный внутренними переживаниями, он и не заметил, как к нему подошла Сфинкс. Флинн никак не мог понять ее настроения: сперва казалось, что женщина-кошка улыбалась, но стоило чуть повернуть голову — и вот она будто злилась. Нечто неуловимое и изменчивое было в ее лице.

— Твоя надежда цвета неба и тоньше крыла бабочки, — таинственно промолвила Сфинкс.

Ее черные круглые глаза видели Флинна насквозь. У него задрожали руки, и Монета Судьбы вновь упала — опять на ребро.

— А твои тайны горько пахнут, — сверкнув глазами, сказала она напоследок и растворилась в воздухе.

Флинн остался наедине с терзающими мыслями. Он так виноват...

5 СЛУЖБА ПСИХОФОРОВ

Когда люди начали расходиться, Флинн заметил, что все они пошли в разные стороны, словно у каждого была своя дорога. Он раскрыл путеводитель и услышал мелодичный голос:

— Здравствуйте, меня зовут Ариадна. Чем могу помочь? — спросила невидимая женщина.

— Доб-брый вечер, — с запинкой произнес Флинн. — Мне нужно попасть в службу психофоров, — и поспешно добавил: — Пожалуйста.

— Подождите немного, я проложу вам дорогу, — учтиво ответила она, и книжечка захлопнулась. — Готово.

Под ногами Флинна засияла золотая тропа, точно такая же, как и тогда, на пристани.

— Спасибо, — с опозданием поблагодарил он и отправился в путь.

Служба психофоров располагалась в двухэтажном здании, выкрашенном в желтый. Из окон лился мягкий свет, а деревянная дверь была настежь распахнута. Изображенный на вывеске воробей пристально наблюдал за Флинном. Ему даже показалось, что эта маленькая нарисованная птичка пару раз моргнула.

Тряхнув головой, Флинн переступил порог и очутился в длинной узкой комнате, больше похожей на коридор. Он готовился увидеть очереди из усопших и снующих туда-сюда работников, но никого не было. По обе стороны от входа тянулись ряды лакированных столов, на которых стояли чашки с дымящимся чаем и громоздились кипы бумаг. Многие документы находились в ужасном состоянии: помятые, с пятнами от кофе, а некоторые и вовсе с обгоревшими краями.

— Эй, есть кто-нибудь живой? — громко спросил Флинн и тут же понял, насколько нелепо прозвучали его слова. Но ни живых, ни мертвых по-прежнему не наблюдалось.

Взгляд Флинна зацепился за плетеные корзины, стоявшие на последнем столе. Они были доверху заполнены свежеиспеченными булочками с корицей. Он подошел к ним вплотную и настороженно огляделся. Никто же не заметит пропажу одной булочки?

— Если возьмешь ее без разрешения, то в твоем личном деле появится еще одна запись. Поверь, оно и без того выглядит крайне паршиво, — промолвил кто-то за его спиной.

Флинн медленно повернулся и увидел парня, который сидел на столе, скрестив ноги. На нем были джинсы, красная толстовка с капюшоном и такого же цвета кеды с нарисованными белыми крыльями по бокам. Из-под серой шапки с кошачьими ушами торчали темные кудри. В руках он держал папку, внимательно изучая ее содержимое.

— Воровать для тебя привычное дело, ведь так? Думаешь, раз начал однажды, то можно и не останавливаться, хуже от этого не станет? — спросил незнакомец, подняв смуглое лицо.

— Ты кто такой?

— Тот, кто сделает из тебя нормального человека.

Парень в шапке криво улыбнулся, закрыл папку и спрыгнул со стола, на ходу взяв ту самую булочку, к которой раньше тянулся Флинн.

— Дай угадаю, ты и есть мой консультант по загробной жизни, — простонал Флинн.

— Да ты, брат, гений — сразу понял, что к чему, — с набитым ртом пробормотал парень. — А булочки только для сотрудников.

— Не очень-то и вежливо, — сказал Флинн.

— Вежливость не входит в список моих обязанностей, — ухмыльнулся парень.

— А почему здесь только мы? — решил сменить тему Флинн, разглядывая пустую комнату. — Где другие души? Нас же на площади было много. И где сотрудники?

— Представь, какая очередина образовалась бы, если бы все пришли в одно время. — Парень облизал пальцы. — Сам подумай, город хоть и огромный, но не безграничный. Каждый день умирает куча людей! Как бы вы все тут уместились? Поэтому вас всех раскидывают по разным временным веткам, чтобы не было путаницы и столпотворения.

— Какая хитроумная система. И как же здесь можно найти кого-то?

— Началось! Еще не успел побывать у Всевидящего, получить задания, а уже ищет кого-то. Повремени немного, братишка. — Парень тяжело вздохнул. — Души из года в год становятся все наглее.

— Танат сказал, что это возможно, — почти прорычал Флинн.

— А я и не говорю, что это невозможно, — ответил парень. — Теоретически я могу тебя провести к тому, кого ты ищешь, если он еще в Чистилище и не против встречи с тобой. Но заруби себе на носу:

сделаю я это лишь в обмен на твое хорошее поведение.

— И что же подразумевает под собой «хорошее поведение»? — спросил Флинн, пытаясь держать себя в руках. Загробный консультант начинал бесить.

— Быть послушным и забыть о глупостях. Ты их и при жизни совершил предостаточно. Не стоит делать эту папку еще толще, — серьезно произнес парень, бросив его личное дело на стол.

Флинн напряженно перевел взгляд с папки на своего консультанта.

— Я постараюсь, — сжав зубы, процедил он.

— Тогда дай руку, — сказал парень, прищурив зеленые глаза.

Флинн нехотя подчинился. Рукопожатие было сильным и обжигающим, как прикосновение к раскаленной кочерге. Он отдернул руку и посмотрел на нее. Посреди ладони появилась татуировка в виде крыльев птицы.

— Не бойся, она не навсегда, это временный контракт. — Парень продемонстрировал свою ладонь. — Видишь, у меня теперь такая же метка. С этого момента наши души связаны. Я буду чувствовать все, что чувствуешь ты, так мне будет легче контролировать твое состояние.

— Души? — удивился Флинн, дуя на руку (она еще горела). — Хочешь сказать, что ты тоже когда-то был человеком?

— Ребенком, — коротко ответил парень.

50

— Ты — душа ребенка? — не поверил Флинн, подумав, что его консультант над ним подшучивает. — На вид мой ровесник.

— Вот именно, что на вид, — заявил парень, поправляя наехавшую на глаза шапку. — В загробном мире можно принять любой облик. Но сразу предупреждаю: тебе и пытаться не стоит.

— Почему это?

— Взрослые слишком привыкли видеть себя такими, какими их видят окружающие. Ты можешь попробовать, но вряд ли у тебя получится. Для этого нужно откинуть все условности, но люди держатся за них мертвой хваткой, боясь утонуть в чужом неодобрении. Чем старше человек, тем больше он зависим от постороннего мнения. Мы же — дети — не видим рамок, потому что не создаем их. Это удел взрослых.

— Да, взрослым быть непросто, — согласился Флинн. — Но зачем мне ребенок-консультант? Какая от тебя польза?

— Ой, только не называй меня консультантом, — скривился парень. — Я — психофор. Это нечто большее, чем обычный советчик. Я проводник твоей души.

— Ладно, но я все равно не понимаю. Ты и жизни толком не видел. Какие советы ты можешь мне дать?

— Простые и правильные, — ответил парень. — Дети смотрят на мир иначе. Вот скажи, если бы тебе понравилась девушка, что бы ты сделал?

— Ну, не знаю... — Флинн пытался вспомнить, как поступал в подобных ситуациях. — Подошел бы к ней, начал шутить.

— А ребенок бы сказал прямо: «Ты мне нравишься».

— Суперсовет от того, кто девчонку и за руку не держал, — хмыкнул Флинн.

— Думай как хочешь, — отмахнулся парень. — Кстати, меня Тайло зовут. Ударение на «а». Терпеть не могу, когда мое имя коверкают.

— Вовремя представился.

Тайло на что-то отвлекся. Он повернул голову к выходу, а после хлопнул в ладоши и громко крикнул:

— Эй, бездельники, время обеда давно прошло! Работа сама себя не сделает!

В воздухе залетали папки, застучали клавиши печатных машинок, зашуршала бумага. Чашки с чаем и кофе поднимались и опускались, глухо ударяясь о столешницы. Сотни невидимок упорно трудились на своих рабочих местах. Тут Флинн вспомнил, как Танат говорил, что чужих психофоров увидеть нельзя.

— Эй, Тайло, а все ли психофоры дети? Или ты один такой? — спросил он, наблюдая за парящим в воздухе белым мелком. Кто-то нарисовал на стене зверька (почему-то безухого).

— Коллин, милая, что ты делаешь?! — воскликнул Тайло. — Как так можно?

Он подошел к невидимке, сердито отнял мелок, а потом дорисовал зверю уши. Вышел кролик.

— Уши — это самое главное! — Тайло указал на свою шапку с кошачьими ушами. — Если их сделать острыми — выйдет кот, если круглыми — медведь, а если длинными, то кролик. Уши меняют все! — Он отдал невидимке мелок и вернулся к Флинну. — Да, все психофоры дети, и поверь мне, тебе достался не самый капризный. Пойдем, у нас дел выше крыши.

— Куда мы? К распределителю заданий? А их будет много? Они сложные? — затараторил Флинн, догоняя своего психофора.

— Слишком много вопросов, у меня уже голова трещит, — потирая виски, пожаловался Тайло. — Давай все делать по порядку? В загробных делах у меня больше опыта, согласись.

Тут к нему подплыла чашка с кофе, а за ней, вальяжно перекатываясь по воздуху, румяный пончик, посыпанный сахарной пудрой.

— Коллин, ты душка, — умилился Тайло, принимая угощение. — Если бы не ты, я бы давно уволился, честное слово!

Флинн жадно посмотрел на еду. Ему жутко захотелось есть. Видать, невидимка поняла это, и вскоре к нему подлетел черничный кекс, а вслед за ним чашка с чаем, в котором плавала долька лимона.

— Спасибо... Коллин? — неуверенно сказал Флинн.

— Да-да, это она, — с набитым ртом подтвердил Тайло. — Коллин у нас здесь одна такая милая и внимательная. Кстати, как твои дела, Коллин?

Тайло, судя по серьезному выражению лица, очень внимательно слушал невидимку, в чем-то соглашаясь с ней и периодически удивляясь.

— Вот оно как... Да, это очень серьезное дело. Не переживай. Все будет хорошо, — подбодрил Тайло невидимку.

Флинн откусил от кекса небольшой кусочек. Ему отчего-то казалось, что еда в мире мертвых обязана быть резиновой и безвкусной, но ошибся: ничего вкуснее он никогда не ел. Мир мертвых впервые порадовал.

— Подкрепился? — спросил Тайло, и Флинн кивнул. — Тогда ноги в руки.

Они быстрой походкой направились к выходу.

— Пока, Коллин, — дружелюбно попрощался Тайло уже у самой двери и помахал невидимке рукой.

— Хорошего дня! — пожелал ей Флинн.

— Она тебе тоже желает хорошего дня, — передал Тайло слова невидимки. — Говорит, что ты лучше, чем думаешь о себе.

— Боюсь, что она ошибается. — Флинн поник. — Я не самый лучший человек.

— Коллин никогда не ошибается в людях. У нее нюх на доброту, — сказал Тайло, переступая порог. — Хотя не исключаю, что она могла перепутать доброту с простотой.

53

Улица встретила их освежающей прохладой и слабым ветерком. Влажный воздух легким поцелуем коснулся щек Флинна. Небо опять отодвинулось, и теперь звезды сияли не так ярко, как раньше.

— Так почему все психофоры это души детей?

— Все просто, — пожал плечами Тайло. — Взрослые попадают сюда с багажом прошлого. Здесь они исправляют свои ошибки, если получается, конечно. Дети же чисты, как первый снег. Мы ничему не научились при жизни, не извлекли никаких уроков — не успели, — поэтому нас делают компаньонами взрослых. Мы перенимаем ваш опыт, без которого нам дальше нет пути. Взамен же даем советы — простые и правильные, как я уже говорил. А еще мы делимся с вами внутренним светом, которого вам так часто не хватает.

— Жить страшно, а не успеть пожить еще страшнее... — Флинну стало тяжело на сердце.

— Да, намного страшнее, — согласился Тайло, задумчиво рассматривая небо. — Я вот никогда не пробовал клубнику. В Чистилище она не растет. Почему — загадка. Может, климат слишком сырой. — Он чихнул. — Что-то лень мне идти на своих двоих. Последний пончик был лишним.

Тайло подпрыгнул и завис в воздухе. Нарисованные крылья на его кедах ожили и стали настоящими — он летал.

— Я бы тоже не отказался от таких кед. Можно мне пару?

— А смысл? Все равно не сможешь взлететь, — ответил Тайло, делая вираж.

— Сомневаешься в моих способностях? — поинтересовался Флинн, идя следом.

— Дело не в них. Твоя душа слишком тяжела для полетов. Груз вины и ошибок не даст тебе подняться. Ты ведь слышал о Небесных Чертогах и Лимбе?

— Да, — кивнул Флинн, смутно припоминая речь господина Аяка.

— Так вот, — продолжил Тайло, — легкие души могут вознестись в Чертоги. Отдохнуть там, а после переродиться. Это что-то вроде зала ожидания, только ты сам решаешь, когда придет твой поезд. По слухам, это чудесное место, где исполняются любые мечты. А вот тяжелые души, переполненные злобой и страданиями, камнем падают в Лимб. Туда ведет особый лифт, но только судьи знают, где он находится. Говорят, что Лимб — это бесконечный лабиринт, выхода из которого нет. Души одиноко бродят в нем, поглощенные темными мыслями, потому что в наказание у них забрали все радостные воспоминания, все счастье. Со временем они становятся частью Лимба, растворяясь в нем.

— И часто души попадают в Лимб? — Флинна невольно передернуло.

— М-м-м, не могу сказать, — промычал Тайло. — Вряд ли кто-то ведет статистику. Но ты не бойся, тебе дадут много шансов на исправление, — обнадежил он. — Некоторые души живут в этом городе столетиями. Взять хотя бы Платония Квинта. Он уже две с половиной тысячи лет торчит в Чистилище. Но мне кажется, что ему тут просто нравится, поэтому он и не уходит. Ему даже присвоили звание почетного жителя. А теперь я покажу тебе твой новый дом.

— Дом?

— Ну да, не на улице же тебе ночевать. Ты, конечно, уже не сможешь подхватить воспаление легких и умереть, но это как-то не по-людски. Тебе нужна крыша над головой.

— И что? Я буду жить в доме с призраками? — усмехнулся Флинн, представив себе эту картину.

— Ты и сам призрак, — напомнил ему Тайло. — Город разделен на кварталы. Все они отображают то, — он помедлил, подбирая нужные слова, — то, что гложет тебя больше всего, что не дает быть счастливым и хорошим человеком. К примеру, здесь есть квартал Потерявших Надежду, квартал Одурманенных или квартал Скорбящих.

— И где же мое место? — Флинн сглотнул. Он почувствовал, как кровь застучала в висках.

— Увидишь.

Остаток пути Флинн молчал. От всего услышанного у него голова шла кругом. Сейчас он не хотел ни о чем думать, ни о чем спрашивать. Ноги не гнулись, но он не жаловался и продолжал идти, хмуро глядя на дорогу, хотя на самом деле ему хотелось бежать от своего нового дома куда подальше.

— Пришли, — сказал Тайло, опускаясь рядом с ним. — Твой новый дом.

— Милое место, — выплюнул Флинн.

Ему не нужно было читать табличку на здании, он и так прекрасно знал, куда привел его психофор. Теперь новый дом будет каждый день напоминать Флинну о том, что гложет его до костей и не дает быть счастливым.

6 НОВЫЙ СТАРЫЙ ДОМ

Новое жилье Флинна по иронии судьбы действительно походило на дом с привидениями. Обветшалый особняк навевал тоску. Темные проемы окон смотрели на Флинна с жалостью. Внутри дом оказался не лучше: деревянный паркет был изборожден глубокими царапинами, словно громадный зверь каждый день точил об него когти, выцветшие обои, лоскутами свисавшие со стен, напоминали потрепанные крылья бабочек. Лампы, покрытые вековым слоем пыли, жадничали и неохотно делились светом, а на тяжелых портьерах и некогда шикарных коврах хозяйничала моль.

— Располагайся, — сказал Тайло. — Я поищу коменданшу.

Флинн плюхнулся на бордовый диван, подняв столб пыли, и закашлялся. Пытаясь восстановить дыхание, он осмотрелся в поисках графина с водой, но, увы, не нашел. Зато обнаружил старый журнал, который уже лет пятьдесят не выпускают. Как только Флинн дошел до последней страницы, журнал рассыпался в прах и появился на прежнем месте. Загробный мир не переставал удивлять.

— Попрошу впредь к экспонатам не прикасаться, они те еще недотроги, — процедила стоявшая на лестнице старуха. Из-за ее спины выглядывал Тайло.

— Флинн, знакомься, это мадам Брунхильда — комендантша твоего дома.

Старуха поджала тонкие сухие губы и пальнула свинцовым взглядом. Она очень смахивала на бывшую соседку Флинна: такие же седые волосы, уложенные в аккуратный пучок, выпирающий подбородок, маленький крючковатый нос и серые глаза, сверкавшие недобрым блеском. Тощую фигуру мадам Брунхильды обтягивало черное строгое платье до пола. В руках она держала огромную связку ржавых ключей.

— А это Флинн, мадам Брунхильда. Ваш новый постоялец.

— Мне его имя без надобности, — фыркнула старуха. — Буду звать тебя шестьдесят первым.

— Почему это? — Флинн почувствовал себя оскорбленным. Уж имя-то он заслуживал.

— Потому что будешь жить в шестьдесят первом номере, понятно? — резко ответила мадам Брунхильда. — За мной, — приказным тоном добавила она и, слегка прихрамывая, зашаркала наверх.

— Не спорь с ней и не задавай лишних вопросов. Она самая строгая из всех комендантов, которых я знаю, — с трепетом прошептал Тайло. Видимо, он ее побаивался.

58 — Ванная на каждом этаже в конце коридора, но горячая вода есть только по четвергам, — проскрипела мадам Брунхильда. — Прием пищи по гудку, а не по часам, в противном случае — с этими вечными скачками времени — у нас было бы по пять завтраков за день и ни одного ужина за неделю. В комнату никого, кроме своего психофора, не приводить. Это тебе не дом свиданий. Страсть оставь для живых, мальчик. Полтергейсты тоже под запретом, только если сами

не заведутся. В таком случае сообщай о них непосредственно мне, я их быстро вытравлю.

Ржавые ключи в руках мадам Брунхильды стучали друг о друга и по нервам Флинна. Лестница тянулась бесконечно. Они преодолели как минимум семь пролетов, но так и не добрались до нужного этажа, хотя снаружи дом выглядел невысоким. Флинну казалось, что он идет по особняку знатного семейства, последний член которого умер лет сто назад, и с его смертью дом пришел в запустение. Газовые рожки на стенах угрожающе шипели, точно рассерженные змеи. Вдоль лестниц висели портреты со смазанными лицами. Скорее всего, художник остался недоволен работой и в отчаянии плеснул на нее растворитель. Тут были недописанные пейзажи на черных холстах, древние вазы, за которые коллекционеры всего мира отдали бы баснословные деньги, давно утраченные произведения искусства. Дом показал себя настоящим ценителем прекрасного, он бережно собирал все то, от чего отказались люди.

Флинн заприметил маленькую статуэтку обезьянки с длинным хвостом. Она стояла на перилах. Чуть дальше ему на глаза попалась такая же фигурка. Мотнув головой, он попытался избавиться от навязчивой мысли, но через пару шагов снова увидел обезьянку. Обернувшись, Флинн понял, что не ошибся: статуэтка, которую он видел ниже, исчезла.

— Ты что, живая? Ты меня преследуешь?

Каменная фигурка, разумеется, ничего не ответила. Пожав плечами, Флинн пошел дальше, но отчего-то ему стало сложно идти. Он опустил голову. Нефритовая обезьянка сидела на его ступне, крепко обхватив щиколотку хвостом.

— Не могла бы ты слезть? — как можно вежливее попросил Флинн.

Обезьянка не шевельнулась. Она пристально смотрела на него блестящими черными глазками.

Флинн нагнулся и попытался оцепить от себя назойливое животное, но у него не получилось — хватка была каменной.

— Что ты от меня хочешь? — теряя терпение, спросил Флинн. — У меня ничего нет!

В подтверждение своих слов он вывернул левый карман, из которого выпал золотой кругляш — Монета Судьбы.

Обезьянка мигом отцепилась, схватила монету и ринулась бежать со всех лап.

— Стой! — закричал Флинн, молнией бросившись за воровкой.

Обезьянка, будто поняв его, остановилась, забралась на перила и, обвив их хвостом, повисла вниз головой. Она раскачивалась, как маятник, вертя в маленьких лапках монету.

— Пожалуйста, отдай, — взмолился Флинн, покрывшись испариной. — Это очень важная вещь. Мне нельзя ее потерять.

В глазах обезьянки промелькнуло некое осознание. Она призадумалась и, после недолгих размышлений, протянула монету.

— Молодец, хорошая девочка.

Флинн почти прикоснулся к монете, но та неожиданно выскользнула из лап обезьянки и упала в проем между лестницами. Он отчаянно взвыл. Обезьянка виновато пожала плечами, отцепилась от перил и быстро скрылась из виду.

60 Перед ним нарисовался Тайло, метавший громы и молнии.

— Эй, ты почему отстал? Сейчас нам обоим влетит от мадам Брунхильды.

— Монета, — только и смог выдавить Флинн.

— Что монета? — не сообразил Тайло.

— Эта тупая обезьяна украла мою Монету Судьбы, а потом выронила! Мне нужно ее найти!

Флинн побежал вниз, но психофор остановил его, дернув за рукав куртки.

— Прекрати истерику. Разве тебе никто не пояснил, что монету нельзя потерять?

— Нет, — признался Флинн.

— Значит, господин Аяк забыл об этом упомянуть. Он бывает на удивление рассеянным, не голова, а решето. Проверь карманы.

И Флинн действительно нащупал монету.

— Сколько бы ты ни терял ее, она всегда будет возвращаться, — объяснил Тайло. — Все продумано так, чтобы всякие безответственные личности вроде тебя не носились с бешеными глазами в поисках пропажи.

Флинн ничего не ответил. Он последовал за психофором, крепко сжав монету.

Наконец-то преодолев последние ступени, они очутились в длинном коридоре со множеством ответвлений и переходов. Нумерация здесь шла не по порядку. Иногда вместо цифр встречались непонятные символы, а иногда рисунки, больше похожие на наскальную живопись. На одной из дверей висела табличка: «Не входи — оживешь». Чья-то злая шутка, потому что за ней оказалась глухая стена. Одни двери были полностью утыканы ручками, другие замочными скважинами, а третьи — причудливыми дверными молотками. Но всех их кое-что объединяло: они были унылого красно-оранжевого цвета, словно покрытые ржавчиной. Пропетляв минут двадцать по бесчисленным коридорам, они наконец-то остановились.

61

— Пришли, — хрипло оповестила мадам Брунхильда, отперев ржавым ключом дверь под номером 61.

Флинн заглянул в комнату: почти пустая, лишь старый деревянный шкаф одиноко стоял в углу.

— На что уставился? Входи уже, — поторопила старуха.

— Здесь ничего нет, — растерянно проговорил Флинн. — Как тут жить?

— Ты сначала переступи порог, а потом делай выводы. — Мадам Брунхильда всучила ему ключ и, развернувшись, пошла обратно.

— Но как мне без вас найти свой номер? В этом доме потеряться — раз плюнуть! — вдогонку крикнул Флинн.

— Парень, ты вместе с жизнью лишился и ума? — Мадам Брунхильда оглянулась и выстрелила в него взглядом. — У тебя же есть путеводитель, воспользуйся им.

— Ничего не скажешь, милейшая тетка, — съехидничал Флинн, как только она скрылась за углом.

Он переступил порог — и тут же в комнате непонятно откуда появилась мебель, будто из воздуха сконденсировалась. Интерьер в точности повторял бывшую комнату Флинна. Громоздкий ржавый ключ превратился в маленький серебристый (один в один ключ от его старой квартиры!).

— Ну что? Чувствуешь себя как дома? — спросил Тайло, поднявшись в воздух с помощью волшебных кед.

— Да, можно и так сказать. — Флинн постарался изобразить радость, но вышло у него неубедительно. Он никогда не умел притворяться.

Родной дом перестал быть для него приятным местом, с тех пор как ему исполнилось одиннадцать. Именно тогда его жизнь полетела под откос.

Комната была точно такой, какой он ее запомнил: односпальная кровать с черными простынями, темно-фиолетовые стены, плакаты с любимыми группами, светлый ковер с длинным ворсом.

— Я же отпустил все эти вещи. Почему они здесь?

— Ты отпустил не вещи, а воспоминания, связанные с ними, — паря под потолком, ответил Тайло. —

Сами по себе эти предметы ничего не значат — обычное барахло.

Новым здесь был только шкаф, который Флинн увидел еще до того, как комната заполнилась.

— А вот это здесь лишнее. — Он подошел к шкафу и протянул руку, чтобы открыть дверцу.

— Не трогай! — Тайло мигом спустился на пол, его зеленые глаза горели испугом. — Это самая страшная вещь, которую когда-либо создавало Чистилище!

— Эта рухлядь? — Флинн ударил ногой по деревянной ножке.

— Страшен не сам шкаф, а то, что внутри!

— Ну и что же там?

— То, что никто и никогда не должен увидеть, — зашептал Тайло. — Там во мраке неведенья хранятся самые страшные тайны людей — темные и мерзкие. Любой, кто откроет этот шкаф, выпустит свои секреты наружу, и они разбегутся по всему Чистилищу. Потом ходи лови их.

— Так уберите его отсюда, — предложил Флинн, не видя проблемы. — Зачем испытывать судьбу?

— Думаешь, никто не пытался? Шкафы рубили, сжигали, выкидывали, а они каждую ночь вновь и вновь появляются во всех домах Чистилища. Так что не смей открывать его, как бы тебя ни просили.

— Шкаф будет просить открыть себя? — Брови Флинна поползли на лоб.

— Не шкаф, а тайны. Выпускать их нужно не тут, а в доме Испытаний, иначе будет беда, — предупредил Тайло.

— Скорее бы начались эти испытания, — вздохнул Флинн и сел на кровать.

— Не терпится сразиться с армией собственных демонов? — Во взгляде Тайло промелькнул азарт. — Могу устроить.

— Правда? — Волнение сдавило грудь Флинна невидимыми цепями.

— Да, но сначала нужно пойти к Всевидящему, чтобы он выдал задания. Без этого никак.

— Так пойдем!

— Дай свою монету.

Флинн достал из кармана золотую монету и без возражений вручил Тайло. Психофор немного повертел ее, согрел дыханием, положил на ноготь большого пальца и высоко подбросил. Монета упала на ребро и начала быстро вращаться, как юла, пока не прожгла в полу огромную дыру. Флинн подошел к дымящемуся краю. Там, внизу, безмятежно дремала тьма. Стоит ли ее будить?

— Ну что, готов прыгнуть? — спросил Тайло, хитро улыбаясь.

— Нет, — сказал Флинн, — но все равно прыгну.

Тут прогремел звонок — настало время ужина.

— Ой, а давай позже? — резко передумал Тайло. — Я так проголодался, а сегодня обещали подать кролика в сливочном соусе. Нет, ну серьезно, что изменится за какой-то час? Всевидящий никуда не уйдет, ручаюсь.

— Нет времени на кролика! — Флинн крепко сжал руку Тайло и прыгнул во тьму.

7 ЛАБИРИНТ УПУЩЕННЫХ МОМЕНТОВ

Летели они недолго и приземлились весьма удачно: Тайло на кучу соломы, а Флинн на Тайло.

— Поесть не дал, так еще и придавил, — сдавленно пожаловался психофор.

— Хватит ныть, — простонал Флинн, перевернувшись на спину. — Много жрать — вредно. Хотя, будь ты толще, падать на тебя было бы поприятнее. Давай, собирай свои кости и пойдем.

— Я лучше полечу, — проворчал Тайло, взмывая вверх. — Так меньше шансов снова стать твоей подушкой.

— И куда это нас занесло? — Флинн приподнялся и, сощурившись, приставил ладонь ко лбу.

Вокруг высокие стены из красного кирпича, под ногами потрескавшаяся рыжая земля, а над головой темно-оранжевое небо.

— Лабиринт Упущенных Моментов, — торжественно сказал Тайло.

— Мы же собирались к какому-то Всевидящему. Или нет? — Флинн спрыгнул с кучи.

— Да, — подтвердил Тайло, любуясь крылатыми кедами. — Ты ведь не думал, что все будет легко? Здесь не курорт, не забывай об этом.

— Не курорт, — печально согласился Флинн. — И куда идти?

— Да куда хочешь, — заложив руки за голову, ответил Тайло. — Тут все дороги рано или поздно приводят к Всевидящему Мудрецу. Путь не важен, важна лишь цель.

— Тогда зачем лабиринт? Какой в нем смысл?

— Чтобы запутать Упущенные Моменты. Они такие противные, как начнут преследовать — не отвяжешься. Если встретишь их, то ни в коем случае не смотри им в глаза, — предупредил Тайло.

— Понял, — соврал Флинн, потому что ему было сложно представить, как могут выглядеть Упущенные Моменты, и уж тем более, как они могут преследовать кого-то, но казаться недоумком он не хотел.

Лабиринт явно спроектировал тот же сумасшедший архитектор, который построил новый дом Флинна. Дорога постоянно петляла, заводя в новые и новые тупики. Он ходил по кругу, Тайло же терпеливо следовал за ним.

— Ты же говорил, что можно идти куда угодно, все равно попадешь к Всевидящему. Так почему же я вечно оказываюсь в тупиках? Может, воспользоваться путеводителем?

— Путеводитель не поможет, он только в городе работает. Тут, как я думаю, что-то не так с твоей мотивацией, — предположил Тайло, плывя рядом. — Признайся, для чего ты хочешь пройти испытания?

— Чтобы на сердце полегчало, — не раздумывая сказал Флинн.

— В этом и проблема. Ты хочешь избавиться от мук совести, а не стать лучше.

Флинн нахмурился и пнул лежавший под ногами камень. Тайло в чем-то был прав. Он в первую очередь хотел исцелить собственные раны, совсем позабыв о ранах, которые сам когда-то нанес другим людям. И все-таки в глубине души Флинн хотел стать лучше, но совершенно не знал, как это сделать.

Тем временем отлетевший в сторону камень открыл глаза-пуговки и выпрямился. Создание напоминало небрежно слепленную из глины фигурку человечка: толстые ножки, коротенькие ручки, расплывшееся тельце, овальная голова без шеи.

— Черт, влипли, — протянул Тайло, заприметив человечка. — Сейчас целая армия набежит.

— А что это? — Флинн сощурился, склонив голову набок.

— Упущенный Момент. Пока один. Только не смотри ему в глаза.

Но было поздно. И почему стоит что-то запретить, как сразу, до зуда, до дрожи, хочется сделать именно это?

Флинн взглянул существу прямо в глаза. Упущенный Момент невинно посмотрел в ответ. Над маленькой кривой головой возник мираж. Он раздулся, как мыльный пузырь, зацепился за стены, подполз ближе и проглотил Флинна.

Пятнадцатилетний парень сидел на полу и смотрел, как в пустой комнате танцевала девушка в нежно-голубом платье. Она грациозно кружилась и звонко смеялась. Ее движения были легкими и плавными. Темные длинные волосы обрамляли бледное, все еще по-детски круглое лицо. Безмятежная улыбка блуждала на губах, а большие карие глаза светились радостью.

— Флинн! — позвала девушка. — Давай танцевать вместе со мной!

— Нет, я неуклюжий, — сказал пятнадцатилетний Флинн. — Я тебе все ноги оттопчу.

— Давай же! — уговаривала она. — Я никогда раньше не танцевала в паре.

— У меня не получится. — Он замотал головой.

Настоящий Флинн стоял в углу и наблюдал за происходящим со стороны.

— Ты? Это ведь правда ты? — не веря своим глазам, прошептал он и протянул к девушке руку.

Наваждение растаяло, а глиняный человечек, быстро перебирая коротенькими ножками, отбежал на пару метров.

— Я же сказал тебе не смотреть на него! — прорычал Тайло, дернув Флинна за шиворот.

На мгновение он пришел в себя, но существо опять посмотрело на него глазами преданного пса, и Флинна утащило в очередное наваждение.

На этот раз он видел себя ребенком. Отец, чуть не задев дверной косяк, зашел в его комнату.

— Эй, малыш, пойдем играть! На улице отличная погода. Подеремся на мечах, убьем пару драконов, — весело сказал он.

— Не-е-е-ет, пап, — наморщив лоб, ответил Флинн. — Я больше не хочу играть в такие игры.

— Почему?

— Вчера Гроуг Леквод посмеялся над тем, что я все еще бегаю с деревянным мечом, как какой-то пятилетка. И не зови меня больше малышом. Я давно вырос.

— Жалко. Меч совсем новый... и десятка боев не видал, — огорчился отец. — И для меня ты всегда будешь моим малышом.

— Он уже не новый, его Ферни погрыз. Посмотри на лезвие! Все искусано.

— Разве это имеет значение?

— Все равно нет, — отказался Флинн, мотая головой. — И вообще скоро уже фильм начнется, который я давно хотел посмотреть.

— Как знаешь... — пробормотал отец и повернулся к двери.

— Пап, не уходи! — позвал взрослый Флинн и потянулся, чтобы схватить того за плечо.

Видение резко оборвалось, Флинна выдернуло обратно в лабиринт.

— Закрой глаза! — крикнул Тайло.

— Что происходит? — зажмурившись, спросил Флинн.

— Упущенный Момент морочит тебе голову: показывает то, что могло быть, но от чего ты сам отказался. Напоминает, дразнит и тут же удирает. Нет смысла бегать за ним, все равно не догонишь. Поймать можно только Возможность, пока она еще не превратилась в Упущенный Момент.

— И как же мне идти с закрытыми глазами? — Флинн попытался нащупать стену.

— Ты должен четко увидеть свою цель и следовать за ней, не отвлекаясь ни на что другое.

— Хорошо, я постараюсь.

Он опустился на дно своих мыслей, отгородившись от внешнего мира: от запаха пыли, от сухого воздуха, из-за которого потрескались губы, от шуршания крылатых кед. Флинн остался один на один с собой. Чего же он желает на самом деле? Избавиться от мук совести? Да, ему от этого полегчает, но что же насчет других? Тех, кого он ранил? Их боль никуда не денется. Можно ли исправить прошлое? Конечно же нет! Сколько бы ни каялся — ничего не изменится. Но кое-что Флинн все же может изменить — свою жизнь. Он может стать лучше, он должен стать лучше.

— Готов? — вкрадчиво прошептал Тайло.

— Думаю, что да.

— Тогда смотри.

Флинн открыл глаза. И не только он. Кирпичные стены последовали его примеру: на них появились глаза, нарисованные светящейся алой краской.

— Вот теперь ты прозрел. Иди туда, куда ведут эти глаза. Твоя цель там, а не здесь, — сказал Тайло, указывая вниз. — Здесь осталось все пустое и несбыточное. Не цепляйся за это.

— Понял, — ответил Флинн и воспрянул духом.

В этот раз дорога никуда не сворачивала, она была прямой и широкой. По пути они встретили полоумную старушку в окружении терракотовой армии Упущенных Моментов. Она лихорадочно звала их, точно цыплят, но человечки близко не подходили, всегда оставаясь в паре шагов от нее. Когда же старушка с рыданиями упала на землю, они разбежались в стороны, попрятавшись кто куда. Флинн рвался ей помочь, но Тайло его остановил, сказав, что это ее выбор — вечно сожалеть об упущенном. И никто не сможет образумить ее, пока она сама не захочет.

Тайло парил в небе, наслаждаясь полетом, а Флинн чувствовал на себе тяжелый взгляд. Лабиринт следил за ним. Одни глаза медленно моргали и казались безучастными, другие же напряженно таращились, широко распахнув веки.

Наконец подул свежий ветерок, и дышать стало проще.

— Чувствуешь? — спросил Тайло, подлетев ближе. — Мы почти у цели!

— Наперегонки? — с азартом предложил Флинн.

— Ты действительно хочешь посоревноваться с парнем, у которого есть крылатые кеды? — Брови Тайло изогнулись дугой.

— Они тебе не помогут. Я был лучшим бегуном в своем районе.

— Поэтому и стал курьером плохого дяди? Чтобы быстро удирать от других плохих дядь?

— То есть ты знаешь обо мне все? — У Флинна свело желудок и вспотели ладони.

70

— Абсолютно. Даже сколько раз ты целовался с девчонками.

— И что думаешь обо мне?

— Я встречал кое-кого и похуже. Но... — замялся Тайло, почесывая шею, — такого тормоза вижу впервые!

— Сейчас посмотрим, кто из нас тормоз. Глотай пыль!

Флинн рванул со всех ног, поднимая за собой шлейф коричневой пыли. Его сердце бешено колотилось о ребра, грозясь сломать их и вырваться наружу. Кровь в жилах кипела, разнося по телу обжигающую лаву адреналина, мышцы раскалились. Алые глаза гнались за ним. Складывалось впечатление, что он соревнуется с ними, а не с Тайло. Когда показался просвет, у Флинна открылось второе дыхание. Вбежав в центр лабиринта, он остановился и упал на колени, переводя дух.

— О, наконец-то ты здесь, — подал голос Тайло, пристально рассматривая свои ногти. — Я же предупреждал, что нет смысла соревноваться с тем, у кого есть крылья.

— На самом деле мне было плевать, выиграю я или проиграю. Я затеял эту гонку, чтобы побыстрее пройти лабиринт. Эти красные глаза на стенах меня нервируют. — Флинн поднялся и отряхнул колени.

— Звучит как оправдание, но считай, что я тебе поверил. Я сегодня исключительно добр.

— И где же Всевидящий Мудрец?

Флинн осмотрелся. Алые глаза густо облепили стены, опустились на землю и, подобравшись к яме в сердце лабиринта, нырнули в нее. Он подошел ближе. По стенам ямы спиралью закручивались ленты сияющих глаз, уползая в кромешную тьму.

— Только не говори, что мне нужно туда. — Флинн сглотнул. Падать ему сегодня категорически не хотелось. Да и завтра вряд ли появится желание.

— Могу промолчать, но ты и сам догадался, — с улыбкой ответил Тайло и положил руку ему на плечо. — Приношу свои искренние извинения, дружище, ты не такой уж и тормоз.

Флинна посетило острое чувство, что нечто подобное с ним уже происходило.

— Только не смей меня толкать, — предупредил он, вспомнив опыт с золотой рекой.

— Извини, это моя работа, — одними губами произнес Тайло и толкнул его указательным пальцем. Этого хватило, чтобы Флинн потерял равновесие и сорвался вниз.

Падал Флинн очень долго, поэтому у него был вагон времени, чтобы обрушить самые страшные проклятия на голову психофора.

Спустя вечность — или чуть меньше — он упал прямо на стул, оказавшись на дне ямы. По кругу стояли высокие шкафы с фонарями на полках (похожими на те, которые держали статуи ангелов на площади). Золотистый свет мягко вытеснял тьму. Напротив Флинна сидел старик с темно-коричневой кожей — ссохшейся и морщинистой. Она складками свисала с тела, будто костюм не по размеру.

Всевидящий открыл единственный глаз, внутри которого бушевал лесной пожар. Флинн замер. Ему померещилось, что он стал стеклянным и теперь сквозь него можно читать газеты.

Сначала старик ничего не делал — только глазел, — а потом встал и, угловато двигаясь, проковылял вдоль шкафов. Он остановился, узловатыми пальцами взял один из фонарей и, вернувшись на место, поставил его у своих ног.

Старик нагнулся и сомкнул пальцы на запястье Флинна. Казалось, стоило дернуться, и рука одноглазого рассыплется подобно трухлявому пню. Но это впечатление было обманчивым. Старик очень крепко держал свою добычу — не вырваться. Шкафы исчезли, их впитала тьма, вышедшая из стен. Теперь только фонарь и огненный глаз освещали все вокруг. Воздух загустел и сложнее проникал в легкие. Послышался протяжный гул, напоминавший жужжание пчелиного роя.

По стенам побежали образы прошлого. Самые болезненные воспоминания, которые Флинн так долго пытался спрятать под пластом забвения, кружились перед глазами. Груз вины свалился на него, придавив непомерной тяжестью.

Флинн пытался вырваться из плена этого ненавистного старика, пробудившего в нем столько горьких воспоминаний, но у него не получалось. Он ничего не мог изменить, продолжая плыть по реке памяти, ударяясь о скалы своих ошибок.

Образы пропали так же неожиданно, как и появились. Комната вновь погрузилась в полумрак. Флинн решил, что все кончилось, но это оказалось лишь началом. Свет в фонаре посинел и начал рождать искры, которые высоко поднимались и превращались в бабочек. Они густо облепили стены, не оставив даже крохотного островка пустого места. Их синие крылья трепетали в такт сердцебиению Флинна.

— Нет, только не это. Остановитесь, прошу, только не это воспоминание, — умолял он.

Грудь сдавили тиски боли и вины. Флинн был готов отдать все на свете, только бы старик остановился, только бы забрал это одно-единственное воспоминание и спрятал — куда угодно, только бы подальше от него. Но Всевидящий не прекращал изощренную пытку, вновь и вновь прокручивая самое болезненное воспоминание, будто с первого раза ничего не понял. А может, просто наслаждался чужой болью.

Флинн думал, что он вот-вот сойдет с ума. Столько раз он пытался все забыть, жить дальше, словно ничего не произошло. Столько раз убеждал себя, что поступил правильно, что у него не было выбора, хотя в глубине души отлично понимал, что это не так. То, что он сделал, изменило его навсегда. Он стал тем, кем стал. И прощения ему не было.

Руку Флинна охватил синий огонь, который переметнулся и на бабочек, сжигая одну за другой, превращая их в пепел сожаления. Он почувствовал такую острую, нестерпимую боль, что тут же отключился, провалившись во тьму подсознания.

∞

Открыв глаза, Флинн закричал, как после ночного кошмара. Тайло висел над ним и тоже кричал, широко раскрыв рот. Флинн растерялся и умолк.

— Я рад, что ты успокоился, — безмятежно сказал Тайло.

Они больше не находились в лабиринте. Флинн лежал на кровати в номере 61. Он машинально посмотрел на свою руку. Боль, которую он испытал, была такой сильной. Тогда ему показалось, что рука сгорела и на ее месте осталась тлеющая культя. Но Флинн был цел, только вот отныне на его запястье красовалась татуировка с числами: 92, 455, 226.

— Что это?

— А, это. — Тайло махнул рукой, мол, и так все ясно, зачем спрашивать. — Вот, возьми. — Он протянул ключ с овальным брелоком. — Это тебе Всевидящий просил передать, а то ты у нас такой нежный, что сразу в обморок грохнулся. Честно, Флинн, мне, как твоему психофору, было за тебя очень стыдно. Я чуть сквозь землю не провалился! Спасло только то, что Всевидящий живет на самом дне Потусторонья, — проваливаться попросту некуда!

— Если бы ты знал, какую боль я испытал!

— Я знаю. — Тайло закатал рукав и показал запястье, на котором были вытатуированы те же числа, что и у Флинна. — Я чувствовал то же самое, но сознание не терял. Еще и тебя домой приволок!

— Не надорвался? — съязвил Флинн, резко отобрав ключ. — И что мне с ним делать?

— Если есть ключ, значит, есть дверь. Вывод: нужно найти дверь.

— Это понятно, но что потом?

— Потом нужно взять ключ, засунуть в замочную скважину, повернуть и открыть дверь, — с издевкой продолжил Тайло.

«Спасибо, капитан Очевидность!» — подумал Флинн и мысленно придушил своего психофора. Полегчало — раздражение схлынуло.

— А дальше? Что находится за дверью? — терпеливо спросил он, помня об уговоре «вести себя хорошо».

— Ты предлагаешь сразу все рассказать и испортить сюрприз? Ну уж нет! — Тайло с деланым возмущением всплеснул руками и растаял в воздухе.

8 ГОРОД МЕРТВЫХ

Этой ночью Флинна мучила бессонница. Она коршуном нависла над ним, отгоняя сладкое забвение и нашептывая тревожные мысли. Что ждет его впереди? Какие испытания ему достанутся? Сможет ли он простить и быть прощенным?

Флинн посмотрел на свое запястье и осторожно провел по нему пальцами. В детстве он случайно разбил вазу в гостиной. Как же сильно расстроилась мама — эта была ее любимая. Флинн быстро нашел в ящике с инструментами клей, чтобы все исправить, но отец сказал, что разбитая ваза рано или поздно начнет пропускать воду, так что лучше купить новую. Тогда он впервые осознал, что некоторые вещи невозможно исправить.

Только ближе к рассвету мир сновидений прокрался Флинну под веки. Мертвые тоже видели сны, но совсем другие: черно-белые, покрытые пылью и паутиной. И видел он не обрывки прожитого дня, не воплощение переживаний и страхов, а нечто иное. Ему снился мир живых.

Флинн видел город, в котором родился и вырос. Он бесцельно бродил по улицам, узнавая каждый фонарный столб, каждую вывеску и каждую измалеванную граффити стену. Ему встречались люди. Он пытался заговорить с ними, но те проходили мимо, ничего не замечая: Флинн для живых был пустым местом.

— Ты еще долго будешь вот так лежать? — спросил Тайло и громко зевнул. — Я знаю, что ты уже не спишь. Можешь не прикидываться.

Психофор сидел на корточках рядом с его кроватью и без воодушевления листал лежавший на полу журнал.

— Ну и скукотища. И живым это действительно интересно?

— Живые вообще очень странные, — ответил Флинн заспанным голосом.

— Да, они те еще чудилы, — согласился Тайло и оттопырил нижнюю губу.

— После смерти на многое смотришь иначе. Все, что когда-либо казалось важным, в один миг становится нелепым, — произнес Флинн, поднимаясь с кровати. — Слушай, мне снился мой родной город. Я был там призраком, никто не замечал меня. К чему бы это?

— Сны мертвых, — понимающе кивнул Тайло, продолжая листать журнал. — Мертвым всегда снится мир живых. Будь осторожнее, советую не приближаться к своему дому. Незнакомцы вряд ли тебя заметят, ты им неинтересен, а вот родные могут увидеть твой призрак и словить сердечный приступ. Не стоит рисковать, ведь пообщаться все равно не получится: они не услышат тебя, а ты их. Это как звуконепроницаемое стекло. Но с близкими людьми всегда особенная связь. Они могут притянуть тебя к себе, желая вернуть. Считай, что это часть испытания. Не поддавайся этой тяге, ничего хорошего из этого не получится. Все будут только страдать, — серьезно закончил он.

— Я постараюсь, — пообещал Флинн, немигающим взглядом уставившись в пол.

— Вот и славно, — сказал Тайло, встав на ноги. — Давай поужинаем, и я устрою тебе экскурсию по Чистилищу. Ты же его толком и не видел.

— Поужинаем? — Флинн посмотрел в окно. — Сейчас же рассвет.

— Сейчас закатный рассвет, тут такое часто бывает. Господин Аяк опять что-то напортачил со временем, поэтому вечер и утро слились воедино. Прямо сейчас на западе садится солнце, а на востоке оно же встает. — Тайло потянулся, а затем похлопал себя по щекам, чтобы взбодриться.

— Теперь на небе два солнца? — спросил Флинн, накинув куртку на плечи.

— Свихнуться можно, правда? Но это еще цветочки! В прошлый раз было почти то же самое, но с лунным затмением посреди неба. Эон тогда рассердился не на шутку! Он пожаловался Танату, но наказание обошло господина Аяка стороной.

— Танату? Моей Смерти?

— Да, так зовут Властелина Смерти. Но Танат, о котором говорю я, не совсем тот, который забрал тебя из мира живых. — Тайло промычал что-то нечленораздельное. — Короче, это сложно пояснить, так что не забивай себе голову, — торопливо завершил он.

— Нет уж! Рассказывай! — потребовал Флинн. — Я уже сыт недомолвками по горло.

— Как бы тебе разжевать так, чтобы ты проглотить смог?.. Короче! Есть только один Властелин Смерти, и он никогда не покидает то место, в котором находится, посылая в мир живых собственные тени — нечто вроде призрачных двойников. Они делают всю работу и вновь возвращаются к хозяину, сливаясь с ним воедино. У всех теней одно имя и внешне они очень похожи, но все равно разные. — Тайло почесал затылок. — Сам подумай, как одна сущность, пусть и обладающая огромной силой, может самостоятельно со всем справиться? Ведь умирают не только люди, но и животные, города, звезды. Смерть забирает все, что перестает существовать в мире живых.

— Так вот что имел в виду Танат, когда говорил, что он один, но для каждого он разный...

Теперь многое для Флинна стало на свои места.

$$\infty$$

Столовая, как и остальная часть дома, производила удручающее впечатление. Сырая, мрачная, пропитанная прогорклым жиром, с наспех сбитыми столами и стульями.

Заправляла здесь госпожа Эфония — тучная дама в засаленном фартуке. Маленькими поросячьими глазками она впилась в Флинна и Тайло, которые топтались на пороге и никак не решались войти.

— Новенькие, быстро садитесь и ждите, — гаркнула госпожа Эфония. — Столпотворение мне тут не нужно.

Они подошли к первому свободному столику, еле отодвинули тяжелые стулья — те прилипли к жирному полу — и сели. На ужин подавали картофель и печень с луком, весьма сносные на вкус, но Флинн все равно ковырялся в тарелке — аппетит пропал. Тайло же уплетал за обе щеки, будто не ел с позапрошлой недели.

79

В столовой Флинн впервые увидел других жильцов дома, общаться с которыми ему не захотелось. Они выглядели настолько поникшими, что казалось, сядешь рядом и вместе с ними упадешь в глубокую депрессию, из которой уже не выберешься.

Оставив пустые тарелки (Тайло умял обе порции), они быстро покинули столовую и вышли через черный ход.

По городу разлился закатный рассвет или рассветный закат — не понять. Было так странно видеть вечер и утро вместе, но Флинн быстро привык к двум солнцам: оранжевому на востоке и малиновому на западе. Когда чудеса происходят на каждом шагу, перестаешь удивляться.

Чистилище было одним из городов Потусторонья — мира мертвых. Здесь обитали души людей, ожидавшие суда. В Потусторонье, как сказал Тайло, было еще много разных городов, но попасть в них Флинн никак не мог.

Экскурсия заняла кучу времени. Нити улиц соединяли между собой разномастные кварталы, которых было так много, что город казался бесконечным: куда ни кинь взгляд, везде перекрестки, проулки и маленькие площади, зажатые между обветшалыми домами.

Они прошли мимо библиотеки Прошлого — высокого здания, отделанного лепниной. Все, что когда-либо происходило в мире живых, было запечатлено на страницах огромных фолиантов и хранилось тут. На другой стороне улицы находилось похожее здание — библиотека Будущего, но, увы, она была закрыта для посещения. Та площадь, на которую выбросила Флинна золотая река, называлась площадью Ангелов. Отсюда каждую ночь на воздушных шарах счастливчики отправлялись в Небесные Чертоги. От площади поднималась широкая мраморная лестница, примыкавшая к загробному суду — белоснежному зданию с массивными колоннами. На нем висели часы Страшных Перемен. Почему-то они показывали без четверти двенадцать. Флинн решил не думать об этом. Вдруг сломались?

Квартал Сплетников окутывала гробовая тишина. Тайло рассказал, что души здесь не могут вымолвить и слова, потому что при жизни не умели держать язык за зубами. В квартале Притворщиков все оборачивалось ложью, если человек начинал врать: дороги вели не туда, на домах менялись номера, а на магазинах вывески. Аптека оказывалась кондитерской, а малиновый кекс — карамельным. Даже окна могли привирать: показывали солнечную погоду, когда снаружи лил дождь как из ведра. Если ты врал, то квартал врал тебе в ответ. Мир мертвых изо всех сил старался быть справедливым.

В квартале Самовлюбленных никто не мог видеть собственное отражение. Люди здесь были одеты скромно, и, судя по их кислым минам, восторга от этого они не испытывали.

Квартал Скорбящих встретил их мрачным зданием с вывеской «Антидепрессантная». Флинн долго гадал, что же это такое, но в итоге это оказалось обычное кафе, где подавали горячее какао и шоколад всех видов. Жители квартала Гневных выглядели очень нервными, шли они размашисто, напряженно. Когда кто-то из толпы не выдерживал и начинал беситься, его сразу же сковывала белая смирительная рубашка.

— Интересно у вас тут все устроено, — сказал
Флинн.

— Да, все продумано до мелочей, — закивал Тайло. — Мы, конечно, не звери, но как-то вразумить людей надо. Например, в квартале Завистников души начинают задыхаться, когда их переполняет зависть. Они, ясное дело, уже не умрут, но чувство удушения само по себе неприятное, согласись. И пока не перестанут завидовать — не отпустит. У каждого в Чистилище свое наказание.

— А что насчет меня? Какое наказание ждет меня? — просипел Флинн, у него почему-то пропал голос.

— Ты такой рассеянный, что даже не заметил его, — вздохнул Тайло.

— Что? — ошеломленно спросил Флинн, ведь ничего необычного с ним не происходило.

— Советую внимательно осмотреться, когда вернешься в свою комнату.

Квартал Одурманенных утопал в сладком тумане, от которого щипало в носу. Души здесь бесцельно бродили, глубоко погрузившись в мир грез. От вида их блаженных улыбок и пустых глаз по спине пробегал неприятный холодок.

— Сколько тебе было, когда ты умер? — Флинна давно интересовал этот вопрос, но он никак не решался спросить.

— Семь, — на выдохе ответил Тайло.

— Всего семь лет? Так мало...

— Семь часов, — поправил Тайло. — Все, что у меня было в том мире, — уместилось в семь часов.

Флинн не знал, что на это ответить, поэтому промолчал. Теперь его собственные почти семнадцать лет жизни казались более весомыми, чем раньше. Да, он прожил немного, но у него были хотя бы годы, а у других — всего лишь часы, а иногда и минуты.

Дальше они шли в полной тишине, каждый хотел побыть наедине со своими мыслями.

— Смотри, — подал голос Тайло, нарушая безмолвие. — Это бесконечный колодец.

— Ты хотел сказать бездонный?

Флинн подошел ближе и заглянул в колодец, все-таки надеясь обнаружить дно, но нашел лишь плотную тьму.

— Нет, именно бесконечный. Тут начинается сама Бесконечность.

— Серьезно? — недоверчиво хмыкнул Флинн. — Я думал, что у Бесконечности нет ни конца, ни начала.

— Конца нет, а начало есть. Это же Бесконечность, а не Безначальность, — подметил Тайло.

— А что будет, если туда кинуть камень? Он будет лететь вечность?

— Нет. Он будет лететь очень-очень-очень долго, пока не превратится в пыль. Камни ведь не бессмертны, они тоже исчезают в потоке времени. Бесконечность — это слишком длинный путь для маленького камешка.

— А что будет с этим колодцем, когда наступит конец света? — Флинн внимательно смотрел во тьму, и ему показалось, что тьма тоже с интересом наблюдала за ним.

— Бесконечность будет ждать рождение нового мира, вот и все. Она никуда не денется, — сказал Тайло.

Флинн оперся руками о край колодца и крикнул во мрак Бесконечности, но эха не последовало.

— Бесконечность — молчаливая дама, она не ответит, так что не старайся.

— А так хотелось перекинуться словечком. — Флинн отряхнул ладони и отошел от колодца.

— Не думаю, что у вас найдутся общие темы для разговора, — улыбнулся Тайло.

Небо ожило. Оба солнца, до сих пор неподвижно висевшие над горизонтом, стремительно заскользили вверх. Встретившись высоко в небе, они недолго «пообщались» и разошлись в разные стороны. Одно из светил теперь двигалось на запад, а другое на восток, и на этот раз они не застыли над горизонтом, а покатились куда-то вниз, отдавая небосвод во власть чернильной тьме и звездам.

— О, наконец-то Эон починил время, — сказал Тайло и поднялся над землей.

Флинн вдруг почувствовал тепло, исходившее от кармана его куртки. Это нагрелся ключ — подарок Всевидящего. На овальном брелоке сияло число 92.

— Началось! — взбудораженно воскликнул Тайло. — Дом Испытаний ждет нас!

9

ОКЕАН ГНЕВА

Флинн мчался быстрее ветра, пытаясь угнаться за Тайло. Окружающий мир поплыл перед глазами, став смазанной картиной. Он хотел крикнуть: «Постой!» — но слова застряли в горле. Кровь шумела в ушах, заглушая мысли, а сердце отплясывало чечетку. Когда бешеная гонка закончилась, он подумал, что легкие сгорели и дышать больше нечем.

Дом Испытаний всем своим видом внушал ужас. В темноте он казался застывшим монстром, который щетинился стальной черепицей и вонзался в небо острыми пиками, точно клыками. Флинн был готов поклясться, что услышал низкий рык, блуждавший по дымоходам, — монстр не обрадовался непрошеным гостям.

— Ты уверен, что нам сюда? — спросил Флинн, надеясь, что они все-таки ошиблись адресом.

— Уверен, — ответил Тайло, указывая вверх. В небе огненным венцом полыхало число 92 — деваться некуда.

Входная дверь отсутствовала. Чудовищный дом раскрыл беззубый рот в ожидании, что добыча сама войдет в него. Ковровая дорожка манила вглубь, ведя по узкому коридору. Дальше их ждал просторный зал, отделанный красным бархатом и черным деревом. Они будто оказались в желудке монстра.

— Такое ощущение, что дом нас проглотил, — прошептал Флинн.

С гобеленов на них смотрели люди, чьи рты навеки застыли в душераздирающем крике.

— Твое ощущение тебя не обманывает, — отозвался Тайло. — Этот дом живой.

— Час от часу не легче, — тихо пожаловался Флинн. — И как нам найти нужную дверь? Дом-то громадный.

— Погоди искать. Ты сначала с домом поздоровайся. — Тайло указал на стоявшее посреди зала зеркало.

Флинн подошел к нему и увидел отражающийся зал, но не себя, словно стал невидимкой. Он прикоснулся к холодной поверхности, но рука прошла насквозь, и Флинн сразу отдернул ее. Из зеркала, как вода из пробоины, полилась серебристая жижа. Она мигом залила пол и заскользила по стенам, подбираясь к потолку. Жидкое зеркало полностью обволокло зал и застыло, вновь обретая твердость, а после с лязгом раскололось. Миллионы серебристых осколков упали на пол и растаяли.

Дом преобразился: стены перекрасились в темно-серый, под ногами лежал паркет цвета песка, а мебель пестрила всевозможными оттенками синего. В вазах благоухали белые лилии — любимые цветы матери Флинна. На полках стояли книги, которые он успел прочесть за свою короткую жизнь, — полсотни томов, не больше. Зато комиксы возвышались десятками аккуратных башенок. Флинн почувствовал себя странно, как будто пришел к себе домой, хотя видел это место впервые.

— Совсем другое дело. Прошлый интерьер был ужасен. — Тайло передернуло. — Теперь ты временный хозяин дома Испытаний.

— Да? Могу закатывать тут вечеринки?

— Можешь, — сказал Тайло. — Вечеринки со своими демонами. Будет весело.

— Какой облом, — наигранно расстроился Флинн, развалившись на диване. — Впервые получил в наследство дом, а он, оказывается, идет с демонами в довесок.

— На самом деле ты больше, чем хозяин. Этот дом перенял твою личность и перестроился под тебя.

— То есть если бы я был домом, то выглядел именно так? — уточнил Флинн.

— Да. Так что не советую впускать в свой внутренний мир кого попало. Наследят, намусорят — и поминай как звали, будешь в гордом одиночестве наводить порядок.

— А демонов, получается, впускать можно?

— Демоны не приходили откуда-то извне, ты сам их вырастил, — объяснил Тайло и взмыл к потолку.

— А кому дом принадлежал раньше?

— Могу предположить, что бывший хозяин был каким-нибудь живодером. Настолько неприятные дома встречаются редко. Надеюсь, что он получил по заслугам, — откликнулся Тайло, рассматривая люстру вблизи. — Обычно всякие подонки сразу попадают в Лимб, так сказать, без суда и следствия. Как только они пересекают границу мира мертвых, их начинает тянуть вниз с такой силой, что сопротивляться ей невозможно — иначе разорвет душу на части.

— Тогда мне еще повезло. — Флинн положил руки за голову. — Интересно, а как дом выглядит, когда у него нет хозяина?

87

— Этого никто не знает. Слушай, — Тайло провел пальцем по люстре, — а ты, однако, немного пыльный.

— Ты там аккуратнее. Вдруг эта люстра символизирует мое сердце? Разобьешь еще, — ухмыльнулся Флинн.

Тайло отлетел от люстры и принялся рассматривать стены.

— Дружище, не подскажешь название этой красавицы? — Он с хитрой улыбкой указал на картину с изображением синей бабочки. — Когда-то помнил, но забыл. Представляешь? Вот же дырявая голова, годится только для того, чтобы шапку носить, — запричитал он.

Скорбная тень окутала Флинна.

— Без понятия, — кинул он и отвернулся.

— Странно, я был твердо уверен, что тебе известно ее название, — разочарованно произнес Тайло. — О! Вспомнил! Это же бабочка рода Морфо, — елейным голосом добавил он.

— Хватит об этом. — Флинн резко встал и сжал кулаки так сильно, что костяшки побелели.

— Ее еще называют частичкой неба, упавшей на землю, — продолжил Тайло, игнорируя просьбу.

— Я же просил! Хватит об этом, — повторил Флинн сквозь плотно сжатые зубы. Он не должен спускать свою ярость с поводка, он обещал себе.

— Древние племена верили, что каждый человек после смерти становится этой бабочкой и возвращается на небо, — не останавливался Тайло.

— Ты ведь это специально делаешь, да? — Перед глазами Флинна заплясали белые точки — сейчас сорвется.

Он подбежал к психофору, но тот вовремя поднялся выше — не достать.

— А я что-то не то сказал? — Тайло невинно похлопал ресницами. — Или ты боишься бабочек? Не переносишь их вида?

— Не прикидывайся! Сам ведь говорил, что знаешь обо мне абсолютно все. Тебе прекрасно известно, ЧТО значит для меня эта чертова бабочка! — Флинн не выдержал и направил свой гнев на стену, с размаху ударив по ней кулаком. Посыпалась штукатурка.

Он закрыл лицо руками и закричал, мысленно проклиная себя, что все-таки сорвался. Зачем давать клятву, если не можешь ее сдержать?

С лестниц полилась вода, как если бы на верхних этажах одновременно прорвало все трубы. Зал моментально затопило, и Флинн оказался по пояс в воде.

— Злись! — крикнул Тайло. — Выпусти свой гнев наружу, не держи его взаперти!

— Я так и знал, что ты все подстроил! — рявкнул Флинн, хлопнув ладонями по воде.

— Ну уж прости! — проорал Тайло, пытаясь перекричать оглушающий рев воды. — Мне нужно выпустить твоего демона наружу, но он еще не готов показаться. Продолжай злиться, пока не появится дверь!

— Я не могу злиться без причины! Помоги мне!

— Ты глупый безответственный чурбан, а еще бегаешь как девчонка! Ну что? Помогло?

— Ни капельки! Дети из моего района и то лучше ругались! — сказал Флинн, забираясь на книжный шкаф.

— Вообще-то я тоже ребенок! — напомнил психофор. — Тогда попробуем иначе.

Тайло подлетел к Флинну и столкнул обратно в воду, тот не успел глотнуть воздуха, поэтому чуть не захлебнулся.

— Ты придурок?! — вынырнув, крикнул он. — Ты должен был разозлить меня, а не утопить!

Но затея удалась: на потолке возникла дверь с номером 92.

— Зато подействовало! — радостно ответил Тайло. — Дай руку, я поделюсь с тобой легкостью.

Флинн схватил ладонь психофора и крепко сжал. В один миг тело приобрело невесомость, и он воспарил к потолку. Дрожащими руками Флинн достал ключ (который смог воткнуть в замочную скважину лишь со второй попытки) и рывком открыл дверь. Потолок и пол поменялись местами, и Флинн упал в лазурную воду.

— Опять мокро! — всплыв на поверхность, пожаловался он. — Я уже третий раз после своей смерти оказываюсь в воде.

— Вода — это твоя стихия, — сказал Тайло, которому каким-то чудом удалось остаться совершенно сухим. — Добро пожаловать в океан Гнева.

По небу нерасторопно плыли тяжелые тучи, рождая в черных телах зарницы, холодный ветер подгонял невысокие волны. Лазурная вода простиралась во все стороны, насколько хватало взгляда. На фоне темных туч ее цвет казался неестественным, океан ведь должен отражать небо.

Флинн в этот раз неплохо держался на плаву — исключительно благодаря тому, что Тайло поделился с ним легкостью. Одежда неприятно липла к телу, горло першило от соли, а глаза слезились.

— Кто бы мог подумать, — качаясь на волнах, усмехнулся Флинн. — Сегодня у меня свидание с демоном. Нужно было цветы принести, что ли? Или конфеты. Что там едят демоны?

— Души. Они едят души. Так что демон вряд ли бы оценил твой романтический порыв в виде цветов и конфет, — хихикнул Тайло, но веселье быстро

сползло с его лица. — Ты только не волнуйся, но я тут вспомнил, что забыл оружие.

— Как это? — Флинн вытаращил глаза.

— Забыл — это значит, не взял с собой, — зачем-то разъяснил Тайло.

— Я прекрасно знаю значение слова «забыл», — прошипел Флинн. — Я хотел узнать, каким образом ты умудрился забыть о такой важной вещи!

— Часто летаю — вот мысли и вылетают из головы, — пытался шутливо оправдаться Тайло, разведя руки в стороны. — Без паники. Никуда не уходи, я скоро вернусь, — пообещал он, щелкнул пальцами и растворился в воздухе.

— Как будто я смогу уйти отсюда. Тоже мне помощник, — фыркнул Флинн.

Ему стало не по себе. Он впервые с момента своей смерти остался в полном одиночестве. Внутри как на дрожжах росло чувство тревоги. Хоть бы этот непутевый Тайло не опоздал! Ему не хотелось встретить демона, будучи безоружным.

Ногу Флинна что-то задело, и нервная дрожь прокатилась по телу. В детстве он всегда боялся, что какой-нибудь монстр, живущий на дне, схватит его и утащит под воду. Только бы не запаниковать, иначе он и без посторонней помощи пойдет ко дну. Что-то неопознанное вновь потерлось о ногу Флинна. Он отплыл в сторону, но через время опять ощутил легкое прикосновение.

«Что за странная игра в салочки?» — сердито подумал Флинн.

— Покажись! — вслух произнес он, сам не зная почему.

И его услышали: над водой появилась маленькая рыбешка, от которой остался один скелет. Хоть у нее и не было глаз, но Флинна не покидала мысль, что она с интересом пялится на него.

— Так ты и есть мой демон? Тебя можно и зубочисткой победить.

Рыбешка быстро застучала острыми зубами, будто хотела передать какое-то сообщение.

— Я тебя не понимаю, прости.

Он протянул руку, чтобы схватить ее, но рыбешка оказалась проворной. Она извернулась и укусила его за палец. Флинн ойкнул. В океан Гнева упало несколько капель крови, а нахальная рыбешка скрылась под водой.

— Исходя из опыта, все не может быть так просто, — медленно проговорил Флинн, смотря на глубокую рану. Волны слизнули еще пару алых капель.

Оглушающий раскат грома пронесся по воздуху, точно рев исполинского зверя. Гроза, доныне бушевавшая высоко в небе, переметнулась и на океан. Молнии ослепляющими нитями сшивали между собой черную шерсть облаков и лазурный шелк океанских волн.

Флинн задышал чаще, нутром ощущая приближение чего-то очень опасного и древнего. Демон не заставил себя ждать. Подражая грому, он издал оглушающий рык, предупреждая о своем появлении. Из тьмы грозовых туч выплыл гигантский скелет рыбы с острыми как бритва костями. Демон слепо метался по небу, пытаясь учуять добычу. И учуял. Он повернул голову — пустые глазницы уставились прямо на Флинна.

«Мерзкая рыбешка! — догадался он, мысленно застонав. — Она специально укусила, чтобы чудище нашло меня по запаху крови».

Флинн оторвал от своей футболки лоскут и перевязал им рану, надеясь, что это приглушит запах крови и собьет демона с толку.

— Чертов Тайло! Где его носит, когда он так нужен?!

Уловка не сработала, и демон направился к нему. Флинн приготовился к худшему.

10 ДЕМОН ЗЛОБЫ

Скелет под бесконечные всполохи нырнул в океан, подняв огромную волну, и Флинна утянуло на дно воспоминаний. В лазурной воде он увидел обрывки своего прошлого.

Вот момент из детства. Флинну пять. Мама купила ему желтый комбинезон, и все знакомые ребята начали дразнить его, называя цыпленком. Он так рассердился, но не на ребят, а на маму. Почему она не могла выбрать нормальный цвет?! Теперь он стал посмешищем для всей улицы. Флинн в тот же день испачкал комбинезон до такого состояния, что отстирать его было невозможно.

Тут ему семь. Он попросил купить игрушечный бластер, но родители отказали: денег до зарплаты отца осталось очень мало. Как же задрала эта нищета! Вот Леману покупали все, что бы тот ни попросил. Этот доходяга с кривыми ногами никогда не знал нужды, всегда ходил в новой одежде, получал самые дорогие игрушки в подарок, а Флинн носил обноски и играл с оловянными солдатиками. Несправедливо! В тот же вечер Леман похвастался новеньким бластером, который так хотел Флинн. Не выдержав, он поставил Леману фингал. На этом их общение и закончилось.

В девять лет Флинн впервые подрался с целой толпой мальчишек. Пришел домой весь ободранный, в царапинах, синяках. Когда мать и отец спросили, почему тот полез в драку, он сказал, что ему не понравилось, как ребята шушукались за его спиной.

Флинн стряхнул наваждение, сделал несколько мощных гребков и вынырнул на поверхность. Океан разбушевался не на шутку: волны точно надеялись достать до неба. Они высоко вздымались и обрушивались, топя под собой, но он снова и снова всплывал, лихорадочно глотая воздух. Флинн метался, как дикий зверь, запертый в клетке. Он искал спасение, но нашел только демона. Гигантский скелет рыбы кружил рядом, не разрешая далеко отплыть. Демон забавлялся с ним. Он махнул хвостом, и Флинн вновь пошел ко дну своих воспоминаний, отдаваясь водовороту гнева.

Родители ссорились, мать кричала на отца. Флинну одиннадцать.

— Полное ничтожество! Всю жизнь мне испортил! — надрывалась мать. — Ни с чем не можешь справиться! Даже с собственным сыном! Ты тюфяк, самый настоящий тюфяк!

— В чем моя вина? Я и так делаю все, что от меня зависит! — оправдывался отец.

— Ты мне обещал совсем другую жизнь! Я не могу так больше, пойми же! Ты целыми днями пропадаешь на работе, а приносишь копейки. Флинн без тебя совсем от рук отбился! Он портит вещи, плохо учится, дерзит! Вчера он опять подрался! Директор в который раз вызывает нас в школу! Я не знаю, что делать с ним! В него будто бес вселился! — визжала мать, расхаживая туда-сюда.

— Я работаю на двух работах! Я устаю и физически не могу уделять Флинну больше времени! У парня сложный период, он перерастет.

— Все это жалкие отговорки! Муж ты никакой, отец из тебя тоже никудышный. Можешь только в войнушки с ним играть, а этого мало для воспитания мальчика! Ему нужна твердая мужская рука, дисциплина, и если ты сам не можешь с ним справиться, то я отдам его в школу-интернат для неуправляемых подростков! Там даже такому вправят мозги! — Мать подошла к столу и ударила по нему кулаком.

— Не смей! — запротестовал отец, багровея. — Я не позволю отдать туда Флинна. Он наш сын! И будет жить с нами! Ему нужна наша любовь и забота.

— Да кто тебя спросит? — с издевкой бросила мать. — Если ты не в состоянии решать проблемы сам, то их буду решать я. Сегодня же отвезу туда Флинна. Пусть его там сначала хорошенько выдрессируют, а уж потом он сможет вернуться домой.

— Если ты это сделаешь, я тебе этого никогда не прощу, — с чувством произнес отец. Он напряженно посмотрел на часы. — У меня больше нет времени на эту глупую ссору, скоро начнется моя смена. Но запомни, — он поднял указательный палец, — если утром я не обнаружу нашего мальчика мирно спящим в своей кровати, я с тобой разведусь.

— Напугал! — фыркнула мать, нервно закуривая сигарету. — Уже сил нет видеть твою мерзкую рожу! Можешь хоть сейчас испариться из моей жизни — невелика потеря! Ты для меня давно как удавка на шее. Все душишь и душишь. — Она демонстративно сжала свое горло ладонью, а после выпустила ему в лицо струю дыма.

— Я тебя предупредил, — сердито сказал отец и вышел из комнаты.

— Посмотрите-ка, важный какой, предупредил он меня. Да чтоб ты провалился! — вдогонку крикнула мать.

Отец остановился, заметив в коридоре одиннадцатилетнего Флинна, который тайком наблюдал за ссорой.

— Малыш, ты почему не спишь? — заботливо спросил он. — Иди в кровать, тебе завтра рано вставать.

— Пап, — опустив глаза, пролепетал Флинн, — меня действительно отдадут в школу-интернат?

— Конечно, нет, дорогой!

— Но мама сказала...

— Мама устала, — прервал его отец. — Она тебя очень любит, просто на нее многое навалилось. Мама не выдержала и погорячилась, она отойдет. Иди спать, сынок, — мягко добавил он и погладил Флинна по макушке. — Завтра у меня будет выходной и мы вместе поиграем. Договорились? Не думай о плохом.

— Хорошо, пап...

Флинну ненадолго удалось вырваться из плена воспоминаний. Он уже не различал, где низ, а где верх: все вертелось перед глазами. В воде промелькнул ряд белых сабель. Демон проплыл мимо, задев Флинна острыми ребрами. Он безмолвно взвыл. Тело покрылось глубокими порезами, а вода приобрела металлический привкус крови. Флинн снова погрузился в пучину гнева.

Ему все еще одиннадцать. События нового воспоминания происходили на день позже предыдущего.

Отец задерживался, а мать делала вид, что ее это не волнует. Флинн хотел позвонить ему на работу, но не знал номера. В дверь постучали, и он кинулся открывать, уверенный в том, что это пришел отец. Флинн ошибся. На пороге стоял незнакомый мужчина.

— Малыш, а мама дома? — дрогнувшим голосом поинтересовался незваный гость.

— Да, а что?

— Позови ее, пожалуйста. У меня к ней очень важный разговор.

— Что происходит? — Услышав голоса в прихожей, мать подошла сама.

— Здравствуйте. — Мужчина снял шляпу, обнажив вспотевшую лысину. — Я начальник службы безопасности в компании, где работал ваш муж. Меня зовут Джейли Корс.

— Работал? — переспросила мать. — Этого недотепу уволили? Замечательно! Наша непутевая семейка проваливается в яму неудач все глубже и глубже! Скоро и света дневного не увидим! Сплошной мрак и безнадега! — всплеснула она руками и принялась рыться в висевшей на стене сумочке. — И что же он натворил?

— Ничего! — выпалил Джейли Корс и покосился на Флинна. — Может, поговорим наедине?

— Я никуда не уйду! — твердо сказал он, нахмурив брови.

— Говорите при нем, — махнула мать. — Все равно он меня не послушает. Знаете, совсем от рук отбился. — Она наконец-то выудила из сумочки пачку сигарет. — И это при живом отце!

Джейли Корс побледнел как смерть.

— Ладно, — ответил он, промокнув потную лысину платком.

— Так что там с моим муженьком? — закуривая, спросила мать.

Флинн терпеть не мог эту ее привычку, потому что вместе с квартирой дымом пропитывался и он сам. От одежды, волос и кожи потом разило сигаретами. Даже свежий воздух улицы не помогал выветрить эту тошнотворную вонь.

— Понимаете, — начал Джейли Корс, нервно вертя в руках шляпу. — Работа строителя — это определенный риск. Дело в том, — замялся он, — в общем, страховка не выдержала и ваш муж упал. Но это не наша вина, это вина производителя! Там был заводской брак!

Мать стала похожей на привидение.

— Насколько он пострадал? — дрожащим голосом спросила она.

Джейли Корс открыл рот, но ни единого слова не вырвалось из него.

— Я спрашиваю, насколько сильно пострадал мой муж?! — выкрикнула мать. — С какого этажа он упал?!

— С шестьдесят первого...

Как только Джейли Корс ушел, мать на ватных ногах прошла в гостиную, медленно села на диван, запустила в светлые волосы тонкие пальцы и тихо завыла. Флинн же и слезинки не проронил. Огонь, горящий внутри, высушил все: любовь, надежду, беззаботность. Вместе с отцом умерли и его детство, и его семья. Столько утрат зараз, а оплакать их не получалось. Что-то сломалось в нем — и это уже было не починить, как и ту любимую мамину вазу, которую он когда-то разбил. Теперь они квиты.

Флинн поклялся, что запрет гнев и боль внутри себя, став их тюрьмой. Как бы они ни пытались сбежать, он будет сильнее и не выпустит. Он никому и никогда не покажет свою слабость.

Мать провела весь вечер в компании горя и слез. Она ни на минуту не умолкала: то что-то бормотала себе под нос, то снова выла, как волчица.

Ближе к ночи Флинн подошел к ней со стаканом воды и сел рядом. Сперва мать долго не замечала его присутствия, а потом, вздрогнув, очнулась от глубокой скорби. Она посмотрела на него пустыми глазами, машинально принимая стакан.

— Я видел вашу вчерашнюю ссору, — тихо сказал он. — Ты проклинала его, желала провалиться. Сказала, что не будешь горевать, если он исчезнет. Смерть услышала тебя и забрала папу. Это твоя вина.

— Флинн, мальчик мой, я не виновата, я не хотела. Это случайность, — сухим голосом выдавила она.

— Я ненавижу тебя.

— Сынок, опомнись, прошу тебя, — всхлипывала мать. — Ты теперь моя единственная семья, мы остались одни друг у друга. Прошу, не надо меня ненавидеть! — Ее руки задрожали и стакан упал. Лужица воды растеклась по полу.

Флинн внимательно посмотрел прямо в глаза матери — такие же синие, как и у него, — а затем холодно произнес:

— Ты лишила меня семьи. Я никогда больше не буду твоим сыном. У меня больше никого нет. И у тебя тоже.

Флинн казался спокойным, но внутри него плескался гнев. Целый океан слез, которые он так и не смог выплакать.

Комната начала заполняться лазурной водой, и воспоминание выплюнуло его из горького рта. Собрав последние силы, Флинн вынырнул, жадно глотая отрезвляющий воздух.

— Лови! — крикнул Тайло и что-то кинул в воду.

— Но... это же простая веревка! — проорал Флинн, подплыв ближе.

— А ничто другое тебе и не поможет! Ты борешься с демоном Злобы. Чем больше ты сопротивляешься ему, тем сильнее он становится. С гневом не нужно бороться, его нужно усмирить!

— Но ведь когда-то давно я уже это сделал. Что еще нужно?

— Пойми же! Да, нельзя выпускать гнев наружу, позволяя ему разрушать твою жизнь, но и запирать тоже нельзя! Однажды он вырастет настолько, что разорвет изнутри, — и ты уже не сможешь собрать себя. Тебе нужно именно усмирить демона! Оседлать, подчинить! Не ты находишься в его власти, а он в твоей!

Когда до Флинна дошел смысл сказанного, он схватил веревку, сделал глубокий вдох и нырнул. Искать демона долго не пришлось, ведь тот все время наворачивал круги где-то рядом. Острые кости белели в темно-зеленой толще воды. Он быстро сообразил, что если накинуть веревку на ребра, то она порвется. Нужно найти хребет.

Огромный скелет плавал взад-вперед, скалясь акульими зубами, выжидая момент, чтобы вновь напасть и терзать Флинна до тех пор, пока не изрежет всю его душу на мелкие кусочки. Он понял, что демон пытался управлять им, не давая плыть туда, куда ему хотелось. Демон страстно желал взять над ним верх. Но не он тут хозяин! Не он главный, а Флинн!

«Подплыви», — мысленно приказал он демону. И тот покорился. Как будто под гипнозом, гигантский скелет приблизился к нему. Флинн сделал пару гребков и затянул веревку на хребте — осторожно, чтобы не задеть острые ребра. Демон встрепенулся, осознав, что угодил в западню. Он яростно забил хвостом и защелкал зубами, пытаясь скинуть Флинна, но тот вцепился намертво. Демон Злобы издал вопль, от которого кровь застыла в жилах. Он молнией выплыл на поверхность и воспарил над океаном Гнева.

Флинну в лицо ударил порывистый ветер. Он всем телом прижался к скелету, крепко держась за веревку. Ладони кровоточили и горели, но разжать их не было и мысли.

— Правильно! — воскликнул Тайло. — Не давай ему спуску!

Скелет сделал вираж, пытаясь скинуть Флинна со спины, — не вышло. Он извивался и бился до тех пор, пока силы не иссякли. Демон стал уменьшаться, точно высыхал.

— Да! Ты победил! Ты укротил свой гнев! — радостно прокричал Тайло. — А теперь дай мне руку.

Битва изнурила Флинна, но психофор вновь поделился с ним легкостью. Раны зажили, тело стало невесомым, а демон совсем уменьшился, превратившись в скелет маленькой рыбешки.

— Я видел ее раньше. Она укусила меня, — сказал Флинн, паря рядом с Тайло.

— Она попробовала твой гнев и выросла до его размеров.

Рыбешка стала еще меньше.

— Такая крошечная, не больше моего ногтя.

— Если ее не кормить, она всегда будет такой. — Тайло аккуратно погладил рыбешку.

— А тебя где носило? — спросил Флинн с упреком. — Этот демон меня чуть в салат не нарубил!

— Вот только не надо на меня наезжать! — оскорбился Тайло. — Ты хоть представляешь, как сложно в Чистилище найти приличную веревку?

11 КВАРТАЛ ПОТЕРЯВШИХ НАДЕЖДУ

Вернувшись домой, Флинн упал на кровать. Смертельная усталость растворила кости, веки потяжелели, и он провалился в беспокойный сон.

Флинн вновь видел родной город, который так ненавидел при жизни. В нем раздражало все: шум, вечная суета, грязь и бедные районы, в одном из которых он и вырос. И только здешний туман нравился ему. Город находился в низине, недалеко от воды, поэтому появлялся он довольно часто. Редкое утро обходилось без густой пелены. А еще туман был совершенно особенного цвета — сизого.

Многие люди пытались найти объяснение этому явлению, выдвигая самые различные предположения. Одни говорили, что все это из-за работающего в черте города завода, по слухам, он выбрасывал в воздух вредные вещества, которые и окрашивали туман. Другие обвиняли в этом споры неизвестного вида плесени. Некоторые строили уж совсем невероятные догадки: якобы сизый туман приходил из другого мира или же таким образом высшие силы предупреждали о надвигающейся беде.

Флинну было глубоко наплевать, по каким причинам возникал сизый туман. Ему он просто нравился.

Туман скрывал уродства этого города, и все вокруг казалось не таким уж паршивым. И вот Флинн вновь шел в этом волшебном мареве, жалея, что видит черно-белые сны.

Пробуждение было не из приятных: на грудь будто каменная плита упала, а на шею точно петлю накинули — дышать невозможно. Флинн резко поднял голову с подушки. За мгновение до пробуждения ему показалось, что он увидел на улице свою мать. Даже если бы Тайло не предупредил о возможных последствиях такой встречи, Флинн все равно не хотел видеть ее. Смерть не изменила его отношения к матери. Он по-прежнему винил ее в смерти отца.

Флинн потянулся к тумбочке, чтобы налить стакан воды, и замер. Рядом с графином лежала заколка в виде бабочки с синими крыльями. Он дернулся, как ужаленный. Так вот какое наказание ему устроили! Лучше бы сварили в котле, это в разы милосерднее. Флинн схватил заколку, подбежал к окну и швырнул на улицу. Неровной походкой он вернулся к тумбочке за водой. Заколка лежала на том же месте, где и раньше.

— Нет, — шепнул Флинн, сжимая зубы до скрежета.

Он кинул заколку на пол и растоптал, а потом испуганно посмотрел на тумбочку и в ужасе обнаружил, что заколка появилась вновь. Флинн пытался сжечь ее, снова выкинуть, сломать, но, что бы он ни делал, она постоянно возвращалась к нему. Его вечная пытка, поданная под обжигающе острым соусом вины.

От бессилия Флинн опустился на пол и невидящим взглядом уставился в пространство. Изголодавшаяся совесть грызла до костей. С трудом вырвавшись из ее цепких лап, он медленно осмотрел комнату. В дальнем углу стоял шкаф — тот самый, с секретами. Эффект запретного плода сработал в мгновение ока — что-то щелкнуло в сознании. Схватив заколку, он пересек комнату и очутился рядом со шкафом.

— Все страшные тайны должны покоиться в одном месте, — сам себе сказал Флинн.

Он встал вплотную к шкафу, взялся за ручку и, немного приоткрыв дверцу, заглянул внутрь: тьма и больше ничего. Тайны попрятались по углам. Он просунул в щель заколку с синей бабочкой и тотчас захлопнул дверцу. Флинн нервно выдохнул и оглянулся. На тумбочке стояли лишь графин с водой и пустой стакан.

«Сработало!» — с облегчением подумал он.

Не успев дойти до середины комнаты и обрадоваться, что затея удалась, Флинн услышал глухой монотонный стук. Стучали из шкафа. Он медленно повернулся. Стук нарастал, напоминая барабанную дробь. Дверцы задрожали, желая выпустить наружу все секреты, томившиеся за ними.

Флинн подбежал и уперся руками в шкаф, не давая тому открыться, но его стараний надолго не хватило: тайны оказались сильнее. Дверцы распахнулись, выпуская рой синекрылых бабочек. Они облепили все: стены, потолок, мебель — каждый свободный кусочек комнаты. Только вот ни одна из них не села на самого Флинна, они избегали его, словно боялись. Глубоко внутри он тоже боялся их.

— Черт! Тайло меня убьет! — запаниковал Флинн.

— Убью. Да так, что меня признают самым жестоким убийцей за всю историю! — грозно произнес нарисовавшийся в воздухе Тайло.

He парил под потолком, частично облепленный синими бабочками.

— Помоги! — взмолился Флинн, сомкнув ладони.

— Я же тебе четко сказал: ни за что, ни при каких обстоятельствах не открывать шкаф! — рассердился Тайло, стряхивая бабочек с головы.

— Я и не думал выпускать тайны! — оправдывался Флинн. — Всего лишь хотел спрятать в шкаф еще одну, а он взял и распахнулся.

— Неудивительно! Ты его переполнил, и он не выдержал. — Тайло снял серую шапку с кошачьими ушами, и черные кудри рассыпались по плечам.

Психофор принялся аккуратно собирать бабочек в шапку — те не сопротивлялись.

— Идите ко мне, маленькие, — уговаривал он их, точно детей. — Я вас верну домой, будете опять мирно дремать в темноте неведенья.

— Тебя они не боятся, а меня вот шугаются. — Флинн демонстративно протянул руку к одной из бабочек — та упорхнула.

— Ничего удивительного, если учесть, ЧТО ИМЕННО хранят эти тайны, — сказал Тайло, многозначительно глянув на него.

Флинн не ответил и отошел в сторону, чтобы не мешать. Каким-то непостижимым образом все бабочки уместились в шапке (бездонная она, что ли?). Все, кроме одной.

— Только бы не спугнуть, — прошептал Тайло, подкрадываясь.

Флинн перестал дышать. В этот момент он хотел, чтобы время сломалось и все вокруг замерло. Но где-то наверху решили, что это было бы слишком легко. В дверь забарабанили, да так громко, что Флинн подпрыгнул на месте.

— Эй, шестьдесят первый! — Из-за двери послышался зычный голос мадам Брунхильды. — Соседи жалуются, что у тебя там кто-то скребется! Я ведь предупреждала, что полтергейсты в доме запрещены!

— Это не полтергейсты, мадам Брунхильда! Это скребутся мысли в наших головах! — крикнул Тайло. — Все под контролем! Не о чем переживать!

— Мальчик, что за ересь ты несешь?!

Дверь распахнулась, и в комнату вторглась мадам Брунхильда, готовая своим праведным гневом сбить с ног любого, кто окажется на пути.

— Что тут тво-ри-тся? — по слогам проговорила она.

— Ничего, — заверил ее Тайло, спрятав шапку за спину.

Мадам Брунхильда недоверчиво посмотрела на него, всем своим видом показывая, что ее не проведешь.

— По-твоему, я глупая? Ты, мальчик, решил, что можешь сделать из меня дуру? — гневно спросила она.

— Нет, что вы! — Тайло живо замотал головой.

— Я еще раз спрашиваю, — с нажимом произнесла старуха. — Что тут творится? Откуда шум?

— Мы просто очень громко думаем, мадам Брунхильда. Вот мысли и скребутся, шумят, шуршат в наших головах.

— В ваших головах может разве что ветер свистеть, не более! — гаркнула мадам Брунхильда, и у Флинна внутри все перевернулось.

Она обошла комнату с видом ищейки, учуявшей добычу. Старуха проинспектировала каждый ящик, обследовала все щели в стенах, заглянула под кровать и даже под ковер. Она проверила люстру, попутно пробурчав, что та успела покрыться толстым слоем пыли, зачем-то пролистала стоявшие на полках книги и внимательно посмотрела в окно. Ничего не обнаружив, мадам Брунхильда вернулась к Тайло.

— Сегодня удача на вашей стороне, но если в следующий раз попадетесь, то сильно пожалеете, — предупредила старуха, сощурившись. Она пригвоздила Флинна недобрым взглядом и обратилась лично к нему: — Больше без глупостей, мальчик. Ты их и так достаточно много совершил при жизни. Этот дом — не место для них.

— Хорошо, — еле выдавил Флинн.

— И еще один совет: держите свои мысли в клетке, если они у вас такие громкие. Вы не одни тут живете, нечего мешать окружающим, — напоследок сказала она и захлопнула за собой дверь.

— Будет сделано, мадам Брунхильда! — вдогонку крикнул Тайло, вытянувшись в струнку. — Фух, пронесло! — выдохнул он, стирая пот со лба.

— А где бабочка? — спросил Флинн. — Я не вижу ее!

— И я, — согласился Тайло.

— Раз мадам Брунхильда ее не заметила, то это значит... — Флинн умолк, ужаснувшись догадке.

— Она выпорхнула! — воскликнули они хором.

— Наверное, бабочка улетела, когда мадам Брунхильда зашла. Я же предупреждал, что тайны любят убегать! — простонал Тайло, потирая висок.

— А куда она могла направиться? Есть предположения?

— Тайны стремятся только к одному — к свободе. Ищи ее снаружи!

— Понял! Ты разберись с этими, — Флинн указал на шапку, — а я выслежу ту. — Он неопределенно махнул рукой.

— Главное, ни в коем случае не позволяй ей прикасаться к другим душам, иначе они узнают твой секрет.

— Хорошо! — крикнул Флинн и, резко распахнув дверь, пробкой вылетел из комнаты.

— И не смей возвращаться с пустыми руками! — заорал Тайло, высунув голову в коридор. — Будешь ловить, пока не поймаешь! Пусть хоть вечность пройдет!

Флинн несся по лестнице, иногда с кем-то сталкиваясь, но останавливаться и извиняться было некогда. Он несколько раз замечал отблеск синих крыльев, но догнать бабочку никак не получалось. Тайну, вкусившую свободу, поймать непросто.

Спустившись в холл, Флинн увидел, как бабочка с легкостью выпорхнула на залитую солнцем улицу. Он погнался за ней.

«Только бы не упустить, только бы не упустить», — молотом билась мысль в голове.

Флинн сгорал, представляя, что тайна может сесть кому-то на плечо. Тогда какой-то незнакомец с ужасом повернется к нему, покачает головой и навеки заклеймит.

Он бежал по улицам не один. Мелькая в окнах домов, от него не отставало собственное отражение. Оно уже несколько раз поймало ту злосчастную бабочку и каждый раз победоносно улыбалось настоящему Флинну. Чистилище издевалось над ним, показывая то, что у него не получалось. Он всеми силами пытался не замечать этот дурацкий спектакль.

Бабочка терялась в вышине. Она действительно походила на кусочек неба, упавший на землю, как и говорил Тайло. Прекрасная, но хранящая страшную тайну. Тайну, которую Флинн не мог поведать миру, он был не готов.

Небесная синева внезапно облачилась в серые тучи. Флинн остановился. Бабочка привела в незнакомое место. Он достал путеводитель.

— Ариадна, куда я попал?

— В квартал Потерявших Надежду, — ответила ему невидимая девушка.

Длинная улица встретила Флинна без особого гостеприимства: тусклые фонари горели через один, в воздухе летала паутина, она же тонким кружевом накрыла почти все дома; под ногами темнел мокрый асфальт, а на деревьях дрожала пожухлая листва. Здесь царила вечная осень. Печальные души медленно шли, скукожившись от холода, повыше подняв вороты плащей и курток. Над головами многие держали зонты, хотя с неба не упало и капли.

Взгляд Флинна привлекла витрина магазина, на которой лежали странные товары. «Депрессивные пилюли» — было нацарапано на баночке кривыми буквами. «Как стать несчастным за 40 дней», «Как утратить веру в лучшее», «151 способ потерять смысл жизни» — гласили названия на выгоревших обложках. «Горький сахар», «Небодрящий кофе», «Твердое суфле» — красовались витиеватые надписи на всевозможных коробках.

«Странное место. Будто радость и грусть поменяли местами», — пронеслось у него в голове.

Во всей этой бледности он краем глаза заметил ярко-синее пятно. Бабочка сидела на дереве, мерно покачивая крылышками. Флинн на цыпочках подкрался к ней, стараясь не дышать.

— Флинн!!! — Возглас в гнетущей тишине показался особенно громким.

Сердце остановилось, мигом обледенело и разбилось на сотни острых осколков. Он узнал этот голос. Не мог не узнать. Голос, который так часто мерещился во сне. Флинн повернулся и посмотрел в глаза самой страшной тайне в своей жизни.

12 ПОГАСШЕЕ СОЛНЦЕ

С их последней встречи Кейти почти не изменилась: все такое же по-детски круглое личико, большие карие глаза, светлая кожа (вот только каштановые волосы стали намного короче). И как всегда, яркая: на плечах светло-голубое пальто с лиловыми пуговицами, а в руках раскрытый зонт лимонного цвета. На мрачном фоне квартала Потерявших Надежду она выглядела как красочный рисунок, прицепленный на бетонную стену.

— Это ведь правда ты? — взволнованно спросила Кейти, точно не верила, что перед ней настоящий Флинн, а не видение из прошлого.

Он же растворялся в кислоте вины. Ему хотелось исчезнуть, стереть свое имя со страниц мироздания, чтобы и следа не осталось.

— Да, Кейти, это я, — наконец-то отозвался Флинн, пересилив себя. Он попытался улыбнуться, но губы онемели.

— Флинн! Я так скучала!

Кейти сделала шаг навстречу, но Флинн испуганно отпрянул, словно перед ним была не хрупкая девушка, а тигр. Ее лицо застыло в изумлении.

— Прости, — стушевался он. — Не знаю, что на меня нашло.

— Ничего, я тоже удивлена нашей встрече, — крепче сжав ручку зонта, ответила Кейти, а после осмотрела Флинна с головы до ног. — Я так надеялась, что ты проживешь долгую и счастливую жизнь, но тебе лет двадцать.

— Семнадцать, — поправил он. — Мне было почти семнадцать, когда я умер.

Кейти ахнула, приложив пальцы к приоткрытому рту.

— Как это произошло?

— Не знаю, — ответил Флинн. — Может, в приступе лунатизма вывалился из окна, а может, съел бутерброд из больничной столовой и отравился. Помнишь, какая там была ужасная еда? — попытался пошутить он, и у него получилось — Кейти звонко рассмеялась. Осколки разбитого сердца беспощадно вонзились ему в грудь.

— Да, еда там была отвратительной. Если бы не ты, я бы скорее умерла от голода, чем от болезни. — Кейти озарила улицу ослепительной улыбкой. — Так ты, получается, еще не вспомнил свою смерть?

Флинн отрицательно покачал головой.

— А ты? — спросил он.

— Нет, но нетрудно догадаться. — Искры в ее карих глазах померкли. — А ты почему перестал навещать меня? Я так ждала...

— Прости, Кейти, — виновато пробормотал Флинн. — Я не мог. Хотел, но не мог.

— Опять попал в какую-то передрягу? Как ты вообще додумался работать на этого жуткого мистера Баедда? — пожурила его Кейти. — Он же преступник!

111

— Мне позарез нужны были деньги, — оправдывался Флинн. — И вообще, мистер Баедд предпочитает называть себя не преступником, а деловым человеком, знающим, как обойти закон.

— Как кабана ни назови, хрюкать он от этого не перестанет, — грозно сказала Кейти, уперев руку в бок. — Отвратительный тип. Как таких земля носит?

— Уверен, если бы мистер Баедд встретил тебя, он бы тут же все осознал и перевоспитался, — засмеялся Флинн. — Ты своим взглядом можешь и застрелить. Опасная девушка.

Боль и тревога ушли, вместо них в груди калачиком свернулось счастье. Он и забыл, как легко бывает с Кейти.

— Но, поверь, — посерьезнел Флинн, — земля и не таких носит.

— Не защищай его, — насупилась Кейти.

Флинн открыл рот, чтобы ответить, но внезапно опомнился и посмотрел на дерево. Синекрылая бабочка все еще сидела там. Словно почуяв на себе пристальный взгляд, она затрепетала крыльями, готовясь улететь. Только не это! Воспользовавшись тем, что Кейти отвлеклась, он с ловкостью и быстротой змеи схватил бабочку и сжал в кулаке.

— Что у тебя там? — Кейти удивленно посмотрела на него.

— Ничего, — соврал Флинн, заводя руку за спину.

— Не лги, ты что-то схватил.

— Это листок дерева.

— Нет, не листок! Это было что-то яркое. Покажи, — заупрямилась Кейти.

— Это мой секрет, — неожиданно признался он.

— И ты не собираешься им со мной поделиться? — обиженно спросила Кейти. — Раньше у нас не было секретов друг от друга...

Флинн почувствовал, что ладонь горит. Он чуть не закричал, но сдержался, прикусив нижнюю губу до крови. Когда боль отступила, он протянул руку и раскрыл ладонь. На ней вместо бабочки лежала горстка пепла — тайна сгорела.

— Ты мне это не хотел показывать? Флинн, ответь, а тебе известно, что ты странный?

— Конечно известно! Об этом как-то раз даже в газетах писали, — сказал Флинн, стряхивая пепел. — А ты здесь живешь?

— Да. Теперь я почетный житель квартала Потерявших Надежду. — Она умолкла, о чем-то задумавшись. — Я совсем забыла! Меня же друзья ждут! Как раз направлялась к ним, а тут вижу — ты. Сначала пыталась убедить себя, что ошиблась, — не хотела верить, что ты умер.

— Но перепутать такого красавца с кем-то другим просто невозможно, — закончил за нее Флинн и просиял.

— Ты неисправим! — захихикала Кейти, аккуратно толкнув его в плечо. — Вот уж точно от чего ты не мог умереть, так это от скромности.

— Что правда, то правда. — Флинн с наигранным самолюбованием взъерошил свои волосы. — Вообще не понимаю, зачем придумали скромность. Кому она хоть раз принесла пользу? Если ты хорош, то пусть об этом знает весь мир.

Кейти улыбнулась и мельком глянула на наручные часы.

— Ох, Флинн, я уже опаздываю! — засуетилась она.

— Что ж, был очень рад увидеть тебя...

— Нет, не уходи! — Кейти схватила Флинна за рукав куртки, будто испугалась, что он сейчас испарится. — Пойдем со мной, я познакомлю тебя с моими новыми друзьями. Мы встречаемся в баре неподалеку.

— Предлагаешь посидеть с компашкой мертвецов?

— Да! — бодро закивала она. — Познакомишься с моей загробной тусовкой.

— Звучит заманчиво. Я тут пока ни с кем не знаком, если не считать моего вечно недовольного психофора. Родителям стоило назвать его не Тайло, а Ворчайло, — вздохнул Флинн.

— Он сейчас рядом с тобой? — спросила Кейти.

— Нет, остался дома. Наказан за плохое поведение, — усмехнулся Флинн.

— А вот мой психофор не отходит от меня ни на шаг. — Кейти погладила воздух рядом с собой. Флинн, как и все души, не мог видеть чужого психофора. — Ее зовут Коллин, такая милашка.

— Мой Тайло-Ворчайло мнит из себя взрослого, поэтому росточком он с меня. Подожди, — осекся Флинн, — ты сказала: «Коллин»?

— Да. — Кейти отвлеклась и посмотрела вниз: вероятно, девочка-невидимка обращалась к ней. — Она говорит, что знает тебя!

— Так и есть. Мы встретились в службе психофоров. Коллин угостила меня чаем и кексом — не дала умереть с голоду, так что я ее должник.

— Она просит передать, что тебе очень повезло с Тайло — он лучший из лучших. А еще, — Кейти замешкалась с ответом, прислушиваясь к невидимой собеседнице, — еще она говорит, что ты хороший.

— Малышка Коллин, — сказал Флинн, качая головой, — не разбираешься ты в людях.

— А по-моему, очень даже разбирается! — возразила Кейти, и на ее щеках появились ямочки.

— Сдаюсь. — Он поднял руки. — Я — хороший, признаю.

Заливистый смех Кейти заполнил улицу.

— Так что? Пойдешь знакомиться с моими новыми друзьями?

— Почему бы и нет? — пожал плечами Флинн. — Все равно до Страшного суда я совершенно свободен. Устроим спиритический сеанс наоборот: сядем вокруг стола, зажжем свечи и будем вызывать живых. Вдруг откликнутся?

— Боюсь, что после этого живые быстро присоединятся к нашей загробной тусовке, — прыснула Кейти.

— Это их проблемы, — невозмутимо сказал Флинн. — Нечего быть такими впечатлительными. Мертвые же не кричат и не хватаются за сердце при виде живых. Ну что, нам куда?

— Следуй за мной.

Кейти шла впереди, Флинн не отставал.

— Кстати, а почему ты ходишь с раскрытым зонтом? — спросил он. — Дождя ведь нет.

— А ты встань под него — увидишь.

Он сделал шаг и очутился с Кейти под одним зонтом. «Кап-кап-кап» — монотонно забарабанил дождь, сначала неуверенно, а потом все сильнее и сильнее. Небо еще больше потемнело, подул ветер, и холод пробрался под одежду.

— Для жителей квартала Потерявших Надежду тут всегда дождь. Ты не местный, поэтому сразу не увидел, — пояснила Кейти. — Здесь никогда не светит солнце.

— Почему?

— Мы потеряли надежду, а это самый главный свет в жизни любого человека, — ответила Кейти, нахмурившись больше неба над их головами. — Зачем же нам солнце, если нет надежды?

— Как же в этом месте уныло, — шепнул Флинн, взглядом провожая струйки дождя под ногами.

— А ты где живешь? В какой квартал тебя поселили?

— Ни в какой, — солгал Флинн и глазом не моргнул. — Живу на улице.

— А если серьезно? — сощурилась Кейти.

— Серьезно! — выпалил он. — Но я не жалуюсь: ночи в Чистилище теплые, газеткой укрываюсь, а утром новости читаю — удобно. Мне не привыкать.

— Да, не привыкать. Я прекрасно помню историю о том, как ты из-за собственного упрямства три недели жил под мостом с бродягой Уигги.

— Между прочим, это были лучшие дни в моей жизни! — Флинн изобразил фальшивый восторг. —

Хотя, признаться, без крыс и клопов они были бы еще лучше.

— Охотно верю, — кивнула она.

Флинн шел и не мог понять: как улыбчивая и сильная духом Кейти могла попасть в квартал Потерявших Надежду? В это серое и убогое место? Несправедливо...

И все же она ошиблась, сказав, что здесь никогда не светит солнце. Оно сияло прямо сейчас — им была сама Кейти. Самое яркое солнце в жизни Флинна, которое так рано погасло.

13 БАР «УНЫЛЫЙ СЛИЗЕНЬ»

Деревянная вывеска, на которой был изображен слизень с большими печальными глазами, тихо поскрипывала на ветру. Мутные окна тоскливо уставились на Флинна и Кейти. Обшарпанная дверь открылась не с первой попытки: бар не хотел их впускать.

Зайдя внутрь, Флинн почувствовал себя незваным гостем. За стойкой бармен с большими водянистыми глазами — вылитый слизень с вывески! — разливал коктейли, очень напоминавшие грязь и болотную жижу. Круглые столики располагались так близко друг к другу, что, казалось, еще чуть-чуть — и они начнут толкаться, чтобы отвоевать себе хоть капельку места. Толстый слой липкого налета покрывал пол, пахло чем-то плесневелым. В общем, бар полностью соответствовал своему названию: он был унылым и склизким.

— Моя милая Катарина, наконец-то ты пришла! — воскликнул высокий брюнет, бесцеремонно расталкивая других посетителей.

Он подлетел к Кейти и помог снять пальто, а после принялся целовать ей руки.

— О, Хавьер, — смутилась она. — Ты, как всегда, галантен.

— Катарина, мой ангел, я чуть с ума не сошел, дожидаясь тебя, — проворковал брюнет медовым голосом.

Хавьер выглядел неряшливо: черные кудри, щедро залитые лаком, неприятно лоснились, старомодный костюм сидел мешковато, а из кармана пиджака торчал засаленный платок. Обут он был в пыльные туфли со сбитыми носками. Острое худое лицо Хавьера не отличалось красотой, но было в нем что-то притягательное. Наверное, это и называют харизмой.

— Хавьер, знакомься, это Флинн, мой давний друг, — прощебетала Кейти.

— Рад знакомству, — слегка натянуто улыбнулся Хавьер и протянул руку, испачканную сажей.

— Очень приятно, — сказал Флинн, глядя на грязную ладонь.

— О, прошу прощения, — перехватив его взгляд, стушевался Хавьер и убрал руку. — Я все время забываю, что Чистилище меня наказывает. Так неопрятно я выгляжу не по собственной воле, уж поверь. При жизни я никогда не позволял себе надевать рубашку больше одного раза, а в моих начищенных туфлях можно было запросто разглядеть собственное отражение. После смерти же мне решили преподать урок. Сколько бы ни прихорашивался, через пару минут я становлюсь вот таким. — Он расставил руки в стороны и крутанулся на месте.

— Хавьер, ты в любом виде прекрасен, — уверила его Кейти, погладив по плечу.

— Катарина, ты слишком добра ко мне. — Глаза Хавьера наполнились нежностью. — Я до сих пор не понимаю, почему такой ангел, как ты, все еще томится в этом ужасном месте. Ты должна была сразу попасть в Небесные Чертоги!

— Всему свое время, — спокойно ответила Кейти. — Не забывай, я все еще не прошла последнее испытание.

— И почему же они так тянут? — Хавьер возмущенно фыркнул. Кейти пожала плечами. — Впрочем, ты права — всему свое время. Сейчас, например, время коктейлей.

Хавьер повел их в глубь бара. За круглым столиком сидели двое. Желто-зеленая лампа мягко освещала их лица. Эффектная женщина лет сорока с небольшим пила ядовито-красный коктейль. Ее каштановые волосы были уложены в замысловатую прическу, а стройную фигуру облегало шелковое платье цвета крови. На запястьях незнакомки сверкали одинаковые рубиновые браслеты.

— О, в нашем клубе пополнение? — поинтересовалась женщина, заприметив Флинна.

— Аннабет, — обратилась к ней Кейти, — прошу любить и жаловать, это мой лучший друг — Флинн. Он совсем недавно умер.

— Здравствуй, парнишка. — Она кокетливо протянула руку, которую Флинн рассеянно пожал, но следом понял, что Аннабет рассчитывала на поцелуй.

— Приятно познакомиться, — сказал он.

— А это Твидл, — Кейти повернулась ко второй особе, сидевшей за столиком.

Флинн так и не смог определить возраст Твидл: верхнюю половину ее лица закрывала густая челка мышиного цвета, а нижнюю — высокая горловина грязно-оранжевого свитера, поэтому виднелся только крупный нос. Так что ей могло быть и двадцать лет, и сорок.

— Твидл, не молчи, это неприлично, — шепнула ей Кейти. — Скажи хоть слово.

Та ничего не ответила и глубже зарылась в свитер. Может, не в духе?

— Здравствуй, Твидл. Меня зовут Флинн, я друг Кейти. — Он пытался говорить максимально дружелюбно.

— Слышала, — наконец-то промычала она и уставилась на свой коктейль. Тот запузырился.

— Ну вот! Это и есть моя потусторонняя тусовка, — радостно сообщила Кейти, присаживаясь за столик. Флинн плюхнулся рядом.

— Отличное начало вечера, только напитков не хватает. Кому что принести? — Хавьер вопросительно посмотрел на компанию.

— Мне еще «Кровавой Элизабетты», — скучающе бросила Аннабет.

— «Слизня-Млизня», — коротко произнесла Твидл.

— Я, пожалуй, возьму то же, что и Твидл, — сказала Кейти.

— А что закажет наш новый друг? — обратился Хавьер к Флинну.

— Я не люблю алкоголь, — мрачно ответил он и заерзал на стуле.

— О, мой мальчик, — промурлыкала Аннабет, — тут все коктейли безалкогольные.

— Если бы в Чистилище подавали крепкие напитки, я бы остался тут навсегда, — признался Хавьер, замечтавшись.

— М-м-м, тогда понятия не имею, — растерялся Флинн, рассматривая меню. — Что такое «Хромный Монохром»? — вчитываясь в мелкий шрифт, спросил он.

— Не стоит, — предупредила Кейти. — Если выпьешь его, то потеряешь все краски. Будешь целый час выглядеть как герой черно-белого кино.

— А «Язык Истины»?

— Бери, если смелый. Но учти, после него ты не сможешь солгать. — Аннабет хитро сощурилась. — Мы заказываем этот коктейль, только когда играем в «Правду или действие», чтобы игра была честной.

— Тогда, может, стопку «Нытика Джо»? — протянул Флинн.

— Будешь ныть, — кинула Твидл.

— Странный ассортимент, — нахмурился он. — Какой смысл пить такие коктейли?

— Лучше такое развлечение, чем никакого, — отозвался Хавьер.

— Попробуй «Звезды перед глазами», — порекомендовала Кейти.

— Хорошо, доверюсь твоему вкусу, — сказал Флинн, захлопнув меню.

— Все заказы приняты, я пошел.

Когда Хавьер удалился, Аннабет устроила Флинну и Кейти допрос с пристрастием.

— Ну, рассказывайте, голубки. Давно это у вас? — Глаза женщины загорелись интересом. Только сейчас Флинн заметил, что они бордового цвета.

— Что именно? — не понял он.

— Отношения! Я не хотела спрашивать при Хавьере, он ведь боготворит тебя, Кейти. — Аннабет пригубила коктейль. — Если Хави узнает про вас, сразу же вызовет твоего блондинчика на дуэль. Не буду лукавить, я бы на это с удовольствием посмотрела — обожаю кровавые зрелища, — но мне стало жалко тебя, милая Кейти. И хоть никто из них уже не сможет убить другого, держу пари, ты все равно будешь жутко волноваться.

— Мы с Флинном всего лишь друзья! — горячо возразила Кейти и густо покраснела.

— Ты тоже так считаешь? — Аннабет недоверчиво покосилась на Флинна, изогнув тонкие брови.

— Да, — твердо сказал он. — Кейти — моя семья, она мне как сестра.

— Стесняетесь говорить, что ли? — хмыкнула Аннабет и залпом осушила бокал. Ее губы стали алыми как кровь. — Ну же! Нет смысла скрывать. Вы умерли, так что забудьте о неловкости.

Флинн и Кейти недоуменно переглянулись.

— Мы действительно только друзья, — повторила она.

— Досадно, — расстроилась Аннабет. — Так хотелось услышать захватывающую историю любви. —

Она театрально приложила руку к сердцу. — Кейти умерла, а ты не выдержал одиночества и покончил с собой. Что-то в этом роде.

— Уж простите, что оставил вас без романтической истории. — Флинн развел руками. — Уверен, что умер я вполне обыденно. Без пафосных речей и предсмертной записки на двадцати листах.

— Романтики встречаются все реже и реже, — разочарованно вздохнула Аннабет. — Я так понимаю, ты еще не знаешь, как умер?

— Нет, — ответила за него Кейти. — Как и я.

— Мужайтесь, деточки мои, — сочувственно проговорила Аннабет. — Видеть свою смерть — испытание не из легких.

— А как умерли вы? — спросил Флинн без всякой задней мысли.

— Вообще-то в приличном обществе мертвецов считается дурным тоном вот так в лоб спрашивать о чужой смерти. Это личное. — Аннабет поджала губы. — Но раз ты друг Кейти, то, так уж и быть, расскажу, — вдруг передумала она.

— Вы не обязаны, — спохватился Флинн.

— О нет, парнишка, — запротестовала Аннабет. — Раз спросил, то слушай. — Она набрала в грудь побольше воздуха и, беззаботно улыбаясь, начала свой рассказ: — Мой личный ад начался с любви. Эланд был из небогатой семьи, в отличие от меня. Все вокруг предупреждали: «Будь осторожна, Аннабет. Ты уверена, что он любит тебя, а не твои деньги?» Но разве влюбленный человек умеет мыслить трезво? Конечно же нет! Когда ты счастлив, то не думаешь о плохом. Тебе кажется, что улыбка до самой смерти не сойдет с твоих губ. — Она опустила глаза, всматриваясь в дно пустого бокала, будто искала там что-то. — Мой драгоценный Эланд играл влюбленного целых двадцать лет (стоит отдать должное его выдержке, не каждый так сможет), пока не умерли мои родители и я не стала единственной наследницей баснословного состояния. Будь оно проклято! Мое богатство превратилось в мой приговор.

Улыбка иногда сползала с лица Аннабет, но каждый раз она упрямо возвращала ее на место, все шире растягивая уголки губ.

— Муж начал изводить меня, но тогда я этого не понимала, думала, что действительно схожу с ума. Ночью по дому бродили люди, переодетые в зверей, — нанятые им актеры. При их виде я так сильно кричала — окна чуть не лопались. Когда же на мои вопли прибегал муженек, он притворялся, что никого не видит. Кто-то постоянно переставлял предметы в комнате, стоило мне ненадолго отлучиться. Иногда сама по себе включалась музыка, а на зеркалах в ванной появлялись угрозы. Из моего супруга вышел отличный полтергейст. Сам же он всегда делал вид, что ничего странного не происходит. Как позже выяснилось, Эланд давно запланировал свести меня с ума — и у него это превосходно получилось. — Ее голос дрогнул, она с полминуты помолчала, а потом продолжила: — Совсем скоро меня признали невменяемой и упрятали в психушку, где привязали к кровати и три раза в день обкалывали какой-то дрянью. Мой благоверный заплатил докторам, чтобы они побыстрее свели меня в могилу. Последние дни своей жизни я провела в полубреду, но даже тогда — окончательно выжившая из ума — я не переставала любить Эланда. И только умерев и попав в квартал Разбитых Сердец, я поняла, что моя любовь — безжалостная тварь.

— Почему вы обо всем этом говорите с улыбкой? — мрачно спросил Флинн.

— За улыбкой проще всего скрыть боль, — ответила Аннабет. — Когда сердце кровоточит, то ничего другого не остается. — Она немного отодвинула шелковую ткань платья, обнажив рану на груди. —

Видишь? Теперь что бы я ни надела, все становится красным. — Аннабет вытянула руки, демонстрируя браслеты. — Раньше это были бриллианты, но, напившись моей крови, они поменяли цвет. — Она прикоснулась к алым камням. — Красный мне к лицу, не так ли?

Флинн по-новому взглянул на женщину: она и правда была вся в красном. Про себя он прозвал ее Алой Аннабет.

— Да, вам идет, — чуть слышно согласился Флинн.

— Видел бы ты, как эта скотина рыдала на моих похоронах! Человеческое лицемерие иногда поражает. Будто бы существует какой-то тайный клуб, где люди соревнуются в двуличии. И победитель получит весь мир, — засмеялась Аннабет.

— А на моих похоронах никто не плакал! — пожаловался Хавьер, вернувшись с напитками. — Разве только небо! Дождь лил как из ведра, поэтому единственными, кто пришел, были самые близкие родственники: дядюшка Эстебан и тетушка Пасифика. А они такие сухари, что слез от них дождаться — как снега летом.

— Мой милый Хави, не хочу тебя расстраивать, — начала Аннабет, принимая бокал, — но причина не в плохой погоде. Все куда проще, дружочек: всем было на тебя плевать.

— Смею не согласиться! У меня было очень много друзей! — оскорбился Хавьер, отдавая высокие стаканы с болотной жижей Кейти и Твидл.

124 Он поставил перед Флинном стакан с темнофиолетовой жидкостью и сел на место, держа в руках свой напиток — нечто мутно-коричневое и дымящееся.

— Дорогуша, у алкоголиков нет друзей, — с видом знатока произнесла Аннабет и отпила из бокала. — Вам дорого только чертово пойло, ни о чем другом вы думать не способны. Оно заменяет вам все: любовь, страсть, дружбу, семью; поэтому на твои похороны никто и не пришел. Твоих знакомых пьяниц сложно назвать друзьями. Хоть вы и плыли в одной лодке, но если бы она пошла ко дну, то каждый бы спасал лишь собственную шкуру. Для них единственным другом всегда была исключительно бутылка, а ты на нее, согласись, не очень-то похож. Хотя нет, постой, что-то общее с бутылкой у тебя все-таки было — содержимое, — она задорно хихикнула.

— Аннабет, милая, где твое сострадание? — угрюмо осведомился Хавьер.

— Потеряла в прошлый вторник, — съязвила Аннабет.

— Сдается мне, что это произошло много раньше, моя прелестная бессердечная леди. — Хавьер сделал глоток мутно-коричневого напитка, скривился и выпустил изо рта струю дыма. — И все же в «Унылом слизне» самый лучший «Дымный Грог» во всем Чистилище. Как вам идея перекинуться в картишки? — предложил он.

— Тебе при жизни было мало азартных игр? — Аннабет наморщила лоб.

— От земных привычек сложно отказаться, каждый имеет право на свою маленькую слабость, — надулся Хавьер.

— Вы о чем? — Флинн потерял нить разговора.

Хавьер открыл рот, но и звука не успел издать — Аннабет его перебила:

— О том, что наш милый Хави в свои девятнадцать лет умудрился пропить и промотать в карты целое состояние, завещанное родителями. Когда же у него не осталось и ломаного гроша, наш дружочек поставил на кон самое ценное, что у него было на тот момент. К несчастью, госпожа Фортуна в тот вечер отвернула от Хавьера свой лучезарный лик и он проиграл в карты собственную жизнь.

— Я и предположить не мог, что они действительно меня застрелят! — пытался оправдаться Хавьер. — Думал, что мы вместе посмеемся над этой нелепой ставкой и разойдемся по домам.

— Но вышло так, что твоя «маленькая слабость» вырыла тебе могилу, — кольнула Аннабет. — Так что даже не думай брать карты в руки.

— Ну теперь-то меня не смогут застрелить, — парировал Хавьер.

— Не смогут, — подтвердила Аннабет. — Только и ты не сможешь выбраться из Чистилища, если не одумаешься. Сколько лет ты тут торчишь? Сто пятьдесят?

— Сто двадцать семь, — поправил ее Хавьер и оскалился. — Катарина, спаси меня от этой безжалостной Аннабет! Она режет меня без ножа.

— Пожалуй, в этом вопросе я солидарна с ней, — скромно отозвалась Кейти.

— Согласна, — поддержала ее Твидл.

— Все девушки сегодня против меня! — запричитал Хавьер, делая очередной глоток.

Флинн все глазел на свой стакан, сомневаясь — пить или нет. Казалось, что ему налили чернил. Он украдкой посмотрел на Кейти, которая с удовольствием потягивала «Слизня-Млизня» через трубочку, хотя выглядел коктейль не очень-то аппетитно.

— Парень, почему ты не пробуешь? — спросил Хавьер, всем своим видом выражая недовольство. — Это самый лучший коктейль, который только умеет делать Скользкий Сэтт. Поверь, Кейти плохого не посоветует. Ну же, выпей! Только сначала взболтай.

Флинну не хотелось обижать Кейти, поэтому он повертел стакан в руке, хорошенько взбалтывая напиток. Из глубины темно-фиолетовой жидкости появились сияющие искры, вальяжно выплывающие одна за другой. Флинн зажмурился и залпом осушил стакан. По вкусу коктейль напоминал чернику, слегка горьковатую, со свежими нотками можжевельника.

Открыв глаза, он увидел перед собой ночное небо, такое же необычное, как и во всем Потусторонье. Оно будто заглянуло в бар, чтобы поздороваться со старыми друзьями и пропустить пару-тройку коктейлей.

Туманности клубились разноцветными кляксами, то раздуваясь, то вновь сжимаясь, а галактики величественно исполняли древний танец, широко раскинув рукава из звезд. Черные дыры жадно вбирали в себя все, что попадалось на их пути. Пульсары вертелись юлой, ослепляя яркими лучами. Рядом с лицом Флинна пролетела комета с длинным зеленым хвостом. Она замедлила ход, точно пыталась вспомнить, где же раньше видела его, но, видимо, так и не припомнив, отправилась дальше.

— Ничего себе! — с трудом выдохнул Флинн: эмоции били через край. Он будто в планетарий попал.

— У меня было такое же лицо, когда я впервые попробовала этот коктейль, — шепнула ему на ухо Кейти. — Здорово, правда?

— Удивительно, — сказал Флинн.

Небо сияло над ним еще несколько минут, а затем начало тускнеть и таять.

— А как умерла Твидл? — вполголоса спросил Флинн.

— Этого никто не знает, она не рассказывает, — тихо ответила Кейти. — Но живет она в квартале Затворников. Ты бы видел ее раньше! Слова из нее приходилось клещами вытягивать.

— А сейчас она прям душа компании. Болтает без умолку, — усмехнулся Флинн и получил от Кейти толчок в ребра.

— Не смейся! Раньше было еще хуже. Она постоянно молчала и боялась находиться среди людей.

Это Аннабет взяла над ней шефство и помогла привыкнуть к этому миру.

— У нее разве нет психофора? — прохрипел Флинн, хватаясь за ребра: рука у Кейти тяжелая.

— Представляешь, она отказалась от его услуг! Говорю же, Твидл была очень нелюдимой.

— Так от психофора можно было отказаться?! — вскрикнул Флинн, тем самым обратив на себя внимание всей компании.

— Не кричи! Ты пугаешь Твидл, — шикнула Аннабет.

— Прости, Твидл, — потупился Флинн.

— Нормально, — односложно ответила та.

— Знал бы я раньше, что можно отказаться от психофора, никогда бы не связался с этим невыносимым Тайло, — шепотом пожаловался Флинн Кейти, и она залилась серебристым смехом.

— Теперь придется стиснуть зубы и потерпеть. Кстати, а сколько испытаний ты прошел? — внезапно заинтересовалась Кейти.

— Пока что одно — океан Гнева. Было сложно. А ты?

— А я два. Осталось последнее, но дом Испытаний давно не зовет меня.

— Почему?

— Не знаю, — пожала плечами Кейти. — Говорят, что так бывает. Иногда души ждут годами.

— Надеюсь, что скоро все закончится. Тебе тут не место, ты достойна лучшего. — Флинн прикоснулся к руке Кейти и словил на себе ревнивый взгляд Хавьера.

— Кстати, малыш, — перебила их Аннабет. — А куда поселили тебя? Ты так и не рассказал. Мы о тебе вообще ничего не знаем, кроме того, что ты лучший друг нашей дорогой Кейти.

— Он бездомный, — громко объявила Кейти. — Живет на улице, газеткой укрывается, — повторила она его слова.

— Да ну! Врешь! Это невозможно! — не поверила Аннабет, хлопнув ладонью по столу так сильно, что задрожали стаканы. — Ты что, стесняешься признаться? Брось! Перед тобой сумасшедшая, затворница и алкоголик. Вряд ли ты можешь нас чем-то шокировать.

— Поспорим? — с вызовом произнес Флинн.

Сейчас он был рад тому, что не заказал «Язык Истины». Аннабет что-то ответила, но Флинн отвлекся и повернул голову к выходу. Никто, кроме него, не увидел Тайло и не услышал, что тот прокричал:

— Вы только гляньте на него! Я тут работаю в поте лица, с чужими секретами разбираюсь, а он в баре прохлаждается, коктейльчики потягивает! Либо ты сейчас поднимаешь свой зад и уходишь со мной, либо я тебе больше не психофор! — взбунтовался Тайло.

— Что такое, Флинн? Куда ты смотришь? — взволнованно спросила Кейти.

— Пришел мой Тайло-Ворчайло и зовет меня с собой, — вздохнул Флинн, вставая из-за стола.

— Где он?

— Стоит в дверях.

Кейти повернулась в сторону выхода и помахала.

— Привет, Тайло! Меня зовут Кейти, я подруга Флинна!

— Он тебе тоже передает привет, говорит, что рад знакомству, — солгал Флинн, потому что Тайло не проронил ни слова, пристально наблюдая за Кейти.

— Я тоже рада! — просияла Кейти. — Вы не хотите выпить перед уходом? — обратилась она к Флинну.

— Нет, — отрезал он. — Мы очень спешим.

— Раз так, то не смею задерживать, — сказала Кейти.

— Как-нибудь в другой раз, — пообещал Флинн. — Черт, а у меня нет денег, чтобы расплатиться за коктейль! — Он засуетился, шаря по карманам в надежде найти хотя бы пару купюр.

— Деньги нельзя забрать с собой в мир мертвых, — сообщила Аннабет. — Поэтому тут все бесплатно.

— Ясно, — кивнул Флинн.

— Мы ведь еще увидимся? — спросила Кейти.

— Конечно. — Флинн взял ее за руку и снова почувствовал на себе убийственный взгляд Хавьера. — Я был очень рад видеть тебя.

— И я. — На щеках Кейти появились трогательные ямочки. — Береги себя.

— Боюсь, что с этим наставлением ты опоздала, — засмеялся Флинн. — Уже не сберег — умер.

— Если захочешь встретиться, то попроси Тайло найти Коллин. Все психофоры чувствуют друг друга.

— Понял. — Флинн поцеловал Кейти в щеку (в руках Хавьера треснул стакан). — Было приятно познакомиться с вами, загробная компашка, — обратился он к остальным.

— Несказанно рад нашему знакомству, — протянул Хавьер с кислой миной.

— Мило, — выдала Твидл и сгорбилась так сильно, словно хотела сжаться в точку.

— Беги, малыш, — лукаво прищурившись, поторопила его Аннабет. — Но помни: я с тобой еще не закончила. Я узнаю, откуда ты.

— Не сомневаюсь, — напряженно сказал Флинн и направился к выходу.

130

— А как же спиритический сеанс наоборот? — бросила ему вслед Кейти. — Когда будем вызывать живых?

— Когда небо и земля поменяются местами! — крикнул Флинн и пулей вылетел из бара.

Тайло ждал снаружи, облокотившись о дерево.

— Что с бабочками? — обеспокоенно спросил Флинн.

— Я всех вернул в шкаф, — ответил Тайло. — А что насчет той, которая упорхнула? Нашел?

— Да, но она сгорела. — Флинн посмотрел на свою ладонь.

— А что за девчонка с короткими волосами? Неужто та самая?

— Та самая... — вздохнул Флинн, рассматривая силуэт Кейти сквозь мутное стекло. Из бара на улицу доносился ее смех.

— Симпатичная. — Тайло почесал щеку.

— Да, она милая. Так зачем я тебе понадобился, раз все бабочки вернулись на место?

— Поверь, я пришел не потому, что дико соскучился.

— Даже не рассчитывал.

— Дом Испытаний, — сказал Тайло. — Он снова зовет нас.

14 БОЛОТО БЕЗЫСХОДНОСТИ

Над домом Испытаний, который с прошлого раза поменял свой облик, огненным росчерком сияло число 455. Теперь это был небольшой коттедж из серого камня, покрытый слоем тины и обвитый водорослями, точно плющом. Складывалось впечатление, что дом несколько лет простоял на дне озера, а когда ему надоело прозябать под толщей воды, он вновь перебрался на сушу.

Флинн подошел к темно-зеленой двери и повернул ручку. Что-то булькнуло. Из замочной скважины вытекло немного воды.

— Та-а-ак, — насторожился Флинн. — Там до сих пор потоп?

— Все в порядке, открывай, — успокоил его Тайло.

Флинн потянул на себя дверь. Действительно, в прихожей было абсолютно сухо — ни намека на то страшное наводнение. Они прошли дальше по коридору и попали в зал с темно-серыми стенами и синей мебелью.

— Снова будешь бесить меня, чтобы пробудить спящего во мне демона? — спросил Флинн, с подозрением косясь на Тайло. Прошлый опыт оставил не самые приятные впечатления.

— Нет, ты и так почти готов, — медленно ответил Тайло.

— А что насчет оружия? — опомнился Флинн. — У меня с собой ничего нет.

— Я уже приготовил все необходимое. Хватит паниковать, ты должен всецело доверять своему психофору.

— Мне будет спокойнее, если ты скажешь, что меня ждет впереди.

Тайло промолчал: все внимание он сосредоточил на часах, висевших на стене. Флинн тоже посмотрел на них. Ничего необычного — часы как часы. Идут себе.

— Что ты почувствовал, когда сегодня встретил эту девушку? — наконец-то подал голос Тайло.

— Ты же сказал, что не будешь играть с моими чувствами, — шепнул Флинн, опуская голову.

— Мне нужно совсем чуть-чуть дожать тебя, самую малость. Потерпи.

Флинн проглотил тишину. Она проникла в горло и уши: язык отнялся, звуки пропали. Когда он увидел Кейти, ему показалось, что на него упала скала. Каменная глыба высотой в бесконечное сожаление и весом в безмерную печаль.

Секундная стрелка на часах еле двигалась, предметы в зале покрылись пылью. Все пришло в негодность: диван и портьеры изъела моль, дерево сточили термиты, краски на картинах потускнели, металл проржавел. Дом за какое-то мгновение постарел на сотню лет. Флинн ощутил жуткую усталость, навалившуюся на плечи. Он почувствовал себя древнее этого дома. Все желания вдруг исчезли, ему совершенно ничего не хотелось, только лежать и спать целую вечность, наслаждаясь умиротворяющей тьмой под веками. Все потеряло смысл. Флинн не хотел проходить испытания, не хотел становиться лучше или хуже, не хотел бороться. В его жизни и так было

133

слишком много боев, в большинстве из которых он потерпел сокрушительное поражение.

Флинн и не заметил, как под ногами появилось число 455, словно кто-то выжег его на паркете. Пол потерял твердость и раскис, превратившись в зыбучие пески. Флинн не сопротивлялся — не хотел. Он думал, что так будет лучше: исчезнуть, обратиться в ничто. Пески медлить не стали и жадно поглотили его вместе с поселившейся в нем печалью.

Осознав, что все еще существует, он открыл глаза и на минуту подумал, что оказался в стакане со «Слизнем-Млизнем»: вокруг такая же мутная жижа. Сделав пару гребков, Флинн вынырнул.

— Вот же гадство! Болото! — крикнул он, откашливаясь. — Опять сырость! Да сколько можно?!

— Я же говорил, что вода — твоя стихия, — держа леденец за щекой, причмокнул Тайло. Он сидел на замшелом камне, торчавшем из воды.

Флинн с трудом выбрался на берег: ноги утопали в иле, а руки скользили по мокрой траве.

— Как же тут мерзко! — отдирая от себя пиявок, прокряхтел он.

— Говорят, пиявки полезны, так что зря от них избавляешься.

— Раз так, то держи! — Флинн швырнул в Тайло пиявку, но тот увернулся.

— Эй! Что творишь?

— Делюсь с тобой пользой!

134 — Премного благодарен, но я как-нибудь обойдусь.

— Бережешь пиявок? Боишься, что они напьются твоей желчи и перемрут? Похвально! – с издевкой одобрил Флинн, выливая воду из кроссовок.

— Знаешь, в квартале Равнодушных есть магазин, где продают чувство юмора. Зайди как-нибудь, прикупи, — парировал Тайло.

— А нет ли там магазина, где можно приобрести сочувствие? — огрызнулся Флинн, выжимая футболку. — И вообще, какого черта мы забыли в болоте?

— Это не обычное болото. Это болото Безысходности! — сказал Тайло, вновь громко причмокнув.

— И какой же демон ждет меня здесь?

— Большой и ленивый, — расплывчато пояснил Тайло.

— Ну и где он? — Флинн с опаской огляделся.

— Не бойся, он сам нас найдет. От тебя сейчас так несет безысходностью, что даже я ее чую.

— Нам нужно просто сидеть и ждать его?

— И упустить шанс прогуляться по такому шикарному болоту? Никогда! — Крылья на красных кедах ожили, зашуршали и подняли Тайло в воздух.

Болото выглядело точно таким, каким его всегда и представлял Флинн: под ногами хлюпала противная слякоть, сырость пробирала до мозга костей, заставляя все тело мелко дрожать; удушающий болотный газ резал ноздри и затуманивал взор. Из-под коричневой жижи появлялись пузыри и с чваканьем лопались. Насекомые и жабы монотонно рокотали.

Флинн проваливался то по щиколотку, то по самое колено. Он давно потерял обувь и шел босиком. Каждый новый шаг давался труднее предыдущего: болото высасывало из него силы.

— И на что ты хотел посмотреть? — осведомился Флинн, хлюпая носом от сырости.

— Не посмотреть, а показать, — ответил Тайло и взлетел выше. — Я их уже вижу! Мы близко.

Флинн прищурился — впереди виднелись бледно-голубые огни.

— Болотные огни? — спросил он, припоминая, что газ на болотах иногда светится.

— Не-е-е, — протянул Тайло. — Это холодные огни. Пойдем, сам увидишь.

— Легко тебе говорить, — сказал Флинн, с усилием делая очередной шаг. — Ты летишь, а не возишься в этой грязюке, точно лягушка. Еще немного, и я заквакаю.

— Рожденный летать — ходить не обязан!

— Не злорадствуй, — надулся Флинн.

— И в мыслях не было. Разве только чуть-чуть, — признался Тайло. — Самую мельчайшую малость.

Наконец-то Флинн вышел на твердую поверхность, под ногами приятно пружинил мох. То, что издалека он принял за болотные огни, оказалось светящимися душами людей. Они стояли по пояс в трясине и дрожали, как пламя свечи на ветру. Чем ближе Флинн подходил, тем холоднее становился воздух. Души не реагировали на него, их мысли были не здесь, а где-то на дне болота — томились под тиной и грязью.

— Мы их зовем холодными огнями, потому что от них веет холодом безнадеги, — растолковал Тайло, подлетая ближе.

— За что их так наказали? — ужаснулся Флинн, всматриваясь в бледные равнодушные лица.

— Они потеряли все тепло, всю радость в своей жизни — они сами себя наказали. Не смогли справиться вот с ним. — Тайло указал за его плечо.

Флинн с замиранием сердца обернулся, но никого не увидел.

— Ниже, — подсказал Тайло.

136 Флинн опустил глаза. На мшистой кочке сидел маленький зеленовато-желтый слизняк с большими грустными глазами. Один в один как тот, что был изображен на вывеске бара «Унылый слизень».

— Они не смогли победить эту козявку? — не поверил Флинн.

Он наклонился, чтобы рассмотреть поближе. Кажется, слизень пускал слюну.

— Это не козявка, это демон Уныния!

Флинн расхохотался. Так смешно ему еще никогда не было. Он подумал, что Тайло подшучивает над ним. Слизень внезапно весь сжался, будто испугался хохота, и уменьшился в размерах.

— Посмотрим, как ты позже будешь смеяться.

— Нет, серьезно! Ну как можно не одолеть эту мелюзгу? Его раздавить — раз плюнуть.

— Так чего же ты ждешь? Давай, раздави — и дело с концом! Вернемся и будем пить горячий чай в столовой госпожи Эфонии. — Тайло достал из кармана леденец в оранжевой обертке, развернул и кинул в рот.

Флинн еще раз посмотрел на демона. Маленький, испуганный слизняк выглядел самым несчастным существом на всем белом свете. Его большие темные глаза уже давно бы пустили слезу, если бы слизняки умели плакать. Будь у него губы, они бы сейчас дрожали от страха. Флинн произнес что-то нечленораздельное и поднял ногу, чтобы наступить на демона, но почему-то остановился.

— Не могу, он такой несчастный. — Флинн опустил ногу на место.

— Не стоит жалеть собственных демонов, не потакай им. Добром это не кончится, — сдвинув брови, сказал Тайло.

— Ну какой вред он может принести? Он же совсем маленький — и мухи не обидит!

137

— Вековые деревья тоже сначала были лишь семечками. Но раз ты решил, что этот демон не представляет никакой угрозы, то идем дальше, будем искать выход.

Поняв, что опасность миновала, слизняк расслабился, и если бы мог, то непременно бы облегченно выдохнул. Флинн развернулся и последовал за Тайло.

Чем дальше они пробирались, тем больше холодных огней встречали на своем пути. Те безучастно смотрели перед собой, подрагивая, как осенняя листва на ветру. Такие одинокие и потерянные. Флинн шел и думал: что же заставило эти души остановиться, перестать бороться? Какие тяжелые мысли завладели ими, не давая сдвинуться с места? У всех этих несчастных наверняка есть свое маленькое или большое горе, своя история, которую они прокручивают вновь и вновь, утопая в переживаниях не хуже, чем в болоте.

Флинн остановился. Среди леса сияющих силуэтов он заметил старика: сухого и хрупкого, как тонкая ветка, с длинной бородой и тяжелыми веками, одетого в истлевшие лохмотья. Он еще не успел превратиться в холодный огонь. Флинн не раздумывая свернул с пути и побежал к нему. Ноги затягивала трясина, а кусты цеплялись за одежду, не желая пускать дальше. Болото явно не любило, когда кто-то тревожил его покой. Оно желало навеки усмирить Флинна, погрузив в свое зыбкое тело.

— Эй, ты куда?! — прокричал Тайло, догоняя.

— Там человек! Он еще не стал частью болота! Ему нужно помочь! — протараторил Флинн, ведя неистовую борьбу с трясиной.

— Вот же идиот! — Тайло преградил ему путь. — Ты не сможешь вырвать этого несчастного из объятий уныния! Он сам этого не хочет.

— Попытаться стоит! — возразил Флинн, оттолкнув психофора в сторону.

— Когда же ты поумнеешь?! Только сами люди властны над своими судьбами. Как бы ты ни старался помочь, пока они не захотят — ничего не произойдет. Даже если ты поможешь кому-то пройти несколько шагов, он вновь увязнет в болоте. Потеряв веру и силу, они потеряли твердую почву под ногами!

Но Флинн не прислушался к словам Тайло. Он уже добрался до старика и пытался достучаться до него.

— Вы меня слышите? — взволнованно спросил Флинн.

Старик не отреагировал. Его грудь мерно вздымалась, он будто спал с открытыми глазами. Флинн взял бедолагу за плечи и энергично потряс.

— Ну же, придите в себя!

— Что? Где это я? — Старик очнулся и изумленно уставился на Флинна.

— Вы застряли в болоте! — с жаром ответил он. — Я помогу вам выбраться!

— Зачем? — Кустистые брови старика поползли вверх.

— Что значит «зачем»? — оторопел Флинн. — Вы же увязли в болоте Безысходности! Разве вы не хотите выбраться?

— Было бы неплохо, — призадумался старик, приглаживая бороду.

— Тогда обопритесь на меня и постарайтесь вытащить ноги.

Старик схватился за Флинна и сделал вялую попытку освободиться от оков трясины.

— Не получается, — сказал старик.

— Ну же, еще! Вы даже не старались! — Флинн схватил старика за руки и потянул на себя, но тот не сдвинулся с места.

— Это так тяжело, — пожаловался старик. — А впрочем, мне и здесь неплохо. — Он махнул рукой.

— Нет! — запротестовал Флинн. — Я не оставлю вас здесь. Раз не получается так, то попробуем по-другому.

Он обхватил старика за худое туловище и рывком потянул на себя. Ему было очень тяжело: болото не торопилось отдавать свою жертву.

— Еще чуть-чуть! — надрывно простонал Флинн.

Он сделал последнее усилие и вырвал старика из цепких лап болота.

— Теперь вы свободны, — тяжело дыша, сказал Флинн. — Можете идти дальше?

— Не уверен, — промычал старик, удивленно рассматривая свои ступни, словно видел их впервые. — Может быть, ты меня понесешь? Ты такой молодой и крепкий, а я сама дряхлость — сил совсем не осталось.

Флинн опешил, но отказать не смог, почувствовав ответственность за судьбу несчастного. Посадив старика себе на спину, он побрел по болоту в поисках твердой почвы. Трясина затягивала все сильнее.

— Тебе повезло, — с нотками зависти шепнул старик ему на ухо. — Ты не увязаешь в болоте так глубоко, как я. Тебе легче идти, а ко мне точно камни привязаны.

— Дело не в этом. Мне тяжело, но я все равно иду.

— Ты не прав! Я не мог даже шевельнуться, а ты преспокойненько себе идешь. Признай, ты любимчик болота. В этом все дело.

— Болоту все равно, кто по нему идет. Просто мы с вами прилагаем разные усилия, чтобы выбраться из него.

Флинн краем глаза заметил, что борода старика сделалась короче. Он слегка помолодел, наверное, потому что выбрался из трясины.

140 — Даже не сравнивай! Мое положение намного плачевнее твоего! — заныл старик.

Флинн почувствовал, как утекают силы. Ему захотелось спать.

— Знал бы ты, какая у меня была жизнь! Готов поспорить, что моя судьба в разы печальнее твоей. Ты не пережил и половины горя, свалившегося на мою голову!

— Возможно, несчастий в моей жизни было меньше, чем у вас, но они тоже случались. — Этот тип начинал действовать Флинну на нервы.

— Что ты! Значит, они были пустяковыми, раз не сломили тебя. Мне вот пришлось куда хуже. Беды тут и там сыпались на мою несчастную голову. Судьба не раз подбрасывала мне неприятности, — запричитал старик.

Флинн начал вспоминать все горести, случившиеся с ним при жизни. Они черно-белой юлой мелькали перед внутренним взором, вгоняя в тоску. Флинну стало совсем гадко — он выпил слишком много горьких воспоминаний зараз. Его мутило, он перестал верить в свои силы, перестал искать твердую почву под ногами, погружаясь в болото Безысходности все глубже и глубже.

— Мир жесток, малец. Я столько раз сталкивался с несправедливостью. Люди бессердечные, люди злые, все они норовят использовать тебя, прожевать и выплюнуть. Сколько ни бьешься — ничего у тебя не получается, — раздался уже совсем не старческий голос за спиной Флинна. — В этом мире все достается только баловням судьбы, а я, к превеликому сожалению, не один из них.

— И долго ты собираешься тащить на себе этого нытика? — скучающе спросил Тайло.

Флинн несколько раз моргнул. С трудом вырвавшись из удушающих объятий воспоминаний, он обнаружил, что увяз по пояс в грязи, — не сдвинуться.

— Обернись, — вздохнул Тайло.

Флинн еле повернул шею — тело почти не слушалось — и увидел, что на его спине сидел уже не старик, а молодой мужчина, обиженно надувший губы.

— Чего стоишь? Или ты хочешь, чтобы я сам пошел? — капризно спросил мужчина. — Тебе же легче, чем мне. Болото любит тебя, оно дает тебе больше свободы.

— Что за чертовщина? — задохнулся Флинн и сам не узнал свой голос — скрипучий и тихий, как у столетнего старика.

Он посмотрел на свои руки. Не может быть! Кожа покрылась морщинами, стала дряблой и тонкой.

— Этот нытик выпил из тебя все соки, всю энергию, — объяснил Тайло. — Никогда не общайся с теми, кто тянет тебя на дно. Люди очень любят жаловаться на свою жизнь, но менять ее не спешат. Они мечтают, чтобы кто-нибудь вытянул их из болота и понес на руках в лучшую жизнь. Ты взял на себя чужую ношу. Иногда сострадание только вредит людям, не дает им быть сильными. Конкретно этот экземпляр, — он указал на мужчину, — считает, что весь мир против него, а другим повезло куда больше.

— Это неправда! — истошно завопил бывший старик. — Моя жизнь действительно ужасна! Легко судить, когда судьба балует вас! Вы не знаете, через что я прошел!

— А ты разве шел?! — крикнул в ответ Тайло. — Ты стоял в болоте и ничего не делал, чтобы выбраться. А когда нарисовался тот, кто захотел тебе помочь, ты сел на его горб и поехал, радуясь, что самому ничего делать не нужно!

— Неправда! Неправда! — верещал мужчина, точно обиженный ребенок. — Вы не имеете права судить о моей жизни, не побывав в моей шкуре!

— Но ты ведь судишь о других, — хладнокровно сказал Тайло. — Говоришь, что им легче, проще, хотя сам тоже не бывал на их месте. Как ты можешь утверждать, что твоя судьба самая паршивая из всех?

— Я... я... — не нашелся что ответить мужчина. Его взгляд нервно забегал по кругу.

— И что мне с ним делать? — осипшим голосом спросил Флинн.

— Да скидывай уже этого нытика. Не церемонься, — махнул Тайло.

— Вы не имеете права меня тут бросить! — заголосил мужчина, покрепче вцепившись в плечи Флинна.

— Имеем, — возразил Тайло, нагло ухмыляясь. — Флинн, кончай с ним. Он начинает меня бесить.

— Не слушай этого бессердечного, — быстро зашептал мужчина. — Он злой, он не умеет помогать людям, а ты добрый, я же вижу это.

— Флинн, если ты не послушаешь меня, то будешь не добрым, а глупым.

Тайло был прав. Собрав последние силы, Флинн разжал пальцы мужчины, освобождая свои плечи, и скинул наглеца в болото. Молодость и силы вернулись обратно. Тайло протянул руку и помог Флинну вылезти из грязи.

— Вот видишь, я смог тебе помочь, потому что ты сам захотел выбраться. — Тайло похлопал Флинна по спине. — Мой тебе совет: никогда не общайся с теми, кто делает тебя хуже.

— Спасибо, друг, — часто дыша, поблагодарил Флинн.

— Друг? — переспросил Тайло. Видать, не поверил своим ушам.

— Мне кажется, что только друг может выручить из беды и дать по-настоящему дельный совет.

— То есть я уже не Тайло-Ворчайло? — Он вопросительно изогнул бровь.

— Нет, ты все еще Тайло-Ворчайло, это никуда не делось, но отныне ты еще и мой друг, — заулыбался Флинн, протягивая ладонь.

— Даже не знаю. Дружба — это серьезный шаг. Такая большая ответственность. — Тайло с задумчивым видом потер подбородок.

Он смерил Флинна оценивающим взглядом.

— Ладно, так уж и быть, стану тебе другом, — сдался Тайло, пожав его руку. — Ты такой наивный и так плохо разбираешься в людях, что без меня точно пропадёшь. Считай это благотворительной миссией.

Они одновременно засмеялись, но долго радоваться не пришлось — их накрыла тень. Тайло напряжённо посмотрел куда-то вверх.

— А вот теперь начнётся адское представление, — сказал он.

15
ДЕМОН УНЫНИЯ

Из маленького невинного слизняка с большими глазами демон Уныния превратился в бесформенную гору слизи, которая нависла над Флинном, пуская зеленые слюни.

— Что за мерзость? — брезгливо поморщился он.

— Нужно было раздавить демона, когда он был крохой, — теперь поздно. Только если у тебя в кармане не припрятан огромный ботинок.

— Увы, не припрятан, — с сожалением ответил Флинн. — Что будем делать? Ты говорил, что взял оружие. Где оно?

— Еще не готово. — Тайло шмыгнул носом.

— Как не готово?

— Так не готово, — отчеканил Тайло. — Оно еще созревает. Я не волшебник, чтобы творить чудеса по щелчку. И это ты во всем виноват.

— Каким образом? — сквозь зубы процедил Флинн.

— Если бы ты не взялся с рвением матери Ферезы помогать тому нытику, у нас было бы куда больше времени до того, как демон вымахает до размеров слона. А теперь отвлеки его как-то.

— А не проще убежать от него? Слизни ведь неповоротливые.

— От себя не сбежишь. Не забывай: он твой демон, часть тебя. Так что тяни время и старайся не поддаваться унынию, чтобы слизень не вырос еще больше, иначе раздавит — и мокрого места не останется.

Из беззубой пасти демона вырвалось зловонное дыхание и обволокло Флинна. Выпитый в баре коктейль попросился наружу, но он сдержался. Слюни зеленым водопадом опускались по разбухшему телу, подбираясь к босым ногам Флинна. Он судорожно набрал в грудь воздух, повернулся и зашагал по мшистой тропе, пытаясь полностью игнорировать демона. Кто-то однажды ему сказал: «Если делать вид, что проблемы нет, то она рассосется». Как же ошибался этот человек. Слизень преследовал по пятам, став его тенью. Флинн сопротивлялся до последнего, но печаль все равно отыскала тайный лаз и проникла в сердце.

Едкий газ отравлял легкие, а грустные воспоминания отравляли мысли. После смерти отца проблемы градом обрушились на Флинна. Все началось, когда он нашел своего пса Ферни с кровавой пеной у рта — его отравили. Он подозревал соседа, который постоянно жаловался на лай.

Ферни был его последним другом. На память о нем остались ошейник да пара погрызенных игрушек с пищалками, валявшихся в углу. Он лично похоронил своего маленького друга на местном кладбище животных, а после не выходил из дома несколько недель. Флинн лежал на кровати и целыми днями вспоминал, как пес радовался его приходу, как будил каждое утро, вылизывая лицо шершавым языком, как они вместе играли.

Он отчетливо помнил тот день, когда забрал из приюта маленького белого щенка с коричневыми пятнами на боках. Как тот восторженно вилял хвостом, впервые оказавшись в новом доме. Ферни никогда не спал на своем коврике. Он забирался на кровать Флинна, наваливался на его ноги и мирно посапывал до самого утра.

Флинн всегда переживал, когда Ферни болел. В такие моменты он не отходил от пса и успокаивающе поглаживал, приговаривая, что все будет хорошо. А тот преданно смотрел на него несчастными глазами, веря, что хозяин не даст его в обиду и обязательно спасет. Но Флинн не смог. Он не смог спасти Ферни в последний раз. Как же стало пусто в квартире и в сердце. Флинн больше никогда не увидит своего друга и не услышит радостный лай.

Когда сосед с ехидной улыбкой спросил, куда же подевался песик, Флинн не вытерпел и накинулся на него с кулаками. Сосед грозил подать заявление в полицию. Матери пришлось чуть ли не на коленях умолять не делать этого. Мужчина в итоге согласился замять происшествие — за приличную сумму, естественно. Флинн чувствовал, что мир ополчился против него. Сначала отец, потом Ферни. С каждой потерей ему казалось, что от сердца отрывали кусок.

Вот ему тринадцать. Мать начала пить. Флинн и так не мог смотреть на нее после смерти отца, а в пьяном виде ненавидел еще больше. Презирал, считал слабой. Она же оправдывалась, что запила от отчаяния и бессилия, потому что никак не могла найти общий язык с собственным сыном, не могла добиться его прощения. Но что бы она ни делала, какие бы слова ни говорила, он продолжал испытывать к ней отвращение. Как-то раз она сказала Флинну, что теряет его, а вместе с ним и последнюю ниточку, связывающую ее с этим миром. Сказала, что теперь у нее есть только сын, тихо ненавидящий ее, и безграничное чувство вины. Но даже это признание не тронуло Флинна.

Однажды мать напилась до такого состояния, что не смогла подняться по лестнице. Флинн нашел ее у подъезда. Такого жалкого зрелища он еще не видел. Она что-то мычала, смотрела на него тупым взглядом. Одежда была испачкана, макияж размазался по лицу, превращая ее в нелепого клоуна. Мать неуклюже хваталась за его рукава, тянула на себя и продолжала мычать. Флинн с трудом поднял ее и отнес в квартиру. Соседи, встречавшиеся на их пути, осуждающе охали, качали головами и возбужденно перешептывались. Стоило Флинну с матерью на руках подняться выше по лестнице, как соседи уже без всякого стеснения громко обсуждали увиденное. Ну как же не перетереть такую скандальную новость в жерновах порицания? В их доме живет алкоголичка. И это его мать.

Он не кричал, не устраивал сцен. Тихо собрался и ушел из дома. Флинн больше не мог жить под одной крышей с человеком, к которому испытывал настолько сильное омерзение. Он даже записки не оставил.

Целую неделю весь город стоял на ушах. Объявления о пропаже тринадцатилетнего светловолосого мальчика висели на каждом столбе, в каждом кафе. Однажды мать с трясущимися руками и лихорадочным блеском в глазах бродила по улицам, раздавая листовки, спрашивая у всех прохожих, не видел ли кто ее сына. Флинн наблюдал за ней издалека, но так и не подошел — настолько сильно очерствело его сердце.

Все это время он жил под мостом с другом-бездомным по имени Уигги. После Флинн всем врал, что это были самые прекрасные дни в его жизни, полные приключений и свободы. На деле же он мерз под заплесневелыми одеялами, кишащими клопами, ел несвежую еду и видел город с изнанки. Со стороны полной нищеты и безнадеги. Не от хорошей жизни люди оказывались на улице. Грязные лица, рты с гниющими зубами, спутанные волосы, зловонное дыхание и смрад. Смрад был таким, что первое время Флинна постоянно тошнило. Но к нему быстро привыкаешь, когда сам начинаешь испускать запахи не лучше.

Бездомные были людьми второго сорта; пережеванные городом и выброшенные за переделы нормального существования. Всем было наплевать на них. Лишь изредка какие-нибудь благотворительные организации вдруг вспоминали об этих несчастных и устраивали какие-то акции. Но это не меняло их трудного положения: пара дней сытости, а потом снова приходил голод.

Многие бездомные страдали от тяжелых болезней, каждую неделю кто-то умирал. Тогда приезжала скорая, паковала холодные тела в пластиковые мешки, а после их хоронили в общих, часто безымянных, могилах. Город старался не замечать бродяг, будто их не существовало. Будто не было на его лице этого уродливого шрама нищеты.

Не выдержав такой жизни, Флинн вернулся домой. Мать не пила с тех самых пор, как он пропал. Она призналась, что уже и не надеялась увидеть своего сына живым, давно представляя себе страшную картину: ее мальчик лежит где-нибудь в канаве. Брошенный, одинокий, мертвый.

Мать осунулась и жутко постарела за эти три недели. Сильные переживания подорвали ее здоровье, и она попала в больницу. Операция сожрала их последние сбережения. Они влезли в огромные долги. Как дальше жить — Флинн не представлял. Мать долго приходила в себя, а потом целый год не выпускала его одного из дома и повсюду ходила по пятам. Один раз она даже дежурила на улице, когда он пошел на вечеринку к Беат Морен — самой популярной девчонке в школе. Ребята весь вечер открыто глумились над

Флинном, называя маменькиным сынком, которому давно пора вылезти из-под юбки.

Она душила заботой и отравляла тем, что называла любовью. Флинну стало тесно. Его точно связали по рукам и ногам, и он никак не мог вырваться. Он хотел выскользнуть из-под опеки матери и снова убежать, но понимал, что это ее добьет. Это было бы слишком легко. Флинн всей душой желал, чтобы мать страдала. Как можно больше и как можно дольше. Да, он был жесток. Ему казалось, что часть его сердца навсегда окаменела.

А вот он впервые украл. Толстый продавец раскладывал товар и ничего не заметил. Флинн тогда стащил банку газировки и бутерброд. На выходе его поймала охрана, удача не водила с ним дружбу. Следующую ночь Флинн провел в одной камере с потными типами, от которых разило сигаретами и дешевым пойлом. Вышел он только утром. Мать взяла в долг и внесла залог. Она расплакалась и прижала Флинна к груди, щебеча, что больше никогда не отпустит своего мальчика. С тех пор петля на его шее затянулась еще туже.

Контроль усилился, но Флинну удалось выбраться из-под него, когда мать вновь попала в больницу. Денег на лечение катастрофически не хватало. Долги росли. По ночам Флинн разгружал фуры с продуктами. Работа была нелегальной, платили мало, обращались плохо. Зарплаты хватало только на еду и самые дешевые лекарства. Он бросил школу и нанялся еще на пару работ, но и там не видел больших денег. Флинн смертельно уставал. Он бился как рыба об лед. Ему пришлось насильно содрать с себя детство и надеть костюм взрослой жизни, который был слишком велик и постоянно спадал. Когда матери вновь понадобилась дорогостоящая операция, он бросил все подработки.

Флинну было пятнадцать, когда он пришел в банду и стал курьером мистера Баедда. Это был единственный доступный ему способ заработать большую сумму, в которой так нуждался. Он оплатил лечение матери и раздал все долги. Работать на такого человека, как мистер Баедд, было очень опасно. Пару раз его сильно избили, а однажды подстрелили. Хоть пуля и прошла по касательной, страха он натерпелся сполна. Флинн понимал, что эти ребятки занимались отвратительными делами, но тогда деньги для него были куда важнее совести.

Он ненавидел эту работу, но выбора уже не имел. От мистера Баедда уйти можно было лишь одним способом: уехав на катафалке. Любого, кто осмеливался ослушаться, он наказывал старым проверенным методом: люди мистера Баедда похищали какого-нибудь родственника бедолаги, долго пытали, а иногда возвращали по частям. Это быстро охлаждало пыл любого бунтаря. Мистер Баедд не терпел частую смену кадров.

Задача Флинна была элементарной: он брал конверт, отвозил в указанное место и оставлял там. За сохранность содержимого отвечал головой. В его работе существовало лишь два твердых правила. Первое: ни за что, ни при каких обстоятельствах не открывать конверт. Второе: если за ним погонятся, то «особо ценное письмо» — как говорил мистер Баедд — нужно было куда-нибудь спрятать, а когда все уляжется — вернуться за ним. В последний раз так и произошло. Флинна начали преследовать. Он почти оторвался и уже нашел место, где можно спрятать конверт, но не успел, ему опять сели на хвост. В панике Флинн умчался на мотоцикле и не заметил, как выронил «особо ценное письмо», оставив его лежать на дороге. Вернувшись, он ничего не нашел. Опасаясь за свою жизнь, Флинн сбежал и скрывался от людей мистера Баедда несколько месяцев. До тех пор, пока не очнулся в одной лодке с Танатом. Как именно умер — он не помнил.

— Прекращай киснуть! — голос Тайло вернул его в реальность. — Сейчас сам станешь болотом!

Флинн разлепил потяжелевшие веки. Он лежал среди мшистых кочек, накрытый длинной тенью. Демон Уныния еще больше разбух, досыта наевшись горьких воспоминаний. Флинн попытался встать, но с ужасом обнаружил, что пустил корни: белые тонкие нити пришили его к болоту. На ногах успела прорасти трава и вытянутые бледные грибы, руки покрылись сизым лишайником, из груди прорезались стебли водяники. Он скривился от омерзения, дернулся всем телом и застонал: нити оказались оголенными нервами.

— Что мне сделать, чтобы освободиться? — прохрипел Флинн.

— Нужно найти счастье, — прошептал парящий над ним Тайло и положил ему на грудь несколько конфет в ярких обертках.

— Что это?

— Твое оружие против уныния. Эти конфеты пока пустые, так что тебе придется постараться и наполнить их радостью.

— Ты издеваешься? — спросил Флинн. — Как они помогут одолеть демона? Он, по-твоему, переест и лопнет?

— А ничто другое на него не подействует! — ответил Тайло. — Только радость и счастье могут справиться с печалью и унынием. Наполни их светлыми воспоминаниями!

Слизняк полз прямо на Флинна, желая втоптать того в грязь и раздавить. Он еще раз дернулся, но лишь вызвал новую волну боли.

— В голову ничего не идет, — сознался Флинн после нескольких попыток. Он так глубоко увяз во тьме, что света больше и не видел.

— Ну же! Постарайся, у тебя получится! — подбадривал Тайло. — У всех нас есть хотя бы парочка теплых воспоминаний, за них и держись. Они — твой спасательный круг в этом болоте.

Флинн порылся на антресолях памяти, стряхивая пыль времени. Действительно, с ним случались не только беды.

Он вспомнил, как запускал с отцом воздушного змея. Получилось у них с десятой попытки, но как же здорово было, когда цветастый змей с яркими лентами, покачиваясь на ветру, взмыл под небеса.

А в этом кусочке прошлого они всей семьей отдыхали на берегу моря, нежась в лучах солнца и купаясь в лазурной воде. В то лето Флинн завел кучу друзей и гонял с ними по берегу. Они лазали по деревьям, срывая спелые дикие фрукты, строили замки из песка и придумывали страшилки у костра.

В другом воспоминании отец учил его ездить на велосипеде. Позже мама долго залечивала раны на коленках Флинна и отчитывала папу.

Перед глазами возник счастливый Ферни. Пес с радостным лаем прыгал в высокой траве, пытаясь поймать зубами бабочек. Так ни одну и не поймал.

А здесь они все вместе выбрались на пикник, прихватив с собой парочку знакомых. Компания шутила и громко смеялась. До чего же вкусной была приготовленная на костре картошка, с поджаристой ароматной корочкой. Флинн обжигал язык: не хотел ждать, пока она остынет. Он и позабыл, как же счастлив был когда-то.

— Отлично! А теперь встань и скорми конфеты слизняку, — подсказал Тайло.

Белые нити растворились: болото отторгло Флинна. Он прекратил страдать и стал для него несъедобным.

Флинн вскочил на ноги, отряхнулся, развернул конфеты и сунул их слизняку в глотку. Зеленая слюна измазала руку.

— Ну и гадость! — поморщился он, стряхивая слизь.

— Ничего, наступит четверг — вымоешься, — улыбнулся Тайло.

— Почему четверг? — не сообразил Флинн, вытирая руку о штаны.

— Потому что в нашем доме только по четвергам есть горячая вода, — напомнил Тайло. — Если не хочешь ждать, могу кинуть тебя в океан Гнева. Искупаешься в приятной компании демона Злобы. Чем не резиновая уточка? Кусается только, но это такая мелочь.

— Спасибо, обойдусь, — сказал Флинн. — Лучше уж ледяной душ принять.

— Только потом не говори, что я о тебе не забочусь.

Демон Уныния распробовал леденцы и сморщился. Большие печальные глаза стали крохотными, как горошины. Он открыл рот, из которого повалила разноцветная пена: розовая, зеленая, желтая, голубая. Что-то затрещало в желудке демона, его тело набухло и округлилось. Он надулся мыльным пузырем и начал подниматься в небо.

— Конфеты-то с шипучкой! — весело воскликнул Тайло, провожая демона взглядом. — Приготовься! Сейчас будет зрелище!

— Мне кажется, что он сейчас взорвется. — Флинн инстинктивно пригнулся.

— Правильно кажется! — закивал Тайло, потирая ладони.

Слизняк высоко поднялся и лопнул, будто его проткнули иголкой. Угрюмое небо над болотом Безысходности раскрасили салюты из цветного дыма. Они со смехом взрывались и раскрывались подобно цветам, разгоняя горе и печаль. Дым рисовал на сером полотне яркую картину счастливых воспоминаний Флинна. Холодные огни на одно мгновение подняли головы, посмотрели на чужую радость, вздохнули и вновь погрузились в ледяную тоску.

Флинна распирали эмоции, он смеялся вместе с Тайло. Ему хотелось танцевать и кричать так громко, чтобы услышало само мироздание. Как же он мог похоронить столько прекрасных моментов? Теперь Флинн точно знал, что ему есть ради чего бороться — ради того, чтобы когда-нибудь вновь испытать подобное счастье.

16 БОЛТЛИВЫЕ ГРАФФИТИ

Флинну не нравилось засыпать в мире мертвых. Каждый раз он попадал в одно и то же место — в двуликий город, в котором родился. Каждую ночь ему снился Инферсити.

Улицы, как и всегда, дремали под покровом сизого тумана. Каждое утро город надевал маску чопорности и благоразумия, скрывая за ней истинное лицо. Лицо, искаженное распутством, изуродованное нищетой и покрытое шрамами искалеченных судеб. Сейчас же Флинн видел настоящий облик Инферсити.

Он призраком ходил по улицам, наблюдая, как из переулков, подворотен и подвалов выползала мерзость, как проявлялись гнойные раны на теле города. Самые бедные районы кишели бандитами, ворами и мошенниками всех видов. С наступлением темноты открывались притоны и подпольные лавки, торгующие запрещенными товарами. Распахивали свои двери игорные дома, где бедняки в надежде сорвать куш просаживали последние сбережения.

Инферсити был разделен на девять районов. Они кольцами расходились от центра к периферии: от самых роскошных домов до убогих лачужек без воды и отопления, от праздника жизни до беспросветной нищеты. Когда-то Флинн тоже был частью этого города, самой непримечательной его частью.

Он видел, как в подворотне толпа избивала какого-то беднягу. Хоть бы выжил. Флинн никак не мог ему помочь. Он смотрел на лица подозрительных прохожих, шушукающихся между собой и незаметно передающих что-то друг другу, наблюдал, как размалеванные девицы откровенными жестами зазывают клиентов. Флинн вспоминал, как в детстве часто слышал крики по ночам, как лежал в кровати с крепко зажмуренными глазами и убеждал себя, что это игра его воображения. Полиция все равно бы не приехала, ведь она берегла покой лишь тех, кто мог заплатить за него. Слабость и бедность в Инферсити считались личными проблемами.

Когда Флинну надоело глазеть на все это безобразие, он завернул в разукрашенный граффити тупик и прилег на кем-то выброшенный диван.

«Интересно, а можно заснуть во сне?» — подумал он.

Но заснуть не получалось. Закрыв глаза, Флинн видел не тьму, а переулок, будто веки стали прозрачными. Он перевернулся и уткнулся лицом в спинку дивана. Так-то лучше. Но сон все равно не шел. Черно-белый мир живых ему порядком надоел. Как бы проснуться?

— Прекрати на меня смотреть! Это нервирует! Ты же знаешь, что я терпеть не могу, когда на меня так таращатся.

— А я терпеть не могу тебя! И вообще, какого хрена ты так раскричалась? Не протру же я тебя взглядом.

Флинн подпрыгнул на ноги. Происходило нечто невероятное: он все еще находился в Инферсити, но при этом слышал голоса! Хотя Тайло говорил, что между живыми и мертвыми существует нечто вроде звуконепроницаемого барьера. Он завертел головой: ни единой души (если не считать его самого). Он вышел на главную улицу, но и там никого не увидел. Померещилось, что ли?

— Да не смотрю я на тебя, не смотрю! — вновь раздался недовольный голос. Кажется, мужской. — Попрошу хозяина перерисовать меня в другом месте.

— Как тебе будет угодно, — отозвался второй голос, принадлежавший девушке. — Может, хоть там у тебя выйдет морда посимпатичнее да характер помягче.

— На свою морду посмотри!

— У меня, в отличие от тебя, не морда, а лицо!

Невидимые собеседники вдруг отвлеклись от ссоры.

— Слушай, кажись, мы пугаем этого пацана. Он сейчас во второй раз окочурится.

— Да, похоже на то. Посмотри, он так растерян. Бедняжечка. Эй, призрак, мы здесь, выше.

Флинн поднял глаза. На него смотрела девочка. Вполне себе обычная: с короткими черными волосами и нереально большими, просто огромными, глазами, полными печали и грусти. Одета она была в строгое темно-синее платье с белым воротником. Обычная такая девочка, вот только нарисованная. У Флинна отвисла челюсть.

— Неприлично рассматривать девушку так долго! — пропищала она и зарыдала. Краски под ее глазами потекли, как течет тушь у настоящих девушек, когда те плачут.

— Какого черта тут происходит? — только и смог выдавить Флинн.

— Пацан, забей на эту истеричку, — прозвучал грубый мужской голос за его спиной. — Ей только дай повод поныть, сразу сырость разведет.

Флинн повернулся. С противоположной стены на него смотрел нарисованный зеленый мыш, чье лицо отдаленно напоминало человеческое. Он злобно вилял обрубленным хвостом и скалился острыми зубами.

— Чего вылупился? Впервые живые граффити видишь?

— Честно говоря, — сглотнул Флинн, — впервые.

— Новичок, — жалостливо сказала девочка.

— Профан, — прохрипел мыш.

Флинн так и не решил, что его удивило больше: тот факт, что он слышал в мире живых голоса и различал цвета, или ожившие на стенах граффити.

— Ты пялишься на мой хвост? — гаркнул зеленый мыш, бережно прижимая к себе обрубок.

— Нет, — поспешно ответил Флинн.

— Пялишься, пялишься. — Мыш недобро сузил глаза. — Вы все на него пялитесь! Ты учти, если надолго задержишься в мире живых, то у тебя тоже что-нибудь пропадет. Рука там, левое ухо, жабры.

— Вот же грубиян! — обратилась девочка к мышу. — Зачем пугать эту несчастную душу? Им в Чистилище и так несладко. И между прочим, у людей нет жабр.

— Плевать я хотел на анатомию двуногих, — прокряхтел мыш, продолжая обнимать свой искалеченный хвост.

— Вы знаете, что я из Чистилища? — удивился Флинн.

— Конечно, знаем! — важно заявила девочка. — Мы отнюдь не глупые граффити, нас нарисовал очень умный и образованный художник. — Она топнула каблуком черной туфельки. — А творения, как всем известно, всегда под стать творцу.

— Да-да, мы вовсе не тупицы! — подтвердил мыш и выпятил мохнатую грудь.

— Хотя насчет него, — девочка перешла на шепот и указала на противоположную стену, — я не уверена. У всех творцов бывают неудачные работы.

— Что ты там вякнула? — ощетинился мыш.

— А я о чем говорю? Эта мышь — самая грубая и неотесанная среди всех мышей, будь то нарисованных, будь то живых, — пожаловалась девочка и утерла заплаканные глаза платком.

— Я таким и задумывался! — сердито зашипел мыш. — Эй, пацан, прочти для этой слепой клуши подпись подо мной.

— Злобный Мыш, работа Графа Л, — громко произнес Флинн.

— Вот! Поняла, истеричка ты недоделанная? Я — Злобный Мыш! У меня должен быть скверный характер! Таким меня видел мой создатель!

— Печальная Девочка, работа Графа Л, — прочитал Флинн под вторым рисунком.

Он посмотрел на Печальную Девочку. Все так: действительно девочка и довольно печальная на вид. Злобный Мыш тоже полностью соответствовал своему названию.

— А кто такой этот Граф Л? — спросил Флинн, рассматривая витиеватую подпись.

— Великий художник. Он создает живые граффити, то есть нас, — с гордостью промолвила Печальная Девочка.

— Он человек? Или призрак, как и я?

— Мы собираем информацию, а не разбазариваем ее, — шикнул Злобный Мыш, настороженно глазея на Флинна.

— Призрак вряд ли сможет навредить нашей работе, — сказала Печальная Девочка.

160

— Какой работе? — Любопытство Флинна все росло.

— Важной, крайне важной. Не суй свой бледный нос в чужие дела. Ты хоть и призрак, но вполне можешь оказаться шпионом, — насупился Злобный Мыш, нервно виляя хвостом. — Вдруг тебя завербовали?

— Кто и для чего? — Флинн чувствовал себя как в первый день в Чистилище. Вопросов море, а ответов капля.

— В следующий раз забуду нарисовать вам рты, чтобы не болтали лишнего, — сказал кто-то и прищелкнул языком.

Флинн и не заметил, как к ним подошел брюнет, облаченный во все черное, будто на похороны собрался. И лишь странный герб, вышитый золотыми нитками на футболке (охотничий пес в короне, над которой парил огромный глаз), разбавлял мрачный образ незнакомца. Нижнюю часть его лица скрывал шарф, поэтому Флинн смог рассмотреть только необычные глаза — фиолетовые. Подобных он раньше не видел.

— Простите, хозяин, — жалобно захныкала Печальная Девочка. — Мы лишнего не болтали. Честное слово! Тут так скучно и одиноко. Поговорить можно разве что с мышом, но слушать его язвительные выпады весь день — слез не хватит даже у меня!

— Это все ее вина! — гаркнул Злобный Мыш. — Я молчал как рыба!

— Наглый лжец! — ахнула Печальная Девочка и залилась очередной порцией рыданий.

— Ваше дело не болтать, а смотреть и слушать, — с осуждением сказал парень. — Видели что-нибудь необычное сегодня?

— Нет, ничего. Только этот призрак, — Печальная Девочка указала тонким пальчиком на Флинна, — уже третий раз на глаза попадается.

— Понятно, — спокойно ответил парень, даже не взглянув на Флинна. — У вас с краской все в порядке? Нигде не стерлась, не облупилась?

— ХВОСТ! Мой хвост, Граф Л! — завопил Злобный Мыш, тыкая когтистой лапой на обрубок. — Подправьте мой хвост!

Парень достал из глубокого кармана мантии темно-синий баллончик, что-то прошептал, и тот сменил цвет на золотисто-коричневый. Он встряхнул его и быстрым движением дорисовал недостающую часть хвоста.

— Мой родненький! — обрадовался Злобный Мыш, баюкая целый хвост. — Спасибо, хозяин!

— А ты, — Граф Л обратился ко второму рисунку, — если будешь так часто плакать, опять полностью сотрешься. — Он встряхнул баллончик, который сразу же поменял цвет на светло-бежевый, и подправил Печальной Девочке лицо. Подтеки исчезли.

— Спасибо, хозяин! Вы так внимательны и добры. — Печальная Девочка сделала реверанс, борясь с желанием вновь заплакать.

— Эй, ты меня видишь, слышишь? — наконец-то подал голос Флинн. — Кто ты?

Граф Л ему не ответил. Он развернулся и прошел сквозь Флинна — ощущение не из приятных.

— Постой! Не уходи! Кто ты? Почему я слышу тебя?

Снова молчание. Граф Л вышел на главную улицу и спокойно зашагал вдоль нее. Флинн последовал за ним. Что он только не делал, чтобы привлечь внимание, но ничего не сработало. Он знал, что Граф Л слышал и видел его, но упрямо игнорировал.

— Перестань делать вид, что я не существую! Пусть и не в этом мире, но я есть! — раздраженно выпалил Флинн. Ноль реакции. — Если сейчас же не заговоришь со мной, я буду преследовать тебя до конца твоих дней! И в спальне, и ванной, и в гостях — я везде и всегда буду рядом, напевая какую-нибудь надоедливую мелодию!

Конечно же, Флинн блефовал, ведь он вернется в Чистилище, когда проснется. Граф Л вздохнул и остановился.

— Как же ты достал, — пробормотал он в шарф, внимательно рассматривая асфальт под ногами.

Флинн мысленно возликовал, подумав, что Граф Л вот-вот с ним заговорит, но надежда рассыпалась прахом, когда тот внезапно развернулся и побежал.

— Стой! — крикнул Флинн и бросился вдогонку.

Либо Граф Л оказался невероятно шустрым, либо он в образе духа не отличался быстротой: фигура в черном стремительно удалялась.

— Подожди! — задыхаясь, прокричал Флинн ему вслед. — Я хочу только поговорить!

Граф Л свернул с дороги. Когда Флинн добежал до переулка, в который тот нырнул, он обнаружил тупик. Графа Л и след простыл. Он попросту испарился, точно сам был призраком. Флинн хорошенько все осмотрел, даже заглянул в контейнер для мусора, вдруг он там спрятался? Никого. Только черный пес уныло глазел на него да парочка котов дружно спала на картонке.

— Черт! Упустил! — Флинн от досады пнул жестяную банку.

Он вернулся на главную улицу. Когда же прервется этот дурацкий сон? Флинн еще ни разу так надолго не задерживался в мире живых. Ему казалось, что Инферсити забавляется с ним — и не отпустит, пока не наиграется.

Флинн медленно обвел улицу взглядом: фонари вяло моргали, туман укрывал землю толстым одеялом, а деревья потягивались голыми ветками. Интересно, сколько прошло с момента его смерти? Месяц, год? Сложно сказать. Время, как выяснилось, явление непостоянное. Особенно в руках господина Аяка.

Дорога привела его к храму. При жизни он редко бывал в нем, но сейчас какая-то неведомая сила потянула туда. Флинн поднялся по каменной лестнице и приоткрыл створки двери. Он боялся, что стоит ему переступить порог, и он навсегда исчезнет. Этого не произошло. Старые предрассудки остались позади.

Флинн не чувствовал запахов, не различал цветов, но помнил, что когда-то тут витали ароматы ладана и мирры, а отблески сотни огней блуждали по ярким витражам, цепляясь за разноцветные стеклышки. Раньше здесь играла возвышенная и печальная музыка. Отражаясь от стен, она эхом заполняла храм.

У алтаря горели бесчисленные свечи, а со стены на него смотрел символ — внутрь ромба был вписан круг, посреди которого находился глаз с семью треугольными ресницами и спиральным зрачком. Знак ипокрианства — единственной сохранившейся религии. Она возникла меньше тысячи лет назад и разрушительным вихрем пронеслась по миру, стирая другие верования со страниц истории, оставляя за собой жертвы и руины. Еще пятьдесят лет назад ипокрианство имело невероятное влияние, но в последние годы оно начало угасать, как и вера в сердцах людей. В каждом районе находились десятки храмов, но теперь мало кто посещал их. Мир неотвратимо менялся.

Флинн прошел вглубь и опустился на одну из деревянных скамеек, на другом конце которой сидел бездомный. Ему захотелось помолиться. Он сомкнул руки и сосредоточился, но годы стерли из памяти все молитвы.

— Ты заплутал? — спросил бездомный, поворачиваясь к нему.

Его Флинн тоже видел в красках: нездорового цвета кожа, пытливые голубые глаза, длинная седая борода, в которой запутались частички еды и мусора, а на голове изрядно побитая молью красно-зеленая шапка с помпоном.

— Чего молчишь, парнишка? Аль язык проглотил? — Бездомный заулыбался беззубым ртом.

— Вы меня видите? — зачем-то спросил Флинн, хотя это было и так понятно.

— Тут одно из двух: либо я взаправду вижу призрака и болтаю с ним, либо я треплюсь сам с собой, а ты мне только мерещишься. Но для посторонних что так, что эдак я кажусь сбрендившим, — хрипло засмеялся старик.

— Странно. Столько раз бывал в Инферсити в образе призрака, меня никто ни разу не слышал и не видел, а сегодня прям день общения с мертвецами, — сказал Флинн, пересаживаясь поближе. — А вы кто?

— Я-то? В отличие от тебя, еще не жмур. Вот уж седьмой десяток таскаю за собой это бренное тело — никак не сброшу, — загоготал бездомный, хлопнув себя по круглому животу. — Время еще не пришло, так что я обычный, в меру живой человек.

— Но тогда почему вы меня видите?

— Потому что я духовидец.

— Кто?

— ДУ-ХО-ВИ-ДЕЦ, — четко проговорил бездомный, пальцами расчесывая спутанную бороду. — Тот, кто видит духов. Это дар такой — врожденный.

— Не знал, что такой бывает.

— Ты много чего не знаешь. Наивный больно, по лицу видно.

Бездомный достал из кармана старого пальто шоколадку, отряхнул ее от пыли и принялся жевать. Флинн поморщился. Он почему-то вспомнил свои трапезы с бродягой Уигги. Бездомный быстро прикончил плитку и достал еще одну.

— У вас хороший аппетит, — сказал Флинн, все еще кривясь.

— Если ты голоден, то аппетит всегда хороший, — с набитым ртом ответил бездомный. — Так что ты позабыл в храме? Призраки тут нечастые гости — боятся исчезнуть. Вот дурачье! — Из его рта полетели кусочки шоколада. — Навредить может только то, во что веришь. А покойники уже знают, что все устроено по-иному.

— Получается, все религии ошибались... — призадумался Флинн, переведя взгляд на всевидящее око ипокрианства.

— У-у-у! Еще как ошибались! Все же умными себя считали, на истину притязали! «Все может быть только так — и никак иначе!» — полагали они. А кто противился, того немедля на дыбу — без разбору. И эти ребятушки, — бездомный направил грязный палец на символ ипокрианства, — от них недалеко ушли. Те же упрямые черти! Но правду по крохам можно найти везде. — Он выудил из бороды кусочки шоколада и закинул их обратно в рот. — Да что я тут распинаюсь? Ты ведь собственными глазами все узрел.

— Это так, но осталось много вопросов. — Флинн положил руки на спинку скамейки, стоявшей перед ним.

— На кой ляд тебе сдались ответы на них? Ну получишь их, а дальше что? Покумекай хорошенько: вот пришел ты на выступление какого-нибудь факира, но уже ведаешь, как каждый фокус устроен. И что выходит? Скукотища смертная! Он там пыжится, пыжится на подмостках, а ты сидишь и зеваешь — аж челюсть сводит. Так и тут! В мире всегда должно быть что-то загадочное, чарующее, чтобы наблюдать разинув рот. — Старик причмокнул, облизывая пальцы. — Да и вообще все знать вредно — голова лопнет.

166 Флинн заметил, что один глаз у бездомного вращался во все стороны, а второй оставался неподвижным.

— Ваш глаз... что с ним?

— А! Это, — бродяга постукал по глазу пальцем, — стекляшка. Меня из-за него и прозвали Слепым Идди. Хотя если быть точнее, то я Полуслепой Идди. Но прозвища как прицепятся — не отлепишь. Хуже жвачки в волосах.

— А я Флинн. Рад знакомству. Пожал бы вам руку, но это невозможно. Кстати, — он задумался, — а почему я могу прикасаться к предметам, но не к людям?

— Люди попросту не хотят тебя замечать, поэтому ты для них пустое место, а вот предметы посговорчивее будут. Тебя еще животные могут видеть.

— Интересно, — улыбнулся Флинн. — Сегодня я встретил человека, — он запнулся, — или не человека, в общем, не важно. Он создает живые граффити. Вы не знаете, кто это?

— Знаю, — закивал Слепой Идди. — Здесь такие дива только один умеет творить — Граф Л.

— Точно! Но кто он? Человек, призрак или духовидец, как вы? Зачем он рисует эти граффити?

— Ни то, ни другое и ни третье, — замотал головой Слепой Идди. Он пригнулся и зашептал, словно побоялся, что кто-то мог их подслушать. — Сейчас тебя не это должно волновать, а то, как бы удержаться.

— Удержаться?

— Да, на месте. Не дай себя зацепить!

— Что?..

Флинн не успел задать последний вопрос: огромный невидимый крюк вонзился ему в копчик и потянул. Он коротко вскрикнул и вцепился руками в спинку впереди стоящей скамейки.

— Помогите! — умолял Флинн, чувствуя, что пальцы предательски соскальзывают.

— Ой, только не втягивай меня в эти разборки, — отмахнулся Слепой Идди, завалился на бок и приготовился ко сну.

Невидимый крюк потянул сильнее, и Флинн не выдержал. Он упал и заскользил по проходу, попутно цепляясь за ножки скамеек, — тщетно. Одним рывком его вытянуло наружу. Храм остался далеко позади.

Флинн старался как мог: хватался за деревья, железные ограды, фонарные столбы, но невероятное притяжение продолжало тянуть в неизвестность. Если бы его могли слышать живые, он бы своим криком перебудил весь город. Осознание, что сопротивляться бесполезно, колючими ветками обвило разум. То, что так упорно манило его, было сильнее. Намного сильнее. Будто на другом конце невидимой нити сидел великан, тянувший Флинна к себе, как рыбу, угодившую на крючок.

Не имея больше сил противостоять этой неимоверной тяге, он сдался. Перед глазами все смешалось, внутренности скрутило жгутом. Отныне он без малейшего сопротивления летел по улицам Инферсити — легкий и податливый, точно перышко на ветру. Будь что будет.

Невидимая рука подняла его высоко в небо и скинула вниз. Он падал и кричал. Этот сон все больше походил на ночной кошмар. Флинн подумал, что сейчас насмерть разобьется о крышу дома, но тут вспомнил, что и так мертв. Вопреки ожиданиям, он не упал на твердую черепицу, а прошел сквозь нее. Пронизывая десятки этажей, Флинн мимоходом замечал людей, мирно спящих в своих кроватях. Они и не подозревали, что прямо сейчас через их квартиры пролетал один неудачливый призрак.

Флинн наконец-то ощутил под собой твердую поверхность, всем телом ударившись о кровать.

— За что мне все это? — хрипло пожаловался он неизвестно кому.

Поняв, где очутился, Флинн замер. Он дома. Рядом с ним предавалась тревожному сну его мать. Он забыл, как дышать. Так вот о чем говорил Слепой Идди! Тайло рассказывал, что такое может произойти, но как при этом себя вести — умолчал.

— Мальчик мой, — пробормотала она.

Шею заклинило. Преодолевая боль, Флинн повернулся и с опаской глянул на мать. Она разговаривала во сне. Пронесло! Но почему он слышит ее? Не должен ведь.

«Черт! Если она проснется, то умрет от разрыва сердца. Может, спрятаться? Или притвориться ее сном? Что же делать?» — судорожно размышлял Флинн.

Настенные часы громко тикали, действуя на нервы и мешая думать.

— Сынок, где же ты? Почему ты опять сбежал?

«Что? Она не знает, что меня нет в живых?» — Флинн похолодел. Что же с ним такое произошло? Как и где он умер?

Мать беспокойно завертелась. Сейчас она откроет глаза, увидит призрак Флинна и поймет, что он мертв и надежды больше нет. Это точно доконает ее слабое сердце. Мать повернулась к нему лицом, ее веки задрожали, точно крылья бабочки. Вот-вот случится непоправимое.

— Это ты, сынок? Ты вернулся? — Она посмотрела на него сквозь ресницы, отчасти находясь в объятиях сна.

Флинн мысленно умолял, чтобы кто-нибудь разбудил его там, в Чистилище, тогда он исчезнет из мира живых. И эта молитва была услышана. Тьма тяжелой плитой обрушилась с потолка, вернув Флинна обратно в мир мертвых.

17
СИНИЕ СЛЕЗЫ

Кто-то с силой тарабанил в дверь. Бледный, потный, трясущийся от только что пережитого кошмара, Флинн встал на ноги, прошелся нетвердой походкой и открыл незваному гостю, пока тот не снес дверь с петель.

В коридоре стоял лысый старик, вокруг которого почти зримо клубилось негодование. На его иссушенном старостью теле бесформенным мешком висел замызганный плащ. Из-под мышки торчала потрепанная газета. Безвольный подбородок порос редкой щетиной, покрасневшие глаза злобно блестели из глубины глазниц.

— Парень, мы ведь не в квартале Бессовестных живем. Где твое уважение к соседям, а? — рявкнул старик.

— Простите, — тихо сказал Флинн, вытирая пот со лба.

— Мне от твоего «простите» ни холодно ни жарко! — брызнул слюной старик. — Еще раз побеспокоишь меня, и я сделаю все, чтобы тебя переселили куда-нибудь в подвал. Надеюсь, что мозги, в отличие от совести, у тебя имеются и ты все понял.

— Я постараюсь больше не шуметь, — еле прохрипел Флинн: из-за пустыни во рту говорить было сложно.

— Очень на это надеюсь, — поджав обветренные губы, бросил старик. Он развернулся и заковылял к соседней двери.

— Спасибо, — вдогонку поблагодарил Флинн, мысленно добавив: «За то, что пробудили меня». — Большое вам спасибо... — повторил он, получив в ответ полный недоумения взгляд.

$$\infty$$

Флинн сидел в столовой и пил кофе в компании Тайло и своих мрачных мыслей. Ну как пил... сделал пару глотков, а потом смотрел то в окно, за которым моросил противный дождь, то в чашку, пока кофе совершенно не остыл.

Он обреченно вздохнул и спросил:

— А это обязательно?

— Да, все проходят загробного психолога перед последним испытанием, — из-за газеты пробубнил Тайло. — А ты что? Психологов не любишь?

— Предпочитаю сторониться.

— Почему? Они же не зубные врачи, в рот лезть не будут.

— Зато в душу будут, — отозвался Флинн, обняв свою чашку.

— В твоей темной душе нет ничего такого, что могло бы шокировать доктора Месмера. Он и не таких видал, — задумчиво произнес Тайло и, не глядя, налил себе кофе. Половину он пролил мимо чашки, но жидкость сразу впиталась в стол, будто тот был сделан из губки. Даже следа не осталось.

— Не думал, что в Чистилище выпускают газеты, — сказал Флинн, решив сменить тему. — «Загробные вести», — прочитал он название. — Что интересного пишут?

— Эон собирается проводить технические работы со временем. Жителей просят не паниковать, если на их глазах будут меняться времена года. Советуют иметь при себе теплую одежду на случай внезапной зимы и зонтик на случай летней грозы. Господин Аяк проводит занятия в своем танцевальном клубе «Четкая чечетка». В Алом доме квартала Разбитых Сердец состоится бал, приглашены все желающие. Обязательный атрибут — красная маска, — пересказал новости Тайло. — О! Доктор Месмер устраивает групповой сеанс для жителей квартала Затворников. Интересно будет на это посмотреть.

Тайло все говорил и говорил, а Флинн почувствовал, как раздражение подобралось ко рту, готовое словами вырваться наружу. И почему он должен распинаться перед каким-то незнакомцем, что-то пояснять, оправдываться? Ведь придется же достать грязное белье своего прошлого и позволить рассмотреть каждое пятнышко на нем. А потом еще и выслушать лекцию о том, как же ему лучше поступить, что сделать, чтобы превратить выгребную яму его души в цветущий сад. Флинну становилось мерзко от одной только мысли об этом.

— Все это так тупо, — выплюнул он. — Ни к какому психологу я не пойду. Точка.

— Эй, ты чего? — опешил Тайло, медленно сложив газету.

172

— К черту все это! — Флинн резко встал из-за стола. — К черту испытания, к черту этот проклятый дом! К черту судей! К черту тебя с твоими нравоучениями!

— Но другого пути нет, — твердо сказал Тайло. — Ты либо играешь по правилам этого мира, либо...

— Я выбираю второй вариант, каким бы он ни был! — Флинн ударил кулаком по столу, и стоявшая рядом чашка отчего-то раскололась. Остывший кофе не стал впитываться и растекся по столу.

— Зря ты так. — Тайло покосился на темную лужицу. — Ты отверг этот дом, он ответит тем же.

— Плевать! На все плевать! — бросил Флинн и пулей вылетел из столовой.

Иногда он мог часами бродить по коридорам, представляя себя игрушкой в руках капризного дома, но не сейчас. Флинн быстро отыскал дверь под номером 61. Он попытался открыть ее, но не получилось: ключ не желал поворачиваться.

— Ну же! Открывайся!

Гневные возгласы не помогли, попасть в комнату Флинн так и не смог. Он сделал несколько шагов назад, а потом с разбега попробовал выбить проклятую дверь, но та была крепким орешком. Ключ выпал, превратившись из серебристого обратно в ржавый, а замочная скважина заросла на глазах. Тайло оказался прав: дом тоже отверг Флинна.

— Давайте, уничтожьте меня! Сотрите в пыль! — оглушительно крикнул он, смотря куда-то наверх. — Потому что я отказываюсь дальше участвовать в этом цирке моральных уродцев! Слышите? Отказываюсь! — Последнее слово эхом разнеслось по коридору.

Воздух исчез. Флинн опустился на пол, обхватив горло руками. Каждая клеточка его тела задыхалась. Свет в коридоре медленно мерк: лампочки сияли все слабее и слабее, пока не стали различимы темно-оранжевые нити накаливания. Флинн больше не слышал шорохов за дверями, гудения ламп, грохота собственного сердцебиения. Звуки утонули в тишине.

Руки, сжимавшие горло, безвольно опустились. Он больше не чувствовал своего тела, все эмоции притупились, остались только вялые мысли и свет темно-оранжевых нитей внутри ламп.

«И это все? Конец?» — подумал он.

Сейчас коридор погрузится во тьму, а душа Флинна в небытие. Бесконечное ничто — вот его судьба. Но где-то наверху приняли другое решение.

Мир неожиданно свалился на Флинна. Он снова ощущал тяжесть собственного тела, как и тяжесть нахлынувших чувств. Ему преподали урок — только и всего. Никто не собирался стирать его с полотна мироздания, как неудавшийся рисунок.

После былой легкости вновь обретенное тело показалось Флинну непомерной ношей. И как он этого раньше не замечал? А вот замочная скважина в двери так и не появилась. Дом еще дулся. Сунув ржавый ключ в карман, Флинн на ватных ногах поднялся и, пошатываясь, побрел в конец коридора в поисках ванной. После всего пережитого ледяной душ не помешал бы.

Спустя вечность Флинн уперся в бледно-голубую дверь с облупленной краской. Со скрипом открыв ее, он зашел в маленькую комнату, обложенную черной плиткой. Медная ванна с зеленоватыми разводами, дырявая штора, раковина с бруском мыла, который, сколько ни намыливай, не становился меньше, и ледяная вода в трубах — вот и вся «роскошь».

Флинн снял футболку. Когда холод колючей лапой прикоснулся к коже, он резко передумал принимать душ, решив обойтись умыванием. Вентили над раковиной поддались не сразу. Противный скрип осколками вонзился в уши. Трубы задрожали, и по медным венам потекла вода. Флинн подставил голову под ледяную струю. Обжигающие мысли растворились в этом холоде, и соображать стало намного легче. Он закрутил вентили и еще долго стоял над раковиной, слушая стук капель.

Откуда-то появился запах хвойной смолы. Флинн поднял голову и встретился с собственным отражением. Тот, другой он, стоял в точно такой же ванной комнате, но сам отличался. Из глаз зеркального двойника текли ярко-синие слезы. Настоящий Флинн провел пальцами по своей щеке — ничего. Эти необычные слезы существовали лишь в отражении. Что это за странное зеркало и откуда оно взялось? Еще полминуты назад его тут точно не было, он не мог не заметить такую жуткую раму: сотни лиц с приоткрытыми ртами застыли в немой скорби.

Слезы текли все сильнее и сильнее, будто внутри зеркального Флинна бурлила синяя река, которая решила пролиться наружу. Струи бежали по щекам, спускались на грудь, живот, ноги и заливали черную плитку. Яркие лужицы подернулись рябью, зашипели и забулькали. На их поверхности надулись огромные пузыри. Они с рокотом медленно воспарили к потолку и, притихнув, зависли. Внутри Флинна поселилась тревога, сожрав все остальные чувства. В голове звенела лишь одна мысль: «Сейчас что-то произойдет».

Пузыри лопнули, обнажая то, что прятали в своих круглых чревах, — десятки синекрылых бабочек.

— Нет, только не это... — заскулил Флинн.

Он чувствовал пульсирующее сердце везде: в животе, в голове, в ладонях, будто оно разрослось и заполнило все тело.

Зеркальный Флинн, в отличие от настоящего, не был испуган. Он пустым взглядом смотрел куда-то вдаль. Слезы на его щеках высохли, превратившись в две синие дорожки, а бабочки нимбом окружили белокурую голову.

— Прекратите издеваться надо мной! — Флинн бросился к зеркалу и попытался снять, но оно точно приросло к стене. — Прекратите, прекратите!

Флинн нашел на полу отколовшуюся плитку и кинул ее в зеркало — даже не треснуло.

— Прекратите мучить меня... — взмолился он, садясь на пол. — Прекратите...

Флинн подтянул к себе ноги и закрыл лицо руками. Пересохшими губами он все повторял: «Прекратите, прекратите».

— Зря просишь, — сказал Тайло.

Психофор появился незаметно и теперь стоял перед Флинном, заграждая ненавистное зеркало.

— Ты как?

— Это очередное испытание, да? — подняв голову, спросил Флинн. В нем кипела злоба.

— Нет, — помотал головой Тайло и присел рядом. — Ты сам приманил это зеркало.

— Что ему от меня нужно?

— Ничего, оно всего лишь отражает. Отражает то, что гложет тебя больше всего. Это зеркало Тревог, — пояснил Тайло. — Оно блуждает по всему Чистилищу, иногда появляясь то тут, то там. Ищет самых отчаявшихся. Что ты в нем увидел?

Флинн, прерывисто дыша, бросил долгий взгляд на зеркало в медной раме. Пора бы ему избавиться от этого наваждения.

$$\infty$$

— И когда начнется сеанс? — спросил Флинн.

Он, скукожившись, шел по кварталу Недоверчивых. Прохожие опасливо оглядывались, будто ожидали нападения. Подозрительность в виде смога клубилась у самой земли, хватая каждого встречного за ноги. Если не поторопиться, то можно на целый день заразиться недоверием, везде видя заговор и предательство. С Флинном такое уже случалось.

— Сеанс начался полчаса назад, — сообщил Тайло, паривший рядом.

— То есть я его пропустил? Отлично, тогда возвращаемся. — Флинн резко повернулся и зашагал обратно.

— Никуда ты не пойдешь! — крикнул Тайло, схватив его за шиворот. — Мы придем как раз вовремя. Понимаешь, доктор Месмер у нас один на все Чистилище, и, чтобы везде успевать, он живет сразу в нескольких временных линиях. У него десять кабинетов, и в каждом сидит он, просто в разное время. Точнее пояснить не могу, извини. Сам не до конца разбираюсь в этой системе.

— Почему бы ему не взять помощников? Или же все умершие психологи сразу попадают в Лимб? — начал глумиться Флинн.

— Нет, души не работают в Чистилище. Психофоры не в счет. Мы тут опыт себе зарабатываем, без которого нам никак.

— А как же судьи?

— Судьи людьми никогда и не были, — ответил Тайло. — Они нечто иное, что-то вроде духов-хранителей. Аяк вот воплощение мудрости, Эон — времени, Сфинкс — загадок и тайн, Танат — смерти и разрушения. А вот Месмер представляет интуицию.

— А мадам Брунхильда тогда кто? Дух скверности?

— Нет, она дух порядка и дисциплины. По ней видно, правда? Я как встречу ее, мне хочется вытянуться по стойке смирно, отдать честь и отчитаться, хотя она — прошу заметить! — не мой начальник!

Флинн громко чихнул. Черт! Все-таки успел подцепить недоверие.

18 ОТТЕНКИ ЧУВСТВ

Кабинет доктора Месмера находился в здании суда. Точнее кабинеты. Их действительно, как и говорил Тайло, было ровно десять. У всех одинаковые двери: темно-красные с золотыми ручками, а посреди странный символ (две спирали плавно соединялись между собой, образуя нечто похожее на восьмерку). Над каждой дверью висели часы, которые показывали разное время.

— Так-с, посмотрим... — сказал Тайло, внимательно рассматривая часы. — Время твоего сеанса 10:31. — Он обошел приемную, что-то бормоча себе под нос. — О! Вот нужная дверь! Флинн, тащись сюда!

Флинн шел как на плаху, ему не хотелось выворачивать душу и слушать нотации от незнакомца.

— А ты со мной пойдешь? — с надеждой спросил он.

— Ты хочешь, чтобы я сидел рядом и держал тебя за руку? Это так трогательно. — Тайло смахнул со щек невидимые слезинки.

— Опять ты за свое! — Флинн вжал голову в плечи. — Ты ведь мой психофор. Мне было бы комфортнее, если бы ты пошел со мной.

— Увы, это невозможно, — откинув дурачество, серьезно ответил Тайло. — Эта комната нас двоих не выдержит.

— Опять какие-то потусторонние штучки? Ладно, — вздохнул Флинн. — Буду воевать с вашим чудо-доктором в одиночку.

— С ним не надо воевать, он отличный парень. — Тайло ободряюще похлопал Флинна по спине. — Буду ждать тебя здесь.

Флинн медленно повернул ручку. За дверью его ждала тьма. Она простиралась во всех направлениях, пряча в себе стены и потолок. Лишь крохотный островок света в нескольких метрах от входа разбавлял этот густой мрак.

Торшер, кресло, обитое светло-коричневым бархатом, кушетка, маленький журнальный столик — и больше ничего. Скромненько. Самого доктора Месмера не наблюдалось.

— Эй! Кто-нибудь есть? — позвал Флинн, подумав, что доктор прячется где-то во тьме. От этих психологов можно чего угодно ожидать.

Гнетущая тишина действовала на нервы. Флинн неторопливо подошел к кушетке и сел. Он посмотрел на кресло напротив. В голову забралась дикая мысль, что доктор Месмер вполне мог оказаться невидимкой, и сейчас он тихо сидел, оценивая его реакцию. В Чистилище и не такое возможно. Чтобы проверить свою догадку, Флинн вытянул перед собой руку и пощупал воздух — ничего. Если психолог и был невидимым, то в придачу он был и бестелесным.

Флинн лениво глянул на столик, надеясь обнаружить журнал или книгу — что угодно, чем бы можно было себя занять, пока не явится загадочный доктор Месмер. Но, увы, он нашел только неработающий будильник, стрелки которого замерли на отметке 10:31. Под будильником лежала записка, гласящая: «Заведи меня».

— Это такой психологический трюк? — задал он вопрос пустому кабинету.

Флинн еще раз глянул на будильник, решая, стоит ли играть в эту непонятную игру или нет. Наконец он взял его и медленно завел. Секундная стрелка устремилась по кругу, разбавив тишину монотонным тиканьем.

— Спасибо, что помог, — раздался мягкий голос сразу с четырех сторон.

Флинн завертел головой, всматриваясь во тьму, но никого не увидел.

— Я здесь, — сказал тот же голос.

В кресле, элегантно закинув ногу на ногу, сидел темноволосый мужчина, одетый в черную водолазку и такого же цвета брюки. Его худое красивое лицо белело на фоне тьмы, а уголки тонких губ были слегка приподняты в полуулыбке. Под левым глазом Флинн заметил маленькую родинку, придававшую образу мужчины мягкость и некую утонченность.

Внешне доктор Месмер чем-то напоминал Таната. Они вполне могли оказаться братьями, вот только Флинн сомневался, что у Смерти в принципе может быть семья. Разве что собственные бесчисленные тени, но доктор Месмер точно не был одной из них.

— Я Сомнус Месмер, — представился мужчина, слегка склонив голову. — А ты, если не ошибаюсь, Флинн.

— Да, это я, — подтвердил он и напрягся.

180 — Не нужно так реагировать на меня, я не собираюсь насильно лезть тебе в душу, — успокоил доктор Месмер, доставая ручку и блокнот. — Я здесь для того, чтобы помочь тебе, а не смутить.

— Помочь с чем? — Флинн нетерпеливо заерзал на кушетке.

— Помочь понять себя, — растолковал мужчина, делая какие-то пометки в блокноте.

Флинн вытянул шею, чтобы посмотреть на них — какие-то непонятные каракули.

— Ты все равно не поймешь мои записи, — не отрываясь от дела, спокойно промолвил доктор Месмер.

Флинн смутился, как если бы его поймали за чем-то непристойным, и отвернулся.

— Это язык души, он понятен не всем, — продолжил доктор Месмер, задумчиво улыбнувшись.

— Ясно, — сдавленно ответил Флинн.

— Ты знаешь, почему все души перед последним испытанием обязательно посещают психолога?

— Нет, мой психофор никогда не говорит, какое испытание ждет меня впереди.

— Что ж, не смею критиковать методы твоего психофора, — чуть слышно сказал доктор Месмер, — но сегодня мне придется нарушить его правило и все рассказать. Впереди тебя ожидает самая сложная проверка, которая только существует в загробном мире, да и в мире живых тоже. Тебя ждет...

У Флинна напрягся каждый мускул и выступила испарина на лбу, а доктор Месмер все тянул паузу, соревнуясь с бесконечностью.

— Тебя ждет прощение, — наконец-то закончил он.

— Прощение? — Недоумение Флинна все росло и росло — скоро в комнате не поместится. — То есть судьи оправдают меня?

— Нет, ты меня неправильно понял. — Доктор Месмер отрицательно покачал головой. — Нельзя взять и по щелчку избавиться от своего прошлого, но с ним можно что-то сделать.

— Извините, доктор, но я ни черта не понимаю. — Флинн пожал плечами.

— Прощение нужно просить не у судей, а у тех, кого ты обидел. Только они могут простить тебя. И только ты можешь простить тех, кто однажды нанес обиду тебе, — ответил доктор Месмер. — А теперь я включу «Оттенки чувств». — Он щелкнул тонкими пальцами.

— Оттенки чего?..

Из тьмы вынырнул знак вопроса, светящийся желтым, подплыл к Флинну и остановился ровно над его макушкой.

— Так мне будет легче распознать твои подлинные эмоции. Это всего лишь иллюзия, — объяснил доктор Месмер. — Сейчас, к примеру, ты растерян.

— Ну ничего себе! — Флинн от удивления раскрыл рот.

— На чем мы остановились? — призадумался доктор Месмер, слегка наморщив лоб. — А, точно. Тебя впереди ждет коридор Прощения, где ты встретишь образы всех тех, кто обидел тебя и кого обидел ты. Многие не готовы к такому, поэтому перед испытанием все обязательно проходят сеанс у меня.

Из тьмы выползла сияющая волнистая линия аквамаринового цвета и обвила шею Флинна, точно шарф.

— Не волнуйся, — делая очередную пометку, сказал доктор Месмер ласковым голосом. — На самом деле это не так страшно, как кажется.

— А нельзя поменять испытание? — поинтересовался Флинн, нервно забарабанив пальцами по коленке.

— Нельзя, оно для всех одинаковое. Без него

дальше нет пути.

Флинну показалось, что все внутренности сжались в одну точку. Ничего не поделать, придется сразиться и с этим демоном тоже.

Если Танат обладал холодным, непробиваемым спокойствием, то у доктора Месмера оно было теплым и бархатным. Вроде бы одна черта, а так по-разному проявлялась.

— Я ознакомился с твоим делом. В твоей жизни было много обид.

— Вы же не ждете, что я прощу абсолютно всех? — грубо спросил Флинн. — Не все люди достойны прощения.

Перед его лицом затанцевали ярко-красные колючки.

— Я понимаю, что ты все еще зол, но прощаешь ты не для кого-то, а для себя. — Доктор Месмер прикрыл глаза и поднес указательный палец к своему виску. — Взять хотя бы того соседа, с которым ты полез в драку из-за смерти пса. — Его глазные яблоки двигались туда-сюда, будто он что-то читал под веками. — В тебе до сих пор живет ненависть к нему.

Комнату озарили громадные пурпурные шипы. Они пронзили доктора Месмера насквозь.

— Что?! — взорвался Флинн. — Вы хотите, чтобы я простил ублюдка, отравившего моего пса?!

— Злоба, ненависть, обиды отяжеляют твою душу. Они причиняют вред в первую очередь тебе, а не ему. Ты должен сделать это для себя. — У доктора Месмера ни один мускул на лице не дрогнул.

— Я не хочу и не буду его прощать! — зарычал Флинн, ударив кулаком по столику. Шипы стали острее и темнее.

— «Простить» — не значит «одобрить». Его вину никто не преуменьшает. Поверь, все люди, попав к нам, получат по заслугам. И твой сосед не исключение.

183

— У меня даже доказательств не было! А он ходил и лыбился, зная, что я ничего не могу сделать! Что мне нечего предъявить! — Флинн до крови прикусил губу. Металлический привкус наполнил рот, а жгучая ненависть наполнила сердце.

— Если никак нельзя повлиять на ситуацию, то ее нужно отпустить, иначе негативные эмоции будут грызть тебя, и ничего, кроме тьмы, ты в этом мире уже не увидишь, — размеренно произнес доктор Месмер.

— Мне стоило бы самому отравить этого ублюдка! А потом смотреть, как он умирает, и наслаждаться его мучениями, — со злобой выплюнул Флинн.

— Но тебя бы посадили в тюрьму, и тогда бы страдала твоя семья. Исправив одну несправедливость, ты бы породил новую. — Ручка доктора Месмера все быстрее скользила по бумаге.

Колючки превратились в зеленые кольца, которые затянулись на груди Флинна.

— Уверен, моя мать бы недолго плакала. — Он сдвинул брови и шумно засопел.

— Ты ошибаешься насчет своей матери, — мягко возразил доктор Месмер. — И не только в этом.

Над головой Флинна возникли десятки желтых знаков вопроса.

— Что вы хотите сказать?

— Ты многие годы беспочвенно винишь ее в смерти отца. — Доктор Месмер перестал вести записи, отложил блокнот и внимательно посмотрел Флинну прямо в глаза. — Тот сосед действительно был виновен, но твоя мать — нет.

Комнату заполнили чувства всех цветов и оттенков. Желтые вопросительные знаки с бешеной скоростью множились над головой, острые бордовые шипы впивались в доктора Месмера, синяя рябь захватила пол, зеленые кольца обвили тело Флинна от макушки до пят, а фиолетовая стрела прошила его сердце. Он испытывал все и сразу: недоумение, ненависть, тоску, боль, разочарование.

— Да как вы смеете говорить такое?! — Флинн, потеряв самоконтроль, перевернул журнальный столик. Будильник с испуганным звоном грохнулся на пол.

— Будь осторожнее с этой вещицей, — посоветовал доктор Месмер, поднимая будильник. — Я не прошу сдерживать эмоции в этой комнате. Она для того и существует, чтобы давать им волю. Но если ты случайно разобьешь эти часы, мы тут надолго застрянем, а у меня весьма плотный график.

Между Флинном и доктором Месмером нарисовалась голубая решетка, разделив их.

— Я не знаю, что именно вы прочли в моем личном деле, но поверьте мне: МОЯ МАТЬ ВИНОВАТА В СМЕРТИ МОЕГО ОТЦА!

— Не нужно отгораживаться от меня. Не я твой враг, а упрямство. Я всего лишь хочу помочь тебе разобраться с чувствами, — миролюбиво сказал доктор Месмер.

— Пока что у вас плохо получается, — свирепо ответил Флинн. — Вы вызываете во мне лишь гнев и раздражение!

На доктора Месмера упала ядовито-оранжевая сеть, сплетенная из тонких нитей.

— По крайней мере, я вызываю твои истинные чувства, — с легкой улыбкой отметил он.

— Вы ведь даже не человек, вы дух. Что вы можете знать о людях? О том, как им живется, если вы ни разу не были на земле? Не видели того, что там творится? — Флинн недобро сощурился.

Голубая решетка превратилась в круглый щит.

— Ты все больше хочешь защититься от меня, — сказал доктор Месмер. — Да, в мире живых я не бывал, но через этот кабинет прошли все люди, когда-либо жившие на земле. Я думаю, этого вполне достаточно, чтобы иметь хоть какое-то представление о вас. Я хочу, чтобы ты нашел корень своих переживаний, чтобы понял, откуда они растут, что питает их.

— Разве не ясно? Это же так просто! Моя мать пожелала отцу умереть! Она виновата! Она накликала беду!

— Но разве ее слова как-то могли повлиять на крепления, которые не выдержали? Что бы изменилось, если бы она не сказала тех слов? — вкрадчиво спросил доктор Месмер. — В чем конкретно вина твоей матери?

Комнату расчертили темно-синие зигзаги.

— Ты в смятении, — прокомментировал доктор Месмер. — Раньше ты не задумывался об этом? Ты столько лет винил несчастную женщину, причиняя ей боль.

Из голубого щита вылетели багряные пики и проткнули тело мужчины.

— Нет, нет, нет! — отчаянно запротестовал Флинн. — Все не так! Вы ничего не понимаете! Если бы она тогда не пожелала ему смерти, он бы не пришел на работу расстроенным и...

— И что бы изменилось? — перебил его доктор Месмер. — Он бы взял другую страховку? Но эту ему выдали. Крепления бы чудесным образом выдержали? Ты и сам прекрасно знаешь, что нет. То, что твоя мать пожелала твоему отцу смерти, и то, что он умер на следующий день, — не более чем совпадение. Печальное совпадение. Если бы ссоры не было, он все равно бы погиб. Ни ты, ни твоя мать никак не могли повлиять на это. Это рок. Злой рок. Так случается, увы.

— Нет! — Флинн тяжело задышал. — Вы пытаетесь оправдать ее! Вы хотите залезть мне в голову и изменить мое отношение к ней! У вас ничего не получится!

— Но зачем мне оправдывать твою мать, если ее вины нет? — слегка удивленно спросил доктор Месмер. — Флинн, вспомни, что именно случилось в тот день. Расскажи мне, как все было.

— Мать кричала на отца, — начал Флинн, роясь в уголках своей памяти, пытаясь не упустить ни одну деталь. — Назвала тюфяком, ничтожеством, обвинила в том, что он испортил ей жизнь. Отец оправдывался, а потом она пожелала ему провалиться.

Из тьмы выползли темно-серые спирали. Они кружили над Флинном в устрашающем танце, грозясь упасть и раздавить его. Это была скорбь.

— Но ведь ссора началась не с этого. — Доктор Месмер смотрел на него немигающим взглядом.

— Она началась... — Флинн умолк. Страшное осознание пронзило мысли. — Она началась с меня...

Внезапно все разноцветные фигуры потухли, все эмоции пропали. Хотя одна все же осталась: черного цвета, но ее было сложно разглядеть на фоне тьмы. То была вина.

— Мать кричала, что я стал неуправляемым, хотела отдать в интернат для трудных подростков, а папа меня защищал... — Из груди Флинна вырвался не то стон, не то вскрик. — Получается, что я виноват в смерти отца? — Его как будто вывернули наизнанку.

— Нет, — тихо возразил доктор Месмер. — Я уже говорил, что смерть твоего отца — стечение обстоятельств. Ни от матери, ни от тебя ничего не зависело.

— Но как же так? — Слезы подступили к горлу Флинна и начали душить. — Я всегда был уверен, что виновата она. Я всегда так чувствовал...

— Люди часто перекладывают груз вины со своей спины на чужую. Это защитная реакция. Ты не хотел винить себя, поэтому винил мать. Но ни тот мальчик, из-за которого началась ссора, ни та женщина, в пылу гнева сказавшая те страшные слова, не виноваты.

Флинну показалось, что пол исчез и он провалился в бездну. Он столько лет был несправедлив к матери. Столько лет мучил, изводил, говорил гадости, перекидывая вину на ее хрупкие плечи. А она все терпела и терпела, цепляясь за любую возможность быть рядом с ним. Она так хотела заслужить прощение за то, чего даже не делала.

Но еще больше он был несправедлив к другому человеку.

— А что насчет Кейти? Ведь я так виноват перед ней, — с трудом выдавил Флинн: в горле бушевала песчаная буря. — Что мне делать?

— Поговори с ней. Расскажи, попроси прощения. Только так, по-другому не получится.

— А если не простит? — ужаснулся Флинн. — Если возненавидит меня, не захочет знать, проклянет?

— Пусть так, — сказал доктор Месмер. — Но ты не узнаешь, пока не откроешься ей. Попроси прощения, вот и все.

— Такое, доктор, не прощают...

— Не тебе ведь прощать. Люди порой способны проявить невиданное милосердие.

— Милосердия всего мира не хватит, чтобы простить мой страшный поступок, — выдохнул Флинн, чувствуя, как в груди образуется дыра.

∞

Возле кабинета доктора Месмера терпеливо ждал Тайло. Он выглядел как никогда взволнованным. Флинн хотел что-то сказать, но все слова исчезли. Остались лишь оттенки чувств.

— Ничего не говори, я все знаю, — тихо произнес Тайло и положил руку ему на плечо.

Флинн прислонился к стене и медленно опустился на пол, закрыв лицо руками, — парни ведь не плачут.

19 «МГНОВЕННАЯ КАРМА»

— Тебе нужно поговорить с Кейти, — уговаривал Тайло, сидя на подоконнике.

— Не могу, — заупрямился Флинн.

— Тогда хотя бы из комнаты выйди. Ты пятый день сидишь взаперти, мне надоело таскать тебе еду, если мадам Брунхильда увидит это, она шкуру с меня сдерет и постелет вместо коврика.

Ответа не последовало — Флинн молча сидел на кровати, невидящим взором уставившись перед собой. Вчера, посмотрев в зеркало, он себя не узнал. Перед ним стоял какой-то осунувшийся незнакомый парень: под глазами появились темные круги, кожа заметно побледнела, губы потрескались, щеки впали, светлые волосы спутались. Ему казалось, что за эти дни он сгорел дотла, даже кости превратились в пепел.

Минуты тянулись невыносимо долго, будто господин Аяк вновь забавлялся со временем. Как же Флинн себя ненавидел!

— Почему мне так плохо? — спросил он. — Я ведь прошел болото Безысходности. Почему меня снова накрывает хандра?

— Демонов можно усмирить, можно победить на какое-то время, но на самом деле они никуда не исчезают. Они скрываются внутри, выжидая, когда вновь будет пища для них. Вырастить нового демона куда проще, чем побороть старого.

— Получается, что жизнь — это вечная борьба с собой? — горько усмехнулся Флинн, роняя голову на подушку.

— Я бы выразился иначе. Жизнь — это вечная дорога к совершенству, — глубокомысленно изрек Тайло. — Усмиряя демонов, мы становимся лучше.

— Мне кажется, если я выйду из дома, меня потянет прямо в Лимб. До чего же паршиво, — прохрипел Флинн.

— Все! Мне это надоело! — решительно сказал Тайло, слезая с подоконника. — Ты хоть понимаешь, что все твои чувства напрямик передаются мне? Не жалеешь себя, пожалей хоть меня!

— Отстань. — Флинн вяло махнул рукой.

Тайло сел на пол, скрестив ноги.

— Нытьем делу не поможешь. Доктор Месмер совершенно прав, ты должен поговорить с ней. Она все поймет.

— Что, что она поймет?! — закричал Флинн, резко подняв голову. Хандра исчезла: ее сожрала ярость. — Что я последняя мразь?! Что я предал ее?! — Он вскочил с кровати.

— Пойми, все не так однозначно! — Тайло тоже поднялся на ноги. — Я многое повидал, работая психофором. Иногда сложно дать оценку тому или иному поступку. Порой нам трудно судить о себе со стороны. Не решай все за нее!

— Не оправдывай меня! — Флинн расхаживал по комнате, яростно жестикулируя. — Мне нет прощения! Я вообще не понимаю, зачем мне дали шанс пройти испытания, отправили бы сразу в Лимб. Это было бы справедливо! — сокрушался он.

— Но она имеет право знать! И она узнает, — твердо произнес Тайло.

— Нет! — прорычал Флинн. Он метнулся к психофору и схватил того за грудки. — Ты ей ничего не скажешь!

— Это еще почему? — почесывая за ухом, невозмутимо спросил Тайло.

— Потому что я тебе не позволю! — защипел Флинн, точно рассерженный змей.

— Силенок не хватит, — насмешливо скривился Тайло.

— А сейчас проверим! — не своим голосом заорал Флинн и ударил психофора по лицу.

Тайло отшатнулся и с воплем схватился за нос, из которого хлынула кровь.

— Не с тем ты связался, парень! Тебе стоит извиниться, пока не поздно, пока я не передумал прощать тебя, — шумно дыша, предостерег Тайло. Из его зеленых глаз полетели молнии.

— Не дождешься! — жадно втянув воздух, крикнул Флинн и вновь бросился в атаку.

Тайло, недолго думая, взмыл под потолок и перелетел на другой конец комнаты.

— Трус! — бросил ему Флинн, источая гнев.

Он взял со стола чашку и кинул в Тайло, но промазал. Чашка стукнулась о стену и разбилась на сотни кусочков.

— Это была моя любимая чашка, — расстроился Тайло. — Ну все! Ты меня вывел!

Он мигом облетел Флинна и дал тому подзатыльник.

— Что, не ожидал? — с ехидством спросил Тайло. — Я слышу, как гудит твоя пустая голова. Хоть иногда кидай в нее мысли, иначе она заржавеет!

— Так нечестно! Снимай крылатые кеды и разберемся как настоящие мужчины! — потребовал Флинн.

— А я не мужчина, я ребенок. Забыл? Мне все можно.

— А знаешь ли ты, что непослушных детей ставят в угол?

Флинн схватил Тайло за ногу и с силой отшвырнул в дальний угол. Тот не успел затормозить и всем телом ударился о стену. Флинн содрогнулся, почувствовав резкую боль, будто только что шмякнулся с приличной высоты. Перед глазами поплыли разноцветные круги.

— Что такое? — изумленно спросил Флинн, часто моргая. — Что происходит?

— Не нравится? — Тайло хрипло закашлял. — Это называется «мгновенная карма». Ты чувствуешь боль, которую причиняешь другим, только в три раза сильнее.

— Это твоих рук дело? — вскипел Флинн.

— Ага. — Тайло рукавом вытер кровь под носом. — Или ты думал, что я позволю себя избивать? Психофоры не могут никому причинить серьезный вред, но мы можем перенаправить чужую энергию. Вернуть обидчику все то, что он посылает нам. Есть желание продолжать?

Если бы взглядом можно было застрелить, Тайло бы сейчас превратился в решето. Грудь Флинна тяжело вздымалась. С самого начала этот несносный ребенок, прикидывающийся взрослым, выводил его из себя. Постоянно издевался над ним, подтрунивал, умничал. Сегодня пришел день расплаты, хоть самому Флинну и придется заплатить за это втридорога.

Он с разъяренным кличем побежал на Тайло, схватил за ноги и повалил на пол. Одной рукой Флинн уперся ему в грудь, а другой начал бить по лицу, испытывая жуткую боль, как если бы его самого мутузили трое.

Тайло заорал и выдрал у Флинна клок волос, но это не остановило драку. Тогда психофор изогнулся и оттолкнул его ладонями. Немного освободившись, он попытался взлететь, но Флинн вцепился ему в ногу.

— Отпусти! — во все горло завопил Тайло, пытаясь стряхнуть Флинна.

Крылатый кед соскользнул со ступни. Оставшись наполовину босым, Тайло ухватился за люстру и начал отбиваться свободной ногой. Бил он, правда, очень слабо. Наверное, психофоры действительно не могут причинить кому-то сильный вред. Флинн не сдавался. Он рывком потянул Тайло на себя, пытаясь отодрать того от люстры. Флинн почувствовал в пояснице нестерпимую боль, которую, видимо, чувствовал сам психофор.

Ему наконец-то удалось повалить Тайло, но только вместе с люстрой. Она с грохотом упала и разбилась, рассыпавшись острыми осколками. В комнате стало темнее. Флинн запыхтел: Тайло навалился на него, сдавив грудь, и в легких больше не осталось воздуха.

Воспользовавшись моментом, Тайло ринулся к выходу. Флинн сообразил, что тот задумал сбежать. Он быстро подскочил и догнал психофора у самой двери. Флинн схватил его сзади, крепко обвив грудь кольцом из рук. Тайло уперся ступнями в дверь, оттолкнулся и повалил Флинна на спину, при этом упав на него, как на подушку. Затем быстро перевернулся и прижал руки Флинна к полу.

— Хватит, прекрати! Я не виноват в том, что случилось с Кейти! — отчаянно завизжал Тайло.

— Но ты хотел рассказать ей обо всем! — Флинн резко дернулся, освобождаясь.

193

Тайло отпрянул и попятился к двери, но Флинн догнал его и ударил под ребра, тут же почувствовав действие «мгновенной кармы», перед глазами потемнело. Он замахнулся, чтобы нанести очередной удар, но внезапно между ними будто воздух взорвался, раскидав их в противоположные стороны: Флинна — на стол у окна, а Тайло — к двери.

— Опять твои психофорские штучки? — завыл Флинн.

— Это не я, — просипел Тайло. — Это дом нас разнял.

Еле собрав кости, Флинн сполз со стола, попутно скидывая все, что лежало на нем. Тайло подтянул к груди колени и обнял их. Он жалобно всхлипывал. Влетело же ему: лицо в ссадинах и синяках, из носа течет кровь, длинные волосы растрепаны (шапка давно слетела).

Комнате тоже досталось, в ней царил настоящий погром. Флинн вновь завыл, но уже от чувства вины. Он не справился с демоном Злобы и практически ни за что ни про что побил своего друга.

— Прости, Тай, — шепнул Флинн, вытирая кровь с рассеченной губы. — Я повел себя как полный кретин. Если ты после этого перестанешь быть моим психофором, я все пойму. Я заслужил куда большее наказание, чем «мгновенная карма».

— Так больно, — надулся Тайло, шмыгая носом. — Я никогда прежде не дрался. Как психофор я к тебе претензий не имею, драка тоже засчитывается как опыт, а вот как ребенок хочу сказать следующее: детей бить нельзя.

— Тогда с почином тебя. Считай, что прошел боевое крещение и стал мужчиной, — сквозь боль засмеялся Флинн. — Прости. У меня-то драк было столько, что на десять жизней вперед хватит, — невесело добавил он и попытался сжать руку в кулак, но пальцы почти не гнулись.

Флинн усилием воли встал. Прихрамывая, он подошел к Тайло и протянул ладонь.

— Ты все еще хочешь быть моим другом? Другом полного идиота?

— Мне нужно подумать, — буркнул Тайло, отвернувшись.

Сейчас, без привычной маски надменности и ехидства, он особенно походил на ребенка. Обиженного, испуганного и потерянного ребенка. Тайло исподлобья кинул на Флинна мрачный взгляд.

— Ты поступил несправедливо. Несправедливо и ужасно.

— Знаю. — Флинн опустил голову.

— Нельзя давать волю своему гневу, нельзя, чтобы он управлял тобой.

— Знаю...

— Потому что однажды может случиться так, что монстр внутри тебя вырвется на свободу и разгромит все вокруг, но жить с последствиями этой слепой ярости придется уже человеку.

Флинн ничего не ответил, стыд медленно пережевывал его.

— Надеюсь, что с Кейти ты все же поступишь верно, — тихо, но твердо сказал Тайло, протягивая руку в ответ. Флинн помог ему встать.

Если бы все это видела Кейти, она бы покачала головой, заулыбалась и со вздохом произнесла: «Мальчишки... что с них взять?»

Флинн почувствовал тепло. Оно потекло по руке, подбираясь к сердцу, а оттуда разнеслось по всему телу. Их окутало золотое сияние. Боль мигом исчезла, растворившись в волшебном свете. Синяки побледнели, постепенно сливаясь с нормальным цветом кожи, ссадины и раны затянулись, одежда вернулась в прежний вид. Они вновь стали такими, какими были до драки, но только внешне. Внутри же они изменились, подобное не проходит бесследно. После драки друзья либо становятся лютыми врагами, либо еще большими друзьями. С Флинном и Тайло произошло последнее.

Идиллию нарушил стук в дверь и громоподобный голос мадам Брунхильды:

195

— Шестьдесят первый, что у вас там творится?! Вы там что, ремонт затеяли или вечеринку? И то и другое строго запрещено! Я даю две минуты, чтобы вы открыли дверь! И не дай творец, чтобы хоть одна пылинка была не на своем месте!

Флинн и Тайло переглянулись. По лицу психофора стало понятно, что он с радостью бы согласился еще раз пережить драку, только бы не встречаться с грозной комендантшей, когда та не в духе.

— Мы пропали! — заголосил Тайло.

Если они исцелились и выглядели нормально, то комната все еще оставалась в ужасном состоянии.

— Тоже мне проблема, — беспечно хмыкнул Флинн. — Просто не откроем ей.

— Конечно! Отличное решение! — раздражился Тайло. — Ты забыл, что она комендантша? У нее есть ключи от всех дверей. Не откроем мы — откроет сама. И тогда нам придет конец. — Он провел указательным пальцем по горлу.

— Мы не успеем тут прибраться! — запаниковал Флинн. — Может, все спихнуть на полтергейстов? Они же тут, вроде как, иногда заводятся.

— Не поверит, — помотал головой Тайло. — Ни один полтергейст не устроит такую разруху. Максимум книгу уронит или покрывало перевернет.

— А если вместе сбежать через окно? — предложил Флинн. — Ты же сможешь поделиться со мной легкостью? Как тогда, в океане Гнева.

— Не получится, я на наше исцеление потратил много сил, — ответил Тайло, что-то разыскивая на полу. — Где моя обувь?

Красный кед лежал на кровати и трепетал крыльями, точно испуганная птица.

— Вот ты где, маленький. — Тайло бережно взял крылатый кед и погладил. — Не бойся, все закончилось.

— Что же тогда делать? — с расширенными от страха глазами спросил Флинн. — Ну же, Тайло, ты ведь знаешь куда больше меня! Как можно быстро навести тут порядок?

— Вообще есть один способ, но это очень опасно, — отозвался психофор, нервно озираясь на дверь.

— Говори!

— Нужно выйти из комнаты, тогда она перезагрузится и все вернется на свои места.

— Но как мы выйдем? Прямо за дверью мадам Брунхильда.

— Опасность как раз и состоит в том, что покинуть комнату нужно не через дверь, а через него. — Тайло указал на шкаф с секретами. — Он не относится к комнате, поэтому, оказавшись в нем, мы все перезагрузим.

— Ты хочешь, чтобы мы забрались внутрь шкафа с секретами? — Флинн посмотрел на Тайло как на умалишенного.

— Другого выхода нет!

— Но тогда мы выпустим все тайны, и они разбегутся, как раньше! — воскликнул Флинн, но сразу понизил голос: Тайло на него шикнул, указывая на дверь. За ней все еще стояла мадам Брунхильда и могла все услышать.

— В тот раз шкаф был настроен на тебя, но если его перенастроить на меня, то все может получиться, — быстро зашептал Тайло. — Психофоры — души детей. У нас нет личных тайн, только семейные, а они надежно закупорены. Если их не трогать, то все обойдется.

— Мальчики, мое терпение лопнуло! Я вхожу. — За дверью послышался звон. Скорее всего, мадам Брунхильда перебирала связку ключей в поисках подходящего.

— Это наш единственный шанс! Я еще перероди́ться хочу! За мной, — тихо приказал Тайло.

Он на цыпочках подобрался к шкафу с секретами, положил ладонь на дверцу и сосредоточился. Внутри шкафа что-то бухнуло.

— Готово, — чуть слышно сказал Тайло и приоткрыл одну створку, но в тот же миг захлопнул ее обратно. — Я шапку забыл! — ахнул он, ощупывая голову. — Где она?

— Да зачем она тебе? Другую купишь! Тут собственная шкура на кону, — нетерпеливо произнес Флинн.

— Нет! Эта особенная! — запротестовал Тайло. — Такую не купишь! Если комната перезагрузится, то она может исчезнуть!

Взгляд Флинна забегал в поисках серой шапки с кошачьими ушами. В таком беспорядке было сложно что-либо отыскать, все смешалось.

Из-за двери донеслись ругательства мадам Брунхильды: комендантша никак не могла найти нужный ключ.

— Вон она! — Тайло указал на подоконник. Шапка действительно лежала там.

Он сделал шаг, но ойкнул, наступив босой ногой на стекла — осколки люстры. Флинн сам кинулся к окну и схватил шапку.

Раздался характерный щелчок: в замочную скважину вставили ключ и повернули. У Флинна сердце ушло в пятки, оно тоже не желало встречаться с грозной мадам Брунхильдой.

Флинн метнулся к Тайло. Они быстро забрались внутрь шкафа и захлопнули за собой дверцы, оставшись наедине с темными секретами.

20 ФАМИЛЬНЫЕ СЕКРЕТЫ

— Не толкайся!

— Как не толкаться, если тут мало места?

— Тихо! — скомандовал Тайло и прислушался.

— Я гляну, что там происходит, — прошептал Флинн.

— Только не выдай нас.

Флинн осторожно приоткрыл дверцу и посмотрел в образовавшуюся щелку. Комната и вправду обновилась, все стало целым. Вещи аккуратно лежали на своих местах, храня тайну о том, что еще совсем недавно они пали жертвами разборок двух юнцов.

— Пахнет битвой и разрушением, — потянув носом воздух, загадочно промолвила мадам Брунхильда. Она походила на опытного сыщика, который благодаря своей феноменальной наблюдательности раскрыл немало громких дел.

— Как она это поняла? — поразился Флинн.

— У нее нюх на всякого рода нарушения, чует их за километр, — тихо ответил Тайло.

Мадам Брунхильда, сцепив руки за спиной, сосредоточенно бродила по комнате. Она заглянула в каждый уголок, в каждый ящик, ни одна соринка не уклонилась от ее пристального взора.

— Почему она не уходит? — спросил Флинн, которому уже не терпелось выбраться из шкафа, слишком уж тесно в нем было.

— Не знаю, — чуть слышно сказал Тайло.

Мадам Брунхильда замерла, навострив уши, а потом резко повернулась всем корпусом и напряженно уставилась в сторону Флинна и Тайло. Если бы взгляд мог воспламенять, то они бы уже горели синим пламенем вместе со шкафом. Флинн готов был поклясться, что ощутил запах гари. Мадам Брунхильда уверенной походкой направилась к ним. Тайло суетливо прикрыл дверцу шкафа, и они погрузились во тьму.

— У меня две новости: паршивая и ужасная. С какой начать? — заговорил Тайло в полный голос.

— С той, от которой меньше расстроюсь.

— Паршивая: если мы сейчас выйдем, то мадам Брунхильда сегодня вечером будет счастливой обладательницей двух кожаных ковриков и двух черепушек, в которых можно хранить мелочовку. Ужасная: если мадам Брунхильда сейчас откроет шкаф, то он перестроится под нее. Нас она не увидит, но мы застрянем тут до полуночи.

Прозвучал хлопок.

— Все, поздно что-либо решать. Мадам Брунхильда открыла шкаф — мы застряли, — вздохнул Тайло.

— Что поделать, переночуем среди твоих фамильных секретов. Надеюсь, они не кусаются.

— Тогда добро пожаловать в хранилище тайн моей семьи! — торжественно произнес Тайло.

Он включил лампочку, висевшую над их головами. У Флинна, уже привыкшего к темноте, заболели глаза. Шкаф на деле оказался длинным коридором, вдоль стен которого тянулись бесконечные стеллажи со старыми бутылками, закупоренными пробками. Будто в винный погреб попали.

— А почему мы застряли именно до полуночи? — спросил Флинн.

— Потому что в полночь все системы обновляются. Это время перемен. У нас будет ровно минута, чтобы выбраться отсюда, иначе сидеть нам здесь до следующей полуночи. — Тайло невесело улыбнулся.

Флинн провел пальцами по одной из пыльных бутылок.

— Будь осторожнее, — предупредил Тайло. — Фамильные секреты — это тебе не шуточки. Тут все кишит сплетнями, склоками, встречаются и родовые проклятия. Венец безбрачия, например. Не дай творец, привяжется — все последующие жизни будешь одинок.

Флинн отдернул руку, как ужаленный, и посмотрел на подушечки пальцев, чтобы проверить, не осталось ли на них следов проклятия: кровавых пятен или слов на мертвом языке — чего-то такого.

— Да не бойся ты так. Их можно освободить, только если откупорить бутылку или разбить ее. Через стекло порчу не подхватишь, — захихикал Тайло. Опять он издевался. — Пойдем, я тебе все тут покажу.

Они шли друг за другом по узкому коридору. Каких бутылок тут только не было. Одни черные, другие темно-зеленые, некоторые синие, виднелись и багряные. Большие и маленькие, вытянутые и пузатые, с изогнутыми горлышками, круглые, в форме пирамиды, похожие на песочные часы. Иногда бутылки подрагивали, а из некоторых доносился гомон — в них, наверное, томились секреты каких-то сплетниц. Эти тайны никак не хотели сидеть на месте, они жаждали кому-то открыться.

— А это мое родословное древо. — Тайло с гордостью указал на стену. Между стеллажами висел пергамент размером с ковер. — Тут имена всех моих кровных родственников. Даже тех, о ком почти никто не знает. Взять хотя бы дядю Леопольда, у которого насчиталось аж двенадцать детей на стороне. Бедная тетушка Клементина!

— Двенадцать? Когда же он успел?

— У него за всю жизнь было ровно двенадцать командировок. А вот двоюродный дедушка Таддеус воспитывал троих сыновей, ни один из которых, увы, не был ему родным, — развел руками Тайло. — Семейные тайны, они такие — мерзкие, липкие и плохо пахнут. Сунешь нос — вляпаешься по самые уши и до конца жизни не отмоешься.

До Флинна только дошло, что он никогда не интересовался жизнью своего друга.

— Кстати, а что насчет твоих родителей? Кем они были? У тебя есть братья, сестры? Расскажи, я ведь о тебе ничего и не знаю, кроме того, что ты прожил всего семь часов.

— Давай не будем об этом, ладно? — попросил Тайло. Его темные брови сошлись на переносице. — Мне не хочется лезть в свое прошлое, там мало приятного.

— Извини, я ляпнул не подумав. — Флинн ощутил неловкость. — Просто ты знаешь обо мне все, даже самые мелкие подробности, а я о тебе — ничего. Друзья делятся личным, но, если ты не хочешь, — настаивать не буду.

Тайло промолчал — как воды в рот набрал. Флинн уже пожалел, что затронул эту тему. Они еще долго плутали, не проронив ни звука. От основного коридора в обе стороны расходились коридорчики поменьше. Они извивались, иногда закручивались в спирали, и все как один заканчивались тупиками. Если бы кто-то решил нарисовать карту этого места, она бы очень напоминала дерево. Иногда на их пути встречались огромные сосуды — ростом с человека, — сделанные из стекла толщиной в большой палец. Скорее всего, эти бутылки предназначались для хранения самых опасных секретов, которые ни при каких обстоятельствах не должны увидеть свет.

— Гуляете, мальчики? — донеслось откуда-то сверху.

Флинн узнал этот голос. На верхней полке стеллажа, медленно виляя хвостом, лежала Сфинкс. На ее губах бродила все та же загадочная улыбка, которая то показывалась, то пряталась за безразличием. Флинну вдруг подумалось, что если долго смотреть в большие черные глаза Сфинкс, то можно либо ослепнуть, либо узнать все тайны мироздания. Ни то ни другое его не прельщало, поэтому он потупил взгляд.

— Здравствуйте, госпожа судья, — сдержанно поздоровался Тайло. — Не думал вас здесь увидеть.

— Отчего же, дитя? Я ведь отвечаю за секреты, — пропела Сфинкс хором разнообразных голосов. — Где мне еще быть, как не в шкафу с ними?

— Вряд ли вы здесь отыщете что-то увлекательное, — сказал Тайло, сощурившись. Было видно, что Сфинкс ему не нравилась.

— Ты полагаешь, что я, хозяйка загадок, не смогу найти ничего интересного в этом громадном шкафу? — с вызовом спросила Сфинкс.

Она сделала каменное лицо и чаще завиляла хвостом. Даже тот, кто не слишком разбирался в кошках, мог с легкостью понять, что это признак раздраженности.

— Я не это имел в виду! — поторопился оправдаться Тайло. — Я хотел сказать, что тут нет ничего достойного ВАШЕГО внимания. Обычные сплетни, скучные секреты, мелкие ссоры — здесь нет ничего занимательного.

— Не тебе судить об этом, — отозвалась Сфинкс.

Флинну померещилось, что судья хитро заулыбалась, но, моргнув, он вновь увидел ее бесстрастное лицо.

В лапах Сфинкс возникла маленькая синяя бутылочка, которую она начала перекатывать из стороны в сторону, точно кошка, играющая с клубком ниток.

— Эту тайну ты тоже считаешь неинтересной? — задала вопрос Сфинкс.

— Умоляю, будьте осторожны с ней! — Тайло изменился в лице.

— С тайнами всегда нужно вести себя осторожно, — строго произнесла она. — Если бутылка разобьется, то можно пораниться, но вовсе не осколками, а тем, что хранится внутри.

— Простите, что был груб. Прошу, отдайте ее мне, — взмолился Тайло, протягивая руку.

— Отдать? Зачем? — удивилась Сфинкс, продолжая перекатывать бутылочку. — Чтобы ты вновь спрятал ее в самом дальнем углу шкафа? Дитя, известно ли тебе, что объединяет все тайны?

— Нет, — просипел Тайло.

— Тайны могут хранить в себе что угодно: боль, грязь, низость, стыд, позор. Иногда это бывают и светлые чувства, но хорошее скрывают реже. Куда реже, — подчеркнула Сфинкс. — Но у всех тайн есть одна общая черта. И эта черта — страх. Страх, что тайна раскроется. Разверзнет пасть и выплюнет скользкие, мерзкие внутренности, заляпав все вокруг. Чем больше у человека секретов, тем он слабее, ведь их тяжесть изнуряет.

— И все же, прошу, отдайте мне бутылку, — дрогнувшим голосом проговорил Тайло. Его руки мелко дрожали.

— Ты не хочешь стать сильнее? Свободнее? — В глубине круглых глаз Сфинкс зажглись шаловливые огоньки.

204

— Нет, — сказал Тайло. — Я не хочу выпускать эту тайну наружу.

Сфинкс выглядела разочарованной, но загадочная улыбка быстро вернулась на ее губы.

— Ладно, я верну ее, но только после того, как отгадаешь мою простенькую загадку.

— Хорошо, — взволнованно согласился Тайло.

— Ее можно исказить в зеркале лжи, ее можно заточить в темнице из тайн, но если ее отпустить, то она станет собой. Что это? — Сфинкс наклонила голову набок, с интересом наблюдая за психофором.

Флинн знал разгадку, но Тайло не спешил с ответом. Одну руку он положил себе на грудь, а другой обхватил подбородок. Его сосредоточенный взгляд устремился в пол.

— Правда. Это правда, — уверенно ответил Тайло.

Сфинкс без единого слова поднялась на лапы, спрыгнула с полки и зашагала прочь. Тайло облегченно выдохнул и потянулся к синей бутылочке, но та не захотела идти к нему в руки. Вырастив коротенькие стеклянные ножки, она бросилась наутек.

Тайло кинулся догонять, Флинн не отставал.

— Какая проворная у тебя тайна!

— Быстрее, иначе я потеряю ее навсегда!

— Ты ведь хотел ее спрятать, так пусть бежит! — задыхаясь, крикнул Флинн.

— Я хотел спрятать эту тайну от других, но не от себя!

Ожившая тайна резво скакала по полкам, издавая звук, напоминавший звон разбитого стекла. Иногда она пряталась за другими бутылками, но как только Флинн и Тайло проносились мимо, она со стеклянным визгом срывалась с места и бежала в противоположном направлении. Они как будто играли в салки с маленьким озорным ребенком. Тайло никак не мог взлететь — мешал низкий потолок, — а бегал он так себе, поэтому вся надежда оставалась лишь на Флинна.

205

Было трудно не упустить бутылочку из виду, она все время пыталась затеряться. Флинн бежал и прислушивался к звону стекла, только так можно было сориентироваться. Он видел, насколько сильно испугался Тайло, поэтому не мог позволить бутылочке ускользнуть и навеки сгинуть в этом бесконечном шкафу. Для его друга эта тайна почему-то была важна, а значит, и для него тоже.

Звон то приближался, то отдалялся. Тайло давно отстал и плелся где-то позади. Остановившись, Флинн прислушался, но ничего, кроме стука собственного бешено колотящегося сердца, не услышал. Либо он потерял след, либо бутылочка притаилась, решив поиграть с ним в прятки. Ну где же она? Где? Краешком глаза он заметил отблеск и повернулся. Маленькая бутылочка стояла на краю верхней полки и раскачивалась из стороны в сторону — сейчас прыгнет.

— Нет! Не смей! — взревел Флинн, но было поздно: она полетела вниз.

Дальше Флинн среагировал молниеносно. Он упал на колени, зажмурился и вытянул перед собой раскрытые ладони. Бутылочка не промахнулась.

— Поймал! Ты ее поймал! — радостно заорал Тайло.

Флинн с трудом поднял веки. В его руках лежала маленькая пузатая бутылочка из синего стекла. Весила она прилично, как если бы доверху была набита свинцом. Тайло подбежал к Флинну, который незамедлительно вернул маленькую, но тяжелую тайну законному владельцу.

— Спасибо, дружище! Я теперь перед тобой в неоплатном долгу! — Тайло обнял его так сильно, что аж ребра затрещали. — Ты такое для меня сделал! Словами не передать!

206 — А ты все же попробуй, — еле выдавил Флинн: в легких не осталось воздуха.

— Я раньше говорил, что у психофоров нет личных тайн, — сконфуженно начал Тайло, — но у меня все-таки есть одна. И ты ее только что спас! Спасибо! Если бы не ты, я бы лишился той единственной ниточки, которая связывает меня с моей семьей.

— Пожалуйста. — Флинн смущенно улыбнулся. — Я рад, что смог помочь. Эта тайна так важна для тебя? Что там? — спросил он и тут же прикусил язык. Ему всегда не хватало такта.

Глаза Тайло стали темнее полярной ночи. Он невероятно бережно прижал к груди бутылочку, словно та была самым хрупким предметом в этом мире.

— Там... там день моего рождения. Он же день моей смерти.

21 УШИ – ЭТО САМОЕ ГЛАВНОЕ

Откупорив бутылку, Тайло выпустил секрет наружу. Тот вышел, развернулся и показал себя. Коридор растаял, и они очутились в маленькой, скромно обустроенной комнатке.

В кресле сидела миниатюрная женщина и вязала. Ее темные кудри струились по плечам, а зеленые глаза светились от счастья. Она отложила вязание и погладила свой круглый живот.

— Мой чудесный малыш, совсем скоро я возьму тебя на руки, — проворковала женщина.

На диване, закинув ноги на журнальный столик, сидел коротко стриженный мужчина с оливковой кожей. Он смотрел телевизор, монотонно щелкая пультом, — каналы быстро сменяли друг друга.

— Дорогой, — обратилась к нему женщина. — Нам бы уже пора выбрать имя малышу, он вот-вот появится на свет.

— Чего? — промямлил мужчина, не отрывая глаз от экрана.

— Имя, — мягко повторила женщина. — Какое имя мы дадим нашему ребенку?

— Мне начхать, — швырнул мужчина, почесывая небритую щеку. — Хоть Тостером назови.

— Тостер, конечно, оригинальное имя, но боюсь, что его будут дразнить в школе, — вовсе не обидевшись, рассмеялась она. — У меня есть парочка вариантов, но я не хочу выбирать без тебя. Мы должны принять решение вместе.

— Сколько раз я просил не доставать меня тупыми вопросами? — жестко произнес он.

— Но... это важно. Речь о нашем малыше. — Она вновь погладила живот и заулыбалась.

— Это тебе приспичило побыть наседкой, мне и без вонючих подгузников и круглосуточных воплей прекрасно жилось. Скажи спасибо, что я не выкинул тебя на улицу! Одному черту известно, кто тебя обрюхатил, — прорычал мужчина, сузив глаза.

— Как ты можешь говорить такое? — ахнула женщина, инстинктивно прикрыв живот. — Тебе прекрасно известно, что ты единственный мужчина в моей жизни.

— Это с твоих слов, — оскалился он. — Знаю я баб, не первый день живу на свете. Думаешь, я не вижу, как ты пускаешь слюни на других мужиков? Давай, вспоминай, как трещала с почтальоном, строя глазки. Или как сладенько мурлыкала с нашим соседом, с этим уродом с опаленной рожей: «Ах, большое спасибо, Армандо, без тебя бы я не справилась», — передразнил мужчина и плюнул на пол.

— Он всего лишь помог мне донести продукты...

— Вот только не надо прикидываться святой! Днем он тебе помогает, а вечером, когда я на смене, ты ему помогаешь. Уверен, что все соседи давно прознали о ваших с ним шашнях и каждый раз смеются за моей спиной: «О, смотрите, Бруно пошел, рогоносец! Как только этот идиот выходит за порог, его блудливая женушка раздвигает ноги для другого».

209

— Неправда! — воскликнула она. — Не смей так говорить обо мне! Всем известно, что я приличная женщина... — Ее голос стал тихим-тихим — и ясно почему. Мужчина навис над ней горой, с которой вот-вот сойдет лавина ненависти и гнева.

— Что?! Как ты смеешь открывать свой поганый рот и перечить мне?! Совсем страх потеряла? Не помнишь, где я тебя подобрал? Так могу вернуть обратно! — вскипел он и замахнулся кулаком.

Женщина испуганно пискнула и сжалась в кресле, готовясь к удару, но мужчину остановил стук в дверь.

— Эй, Палома! Это я — Теофания! Открой мне!

Он злобно глянул на жену, быстрым шагом пересек комнату и открыл дверь.

— О, Бруно, ты дома! А я думала, что на работе, — беззаботно сказала смуглая старушка.

Она бесцеремонно оттолкнула мужчину и вошла в комнату, как к себе домой.

— Палома, голубка моя! — весело прощебетала старушка. — Как ты?

Беременная женщина с трудом поднялась на ноги.

— Спасибо, все нормально, — солгала она, незаметно вытирая слезы.

— Ну что? Уже выбрала имя для малыша?

— Да, — медленно кивнула женщина. — Если будет мальчик, назову его Тайло, а если девочка, то Тайма.

— Необычные имена, но хорошие! — одобрила старушка, и в уголках ее глаз появились морщинки-лучики. — Думаю, что будет мальчик — живот низкий.

210 — А вы зачем пришли, тетушка Теофания? — спросила женщина, опасливо косясь на мужа.

— Палома, прости, что побеспокоила. Я тут решила спечь пирог, так вспомнила, что сахар закончился. Не могла бы ты одолжить мне немного? Я верну.

— Да-да, конечно. Я мигом, — дрожащим голосом произнесла женщина и заторопилась на кухню.

— А мило у вас тут, уютно, — сказала старушка, осматриваясь. — Готовы к появлению малыша?

— Теофания, не суй нос в чужие дела. Бери то, за чем пришла, и убирайся, — грубо отозвался мужчина, возвращаясь к дивану.

— Бруно, какая собака тебя укусила? — поджав губы, поинтересовалась старушка.

— Та, которая укусила, давно сдохла, — прохрипел он и залился лающим смехом. — Теперь меня кусает только моя непутевая женушка.

— Не ври! Палома самое настоящее золото!

— Раз она такое золото, то забирай ее себе, — огрызнулся мужчина, защелкав пультом. — Мне эта клуша уже поперек глотки — трещит без умолку! Все мозги проела.

— Если надо будет, то заберу! Смотри, Бруно, — сказала старушка с суровым видом, — не будешь ценить счастье, которое у тебя есть, судьба заберет его и останешься ты один-одинешенек.

— Знаешь что? Катитесь-ка вы обе из моего дома!

— Совсем стыд потерял! — Старушка всплеснула руками. — Гляди, Бруно, как бы корона не упала с твоей светлой головушки да ножку тебе не прижала.

— Теофания, я уважал твоего покойного мужа, но это не помешает мне вышвырнуть тебя за порог! — крикнул мужчина. — Ни одна баба не смеет строить меня в моем же доме!

— Да ты никого, кроме себя, и не уважаешь, Бруно! Ни меня, седую старуху, которая повидала куда больше твоего, ни мать своего будущего ребенка! Никого!

211

— Все! Сама напросилась! — рявкнул мужчина, вскочил на ноги и подбежал к старушке. Та даже не шелохнулась.

— Бруно, умоляю, хватит! — Из кухни выплыла испуганная Палома. — Вот, Теофания, возьмите сахар и уходите, прошу вас.

— Спасибо, дорогая, уже не надо, — процедила старушка, сердито щурясь на мужчину.

Перед уходом она кинула на Палому взгляд, полный жалости.

Картинка замерла, и на ней возникли полосы, как помехи на экране неисправного телевизора. Мир вокруг погас, но вскоре вновь зажегся. В следующем видении беременная женщина выглядела усталой, бледной и не совсем здоровой. Она опять сидела в кресле и вязала.

— С чем ты там возишься? Лучше бы жрать приготовила, в холодильнике хоть шаром покати, — недовольно пробубнил мужчина, открывая очередную бутылку пива. Рядом с ним уже образовалась небольшая стеклянная армия.

— Уже бегу готовить, Бруно, не ругайся, вот только закончу рядок. Я вяжу нашему малышу шапочку, — вяло заулыбалась она, показывая мужу свою работу.

— Почему такая огромная? У него вместо головы тыква будет?

— Немного напутала с размерами, — пожала плечами женщина, возвращаясь к вязанию. — Будет носить, когда подрастет.

— Долго же ему расти придется, — хмыкнул мужчина.

— Я хочу еще ушки сделать.

— Ушки? — резко переспросил мужчина.

— Да, ушки. Только не решила какие: если свяжу круглые, то выйдет медвежонок, если длинные, то будет зайчик, а если острые, то получится котик. Уши — это самое главное. Они сразу все меняют! Пожалуй... свяжу острые! Наш малыш будет котенком! — слабо засмеялась женщина, поглаживая живот. — Тайло, будешь котиком? А?

— Женщина, ты сбрендила? Каким еще котиком? Ты хочешь, чтобы мой сын вырос каким-нибудь хлюпиком, которого все будут чморить? — Хмельные глаза мужчины загорелись угрожающим блеском. — Додумалась же твоя пустая башка до такого! Шапку с «ушками» она вяжет! — Он сплюнул на пол. — Ты всерьез задумала из моего сына бабу сделать?

— Но детям ведь можно носить вещи с милыми зверушками, — вжавшись в спинку кресла, едва слышно ответила Палома. — В этом нет ничего такого.

— Нет ничего такого?! — взвизгнул мужчина, ударив по столу. — Тупая клуша! На хрен твоих «миленьких зверушек»! Я не дам растить из своего сына девку! Он будет настоящим мужиком, как и его отец.

— Нет, — глухо запротестовала Палома. — Мой сын не будет похож на тебя!

— А на кого же это он будет похож? На урода Армандо? Или на ублюдка Урмо? А может быть, ты и сама не знаешь, от кого залетела?

Шатаясь, подвыпивший мужчина встал с дивана.

— Я не это хотела сказать! Я только...

— Так и знал, что ты мне рога наставила! Еще врала, что выродок в твоем брюхе от меня! Стерва! — Он подошел к ней, схватил за плечи и поднял на ноги.

— Нет, это твой ребенок! Я другое имела в виду! — отчаянно оправдывалась Палома, но ее уже никто не слушал.

Мужчина швырнул женщину в угол комнаты, и та упала на колени. Одной рукой она схватилась за живот, а другую вытянула перед собой, пытаясь оградиться от мужа, который разъяренным зверем надвигался на нее.

Все вокруг застыло, будто кто-то нажал на паузу.

— Дальше тебе лучше не смотреть, — тихо сказал Тайло.

Флинн опомнился и тряхнул головой, пытаясь стереть из памяти увиденное. Тайло подошел к оцепеневшей матери и опустился на колени, загородив ее от отца. Он долго всматривался в ее искаженное страхом лицо. Когда же его зеленые глаза заблестели от слез, он с нежностью и трепетом обнял мать. Потом встал, вытер мокрые щеки и повернулся к отцу.

Столько ненависти во взгляде Флинн видел впервые. Ее бы хватило, чтобы стереть с лица земли все живое.

— Мой отец был настоящим монстром. Он на ней живого места не оставил, — дрожащим голосом произнес Тайло. — Я родился в тот же вечер.

Замершая картина сменилась новой: больница, в кувезе лежало маленькое синее тельце. К новорожденному были присоединены десятки трубочек — слишком много для такого крохи. Его грудь еле вздымалась в такт слабому дыханию. Заплаканная женщина сидела рядом на полу, прижав ладонь к пластику. Выглядела она кошмарно: вся в кровоподтеках, ссадинах. Побитая мужем, избитая судьбой.

— Вот он я, — горько промолвил Тайло. — Доктора не смогли ничего сделать. Они уже сказали моей маме, что мне осталось недолго. Я умру через пятьдесят три минуты.

Они обошли кувез и теперь стояли напротив матери Тайло — безутешной Паломы.

— Мой малыш, мой маленький Тайло, — всхлипывала она. — Прости меня, это я во всем виновата. Он всегда был таким, но я слепо верила, что смогу изменить его. Что новость о ребенке смягчит его сердце, но оказалось, что смягчать нечего. Он — чудовище. Я самая отвратительная мать на свете. Я так виновата перед тобой. Прости меня, прости меня, сынок, прости меня, мой Тайло... я не смогла тебя защитить.

214 Палома закрыла побитое лицо руками и зарыдала. Ее плач походил на вой волчицы: протяжный, полный всепоглощающей боли, вызывающий неописуемую грусть у любого, кто его услышит. Нет более страшного зрелища, чем убитая горем мать, плачущая над умирающим ребенком.

— И этого тебе тоже лучше не видеть, — надтреснутым голосом проговорил Тайло.

Картинка опять застыла, плач прервался.

— И часто ты бываешь в этих воспоминаниях? — спросил Флинн, сглотнув подступивший к горлу ком.

— Чаще, чем стоило бы, — признался Тайло, глядя на неподвижный образ матери. — Я прихожу только ради того, чтобы посмотреть на нее.

— Что было потом?

— Потом... потом меня похоронили. Мать в одиночку несла мой гроб, никому не позволяя помогать. — Тайло вытер слезы ладонью и снял шапку. — А еще она положила в него шапку, которую все же довязала.

— Ты перешел в мир мертвых вместе с ней?

— Нет. — Тайло медленно помотал головой. — Она мне ее потом сама отдала.

— Твоя мама умерла? — на выдохе спросил Флинн.

— Да, она прожила чуть меньше года после моей смерти. Сердце не выдержало.

— Она живет в Чистилище? Как вы встретились?

Тайло судорожно набрал воздух в легкие и ответил:

— Я был ее психофором.

Образ рыдающей женщины разбился вдребезги, и они очутились в лодке. Там же сидели Палома и Танат, но не тот, который забрал Флинна, а другой — еще один призрачный двойник Смерти.

— Ты умерла, — ровным голосом сказал Танат.

— Знаю, — прошептала Палома, спокойно глядя на него зелеными глазами — такими же, как у Тайло. — А теперь скажи, где мой мальчик?

Что-то изменилось в этой хрупкой смуглой женщине. Казалось, что горе от потери единственного ребенка выжгло в ней весь страх.

— Сейчас ответить не могу, — произнес Танат.

— А когда сможешь?

— Всему свое время.

— Куда бы ты меня ни отвел, я найду моего мальчика, и мы уйдем вместе с ним.

— У детей в мире мертвых свой путь, он отличается от твоего. В Чистилище существует определенный порядок, который нельзя нарушать.

— Мне все равно, какие у вас порядки. Даже ты меня не остановишь, — твердо сказала она.

Палома резко переменилась в лице. Флинн проследил за ее взглядом. В воде, недалеко от них, плавала серая шапка с острыми ушами.

— Шапка! Шапка моего Тайло! — Она потянулась за ней, пытаясь схватить.

— Из вод Былого нельзя забирать вещи, — сказал Танат, наблюдая за ее усердиями. — Ты должна отпустить прошлое, а не держаться за него.

Шапка отплыла дальше, сторонясь лодки.

— Мое прошлое — это мое будущее, — с придыханием ответила Палома и прыгнула в воду.

Она быстро доплыла до шапки и схватила ее.

— Дело будет сложным, — равнодушно заметил Танат.

— Оно действительно было сложным, — вздохнул Тайло, когда картинка вновь замерла. — Когда мать попала в Чистилище, я случайно нашел ее дело в службе психофоров. Ты бы видел меня в тот момент, я чуть с ума не сошел! Нам вообще-то запрещено работать с родственниками. Сначала я отправился к судьям. Эон и господин Аяк были не против, но Сфинкс наложила вето и мне отказали. Потом я набрался наглости и пошел к настоящему Танату, на коленях умоляя разрешить мне стать психофором матери. Он согласился, но с условием, что до конца испытаний мне придется скрывать свою личность.

— Почему? — с замиранием сердца спросил Флинн.

— Это могло помешать ей идти дальше.

— Но если бы кто-то другой стал психофором твоей матери, ты бы мог найти ее и рассказать всю правду.

— Ты забыл, что чужих психофоров увидеть нельзя? Это был единственный способ встретиться с ней, поговорить. А еще я хотел помочь, ведь она была моей матерью. — Тайло опустил веки и заулыбался, вспоминая что-то приятное. — Она долго искала меня, хотя я был совсем рядом, просто не мог сказать. А если бы сказал, то мама не ушла бы. Я не хотел привязывать ее к себе, ведь она была достойна счастья и покоя. Я назвался другим именем и соврал, что ее сын уже давно пребывает в Небесных Чертогах. После этого у нее появился стимул попасть туда. Сложнее всего маме дался коридор Прощения. Она так сильно винила себя в моей смерти, а я — нет. Я никогда не винил ее в том, что произошло. Как бы там ни было, мама любила меня. Всей душой любила.

— И чем все закончилось? Она попала в Чертоги?

— Сам посмотри.

Сюжет поменялся, и они оказались на площади Ангелов. Ночь чернилами разлилась по небу. Мать Тайло находилась в корзине воздушного шара, ее глаза горели от предвкушения.

— Еще чуть-чуть — и я увижу моего мальчика!

— Уверен, он обрадуется вашей встрече, — отозвался Тайло.

— Как ты думаешь, он простит меня? — испуганно спросила она.

— Ни минуты не сомневаюсь в этом, — заулыбался он.

— Надеюсь, — вздохнула Палома. — Мы ведь больше никогда не увидимся, правда? Поэтому я хочу сделать тебе маленький подарок на память обо мне. — Она достала серую шапку с острыми ушами. — Эту вещицу я связала для моего сына, но она вышла слишком большой, как раз впору взрослому. Признаться, тогда я впервые взялась за спицы. Получилось не так аккуратно, как хотелось бы, но...

— Она вышла идеальной, — перебил ее Тайло.

— Я рада, что она понравилась тебе. Немного грустно расставаться с ней, ведь это осколочек моей памяти, но мне нужно начать все заново, с чистого листа. Так что бери, теперь она твоя.

— Обещаю, что буду беречь ее, как самую ценную вещь в этом мире. — Тайло взял шапку из рук матери и тут же примерил. — И как я? На кого больше похож: на кота или енота?

— Вылитый кот! — На лице Паломы зажглась улыбка. — Тебе очень идет!

— Если бы уши были чуть длиннее, я бы смахивал на рысь. Форма ушей полностью меняет образ.

— Ведь уши — это самое главное, — в один голос сказали они и так же одновременно рассмеялись.

— Спасибо тебе, Палома. За все. — Тайло опустил голову.

— И тебе спасибо. Если бы не ты, я бы не справилась. Знаешь, я была бы счастлива иметь такого сына. Уверена, что твоя мать гордилась бы тобой. — Палома нежно прикоснулась к щеке Тайло.

Время летело стрелой, неотвратимо приближая момент прощания. Палома от нетерпения подпрыгивала на месте, а Тайло совсем поник и стал напоминать увядший цветок. Он хотел тайком вытереть подступившие слезы, но мраморная статуя ангела наклонилась к нему, осветив лицо фонарем.

— Чего тебе? — рявкнул Тайло на статую. — Не суй свой мраморный нос в чужую печаль.

— Ты плачешь? Не надо, — попросила Палома.

— Нет, глаза слезятся из-за проклятого ветра, — обманул Тайло и так плотно сжал губы, будто хотел, чтобы они срослись.

Воздушный шар оторвался от земли.

— Началось, — взволнованно прошептала Палома. — Пожелай мне удачи! Я иду к моему мальчику!

— Будь счастлива! — крикнул Тайло. Он больше не мог сдерживаться, и слезы заструились по его щекам.

Шар быстро набирал высоту, на всех парах мчась в Небесные Чертоги. Тайло с помощью крылатых кед поднялся в воздух, догоняя его.

— И ты будь счастлив! Знаешь, я всем сердцем полюбила тебя. Ты самый замечательный человек, которого я встречала на своем пути!

— Я тоже полюбил тебя, — в ответ сказал Тайло и тихо-тихо добавил: — мама.

Глаза Паломы остекленели, руки безвольно опустились, а из груди вырвался вздох.

— Прости, что скрывал, — зашептал Тайло, подлетев к ней вплотную. Их лбы соприкоснулись. — Ты спрашивала, простит ли тебя твой сын. Так вот, я никогда и не винил тебя. Ни единого мгновения.

— Почему не сказал? — одними губами спросила Палома. Ее лицо стало мокрым от слез.

— Я еще не скоро покину Чистилище, я ведь психофор, а ты достойна счастья. Самого большого и самого светлого. Ты должна улететь в Небесные Чертоги. Ты их заслужила.

— Нет-нет, я останусь здесь, рядом с тобой! — она всхлипнула и заключила Тайло в крепкие объятия.

— Прости, нельзя, уже никак нельзя, — робко обняв ее в ответ, сказал он. — Поэтому я и молчал, ты бы не ушла. Но сейчас пути назад нет.

219

— Я люблю тебя. Люблю каждой частичкой своей души. Любила еще до твоего рождения и каждую секунду твоей короткой жизни. — Палома обхватила лицо сына ладонями и поцеловала в лоб.

— Я знаю. Всегда знал и буду помнить об этом до тех пор, пока мы не встретимся вновь. — Тайло с трудом разжал руки матери, поцеловал их и отпустил.

Шар поднялся выше, а он остался на месте.

— Буду с нетерпением ждать тебя, мой милый Тайло! — напоследок прокричала Палома и помахала сыну, улыбнувшись сквозь слезы.

— Я обязательно приду! Жди меня, мама!

Тайло до последнего провожал воздушный шар взглядом, наблюдая, как тот постепенно превращается в маленькую сияющую точку, сливаясь со звездами. Он со вздохом снял шапку и тихо произнес:

— Уши — это самое главное...

22 ВСЕ ОТТЕНКИ КРАСНОГО

— Бал-маскарад? — рассеянно переспросил Флинн, рассматривая улицу в окно своей комнаты.

— Да, состоится сегодня вечером, — повторил Тайло. Он сидел на полу и читал газету. — Тебя пригласили.

— Кто? — удивился Флинн. — Я здесь почти никого не знаю.

— Утром приходила Коллин. — Тайло высунул лицо из-за газеты. — Тебя пригласила Кейти.

У Флинна перехватило дыхание.

— Она хочет поговорить с тобой.

— О чем? — вспомнив, как дышать, спросил Флинн.

— Мне откуда знать? Это ваши личные дела, я в них нос совать не намерен. В прошлый раз, когда попытался, мне его разбили, — насупился Тайло.

— Я не пойду, — ответил Флинн, качая головой. — У меня много дел.

— Знаю я твои дела. Будешь опять сидеть весь вечер в комнате и раскармливать свое чувство вины. Оно с такими темпами разжиреет, — ухмыльнулся Тайло.

— Пойду приму душ. — Флинн решил, что нужно остудить голову, пока мысли в ней не закипели.

— Сегодня же не четверг, — сказал Тайло.

— Воспаление легких мне уже не грозит.

Флинн неторопливо пересек комнату, открыл дверь и оказался в коридоре. Он шел, как пьяный, пошатываясь из стороны в сторону. Как ему объясниться с Кейти? Скажет правду — она возненавидит его, промолчит — сам сгрызет себя до костей. Флинн будто стоял на скале, а вокруг простиралась бездна. Будешь стоять на месте — умрешь от голода и жажды, сделаешь шаг — разобьешься. Сплошная безысходность.

— Эй, глаза разуй! — прогудел кто-то.

Пребывая в глубокой задумчивости, он случайно столкнулся со своим соседом — лысым стариком.

— Дико извиняюсь, — заплетающимся языком произнес Флинн.

Старик что-то проворчал и зашаркал дальше по коридору. Взгляд Флинна упал на газету, которую тот выронил. Он поднял ее, развернул и полистал.

Желтые обтрепанные страницы были пусты. Неужели буквы стерлись от времени? Флинн продолжил листать и на первой полосе все же обнаружил одинокую статью. Со снимка недоуменным взглядом на него смотрел молодой мужчина в шляпе — фотограф застал его врасплох.

«Такого предательства Брадбург еще не знал! Амбициозный предприниматель Гомер Броут воткнул нож в спину своему партнеру по бизнесу и другу детства, вместе с которым когда-то основал компанию «Пиорра», — Виктому Офферту. С помощью махинаций он присвоил себе весь пакет акций и стал единоличным владельцем компании. Обанкротившись, Виктом Офферт очутился на улице, а через два месяца скончался от сердечного приступа, не выдержав предательства лучшего друга».

— Дочитал уже? — спросил старик. Он стоял неподалеку и сверлил Флинна покрасневшими глазами.

— Гомер Броут — это вы?

— К несчастью — я. Что ты так пялишься на меня? — Старик оскалился желтыми зубами. — Все мы тут в каком-то роде предатели, не так ли?

Газета исчезла из рук Флинна и появилась под мышкой Гомера Броута. Он повернулся и продолжил свой путь. Скорее всего, эта газета была для него каждодневным наказанием, как и заколка для Флинна.

Краем глаза он заметил синее пятно. К нагрудному карману его куртки была прицеплена заколка в виде бабочки. Чистилище не переставало напоминать ему.

Нужно поговорить с Кейти. Он не хочет быть предателем.

∞

— Ты пойдешь со мной? — поинтересовался Флинн. Он валялся на кровати и хмуро смотрел в потолок.

— Куда же я денусь? — Тайло спрыгнул с подоконника, потянулся и зевнул. — Нужно ведь проследить, чтобы ты дров не наломал. Все же я твой психофор, считай, духовная нянька. Ко всему прочему там будут и другие психофоры, хоть ты их и не увидишь. Давно я не расслаблялся. Все работаю, работаю, учу таких оболтусов, как ты. Пора бы и отдохнуть.

— А где мне взять костюм и маску? — Флинн глянул на свою одежду. На бал в таком виде идти нельзя. — Будем искать фею-крестную?

— Лучше фею-портниху. А как найдешь эльфа-сапожника, попроси у него золотые кеды для меня, давно такие хочу. — Тайло мечтательно вздохнул.

— А если серьезно?

— Не первый же день в Чистилище, давно пора разобраться, что тут и как работает. — Тайло достал из кармана сложенный пополам журнал и кинул на стол. — Получилось раздобыть только старый выпуск, но думаю, что пойдет.

Флинн встал с кровати и подошел к столу. На выцветшей обложке журнала красовался элегантно одетый мужчина: идеально подогнанный темно-коричневый костюм, клетчатое пальто, небрежно накинутое на плечи, очки в роговой оправе. Он прямо-таки источал шарм.

— И как это нам поможет?

— Сейчас будем в ускоренном темпе учиться шить! Доставай иголку и нитки, — прыснул Тайло, прикрыв рот кулаком.

— А мышки и птички нам будут помогать?

— Увы, нет. Это эксплуатация звериного труда. Придется своими силами. Бернард, будьте так любезны, помогите подобрать этому молодому человеку подходящий костюм. У него сегодня такое знаменательное событие. Он впервые идет на бал. Нашему принцу необходимо шикарно выглядеть, — с легкой издевкой произнес Тайло.

Посреди комнаты возник высокий шатен. Тот самый, который секунду назад был изображен на обложке модного журнала.

— Что конкретно вас интересует? — учтиво осведомился он.

К слову, Бернард сам казался слегка выцветшим, под стать журналу.

— Покажите, что у вас есть, определимся по 224 ходу, — ответил Тайло.

— Можно попробовать классику, это всегда актуально, — предложил Бернард.

Он щелкнул пальцами, и одежда на нем поменялась: теперь мужчина позировал в черном костюме с белой рубашкой и узким галстуком.

— К этому комплекту отлично подойдет двубортное пальто серого цвета, — сказал Бернард, и на его плечах возникло то самое пальто, которое он только что упомянул.

— Нет, это не подойдет, — категорически возразил Тайло. — Так он будет похож на Таната. Гости испугаются, что Смерть пришла за ними во второй раз.

— А если попробовать нечто более смелое? — Бернард моментально переоделся. Теперь он стоял в бледно-оранжевом костюме; на ногах блестели синие туфли, а под шеей виднелся галстук-бабочка того же цвета.

— Это тоже не подойдет, — подал голос Флинн. Ему не понравился галстук, он навевал неприятные ассоциации.

— Да, опять не то, — покачал головой Тайло. — В этом он перещеголяет самого господина Аяка. Нельзя затмевать нашего экстравагантного судью. Обидится еще, в Лимб сошлет.

— А если так? — Бернард вновь сменил одеяние. Он покрутился, демонстрируя застегнутый на все пуговицы черный сюртук.

— Прям ряса священника, а парень у нас далеко не святой, — сказал Тайло, покосившись на Флинна. — Тоже не пойдет.

— Да, не пойдет, — глухо согласился он.

— Тогда осмелюсь предложить этот вариант. — Бернард покрутился на месте, и на нем появился темно-синий костюм: приталенный пиджак сидел безупречно, а белая рубашка была расстегнута на две верхние пуговицы.

225

— То, что нужно! — Тайло поднял вверх большой палец. — Теперь осталось подобрать маску. Нужна красная.

Бернард показал им с десяток вариантов, но Тайло остановился на полумаске с птичьим клювом, выкрашенной в холодный оттенок красного. Бернард в очередной раз щелкнул пальцами, и вся выбранная одежда появилась на кровати Флинна, сложенная аккуратной стопочкой.

— В этом и пойдешь, — решительно сказал Тайло.

— А ты что наденешь?

— Свое самое главное украшение. — Тайло хитро улыбнулся. — Безграничное обаяние.

Квартал Разбитых Сердец переливался всеми оттенками красного. Им пришлось попотеть, чтобы найти нужный дом, потому что все они выглядели практически одинаково: что Карминный, что Багряный, что Пунцовый. Различить их можно было только по золотистым табличкам с названиями. Даже Ариадна не смогла помочь, она тоже запуталась. Наконец-то найдя Алый дом, они с облегчением выдохнули. У входа стоял бледнолицый швейцар, одетый во все красное. В руках он держал связку ржавых ключей.

— Доброго времени суток, господа, — безжизненным голосом проговорил он. — Будьте так любезны, наденьте ваши маски и не снимайте до конца бала.

— Он тебя тоже видит? — шепотом спросил Флинн, надевая полумаску с птичьим клювом.

— Ага, — подтвердил Тайло, закрыв лицо красно-черной маской арлекина. — Это дух-хранитель квартала Разбитых Сердец.

— И что он олицетворяет? — еще тише спросил Флинн.

— Страдание, — сказал швейцар, услышав их разговор. — Я олицетворяю страдание.

— Вот тебе и ответ.

Психофор тоже прихорошился в честь бала. Он щеголял в черном костюме с узкими брюками и черной рубашке с красным галстуком. Крылатые кеды

Тайло так и не снял, заявив, что он с ними неразлучен.

— Рад приветствовать вас в Алом доме. Бал продлится до рассвета, а в полночь вы сможете полюбоваться алым звездопадом. Красивое и редкое явление, не советую его пропускать, — с печальным вздохом промолвил швейцар. — Надеюсь, вам понравится. Хорошего вечера, господа.

От избытка красного рябило в глазах: шторы, мебель, канделябры. Паркет — и тот из красного дерева! Тут не было других цветов, будто их вовсе не существовало. Флинну показалось, что он надел очки с красными стеклами, которые никак не мог снять.

Шикарные леди и элегантные джентльмены рассекали по залу, держа в руках бокалы с «Кровавой Элизабеттой». Смех и удивленные вздохи скатывались с их губ и смешивались с мрачной музыкой. В воздухе витал густой терпкий аромат, напоминавший запах гниющей древесины. Некоторые гости скучающе посматривали на танцующие парочки, другие увлеченно болтали. Руки многих женщин украшали рубиновые браслеты, а на их шеях сверкали массивные колье.

— А теперь расходимся, — сказал Тайло, поправляя манжеты.

— Ты же обещал следить за мной, чтобы я дров не наломал, — напомнил Флинн, которому не хотелось оставаться в одиночестве, толпа всегда действовала на него удручающе.

— Не беспокойся. Я буду наблюдать за тобой со стороны, — пообещал Тайло, ослабив галстук. — Развлекайся.

— И ты тоже, — невесело ответил Флинн, а после направился к столу с напитками, решив подождать Кейти там.

Десятки бокалов с «Кровавой Элизабеттой» стояли в ряд — никакого разнообразия, будто хозяева бала не признавали ничего, кроме нее.

— Чем вас угостить, уважаемый господин? — елейным голосом спросил официант, одетый в черный костюм с галстуком-бабочкой.

Его лицо скрывала бордовая маска с тонкими спиральными рогами по бокам. Седые волосы, доходившие официанту до плеч, привели Флинна в замешательство, потому что голос мужчины звучал молодо.

— Выбор у вас не очень богатый. — Глаза Флинна наткнулись на значок, прикрепленный к груди официанта. — Так что, «Мефис», — прочитал он имя, — сегодня я обойдусь без коктейлей.

— На самом деле, почтенный господин, ассортимент у нас громаднейший! Каждый из этих бокалов я могу наполнить любой эмоцией, любой чертой характера. Чем вам только захочется, милостивый господин!

— В смысле? — Флинну стало любопытно.

— Видите ли, у меня совершенно особый дар. Я могу наделить эти напитки тем, чего вам не хватает: страстью, отвагой, весельем, беззаботностью. Исполню любой ваш каприз, любезный господин! — Официант учтиво поклонился.

Он прикоснулся рукой в белой перчатке к одному из бокалов. Вдруг свет стал тусклее, а музыка приглушилась, как если бы Флинн вышел на улицу и теперь слушал ее оттуда.

Пальцы официанта умело порхали от одного бокала к другому. Стекло задрожало, издавая мелодичные трели, а жидкость начала сиять, время от времени выплевывая снопы алых искр, которые поднимались к потолку и таяли. Флинну почудилось, что он стал различать в этой музыке эмоций отдельные мелодии: страсть брала высокие ноты, веселье било барабаном, спокойствие лениво растягивало звуки, а беззаботность колокольчиками разлеталась по залу.

Флинн был в полном восторге, словно мальчишка, впервые увидевший представление уличного фокусника.

— Так что же вам налить, достойный господин? — поинтересовался официант в рогатой маске.

— Я бы не отказался от порции храбрости, — признался Флинн, все еще находясь под впечатлением.

— Прекрасный, чуднейший выбор! — одобрил официант, хлопнув в ладоши.

Он изящно прикоснулся к одному из бокалов, который тут же выплюнул несколько языков пламени и порцию алых искр. Зазвучала мелодия храбрости, услышав которую Флинн машинально выпрямил спину. Перед его глазами возникла картина: он стоял на высоком холме и слушал далекий призыв, похожий на голос волынки. Закатное солнце слепило глаза, ветер трепал волосы, а возвышенная музыка наполняла сердце храбростью. И как он только мог бояться разговора с Кейти? Так глупо, так по-детски. Флинн сейчас же найдет ее и во всем признается!

— Готово, добрый господин, — заявил официант, предлагая бокал с жидкой храбростью.

Свет и музыка резко вернулись в зал. Флинн потянулся за напитком, но мужчина в рогатой маске вдруг передумал и отвел руку с бокалом в сторону.

229

— Совсем забыл предупредить вас, благородный господин, — сказал официант немного виноватым тоном. — За вечер полагается лишь один такой напиток — больше нельзя. А еще после этого чудесного нектара у вас испортится настроение и будет жутко болеть голова. Ко всему прочему вы можете стать слишком уж храбрым, натворив много такого, о чем позже будете очень сожалеть. На каждого этот напиток влияет по-разному. Ну так что? Вы все еще горите желанием выпить, великодушный господин? — лукаво спросил он.

Флинн колебался. Сейчас идея выпить для храбрости не казалась ему такой уж замечательной, особенно если учесть все возможные последствия. Отчего-то ему представилось, что официант в рогатой маске предлагал не напиток, а договор на продажу души.

— Дайте бокал, — наконец-то решился Флинн, отогнав странные мысли.

Жидкая храбрость тут же оказалась в его руках, и он снова услышал этот далекий протяжный зов.

Флинн поднес напиток ко рту и почти ощутил вкус смелости на губах, но тут его толкнули — бокал со стеклянным звоном ударился об пол. Жидкость моментально впиталась в пол — Алый дом напился храбрости вместо него.

Флинн сделал пару шагов назад и почувствовал, как кто-то схватил его за руку.

— Вот ты где, малыш, — прозвучал мелодичный голос.

Темноволосая женщина, облаченная в шикарное алое платье с пышной юбкой, потянула Флинна на себя.

— Аннабет? — неуверенно спросил Флинн, ведь лицо женщины скрывала ажурная полумаска.

— Да, это я. Потанцуем? — промурлыкала Аннабет.

— Я не умею танцевать, — стушевался Флинн, переступив с ноги на ногу.

— Тогда пришло время научиться. Считай, что тебе повезло, я отлично танцую, — кокетливо произнесла она, положив его руку себе на талию. — Не бойся, я тебя не укушу.

— Я... это... хотел сказать, — замялся Флинн, растеряв все слова. — А где Кейти? — выпалил он и понял, что густо покраснел. Как бы ему не слиться со стенами Алого дома.

— О-о-о, и все же я была права, — самодовольно заулыбалась женщина и начала танцевать, потянув Флинна за собой. — Ты неравнодушен к ней.

— Нет! — запротестовал Флинн. Ему было неловко признаться Аннабет, что он смущен не из-за Кейти, а из-за нее. Он никогда прежде не танцевал в паре. — Кейти хотела со мной поговорить, вот я и пришел.

— То есть, если бы не Кейти, ты бы сейчас не оттаптывал мне ноги? — Из груди Аннабет вырвался хохот.

— Простите! — Флинн отшатнулся. — Я же говорил, что не умею.

— Ничего страшного, — мягко сказала Аннабет, возвращая его руку к себе на талию. — Не стоит из-за таких пустяков прерывать урок. А Кейти еще не пришла, она будет позже. Хавьер ее приведет. — Она замолчала, наблюдая за его реакцией. — Не ревнуешь?

— Нет, — ответил Флинн и напрягся.

— А по твоему голосу не скажешь, — недоверчиво протянула она. — Такое ощущение, что ты жабу проглотил.

— Мне не нравится этот Хавьер, вот в чем дело. Он не самая лучшая компания для Кейти. Бывший алкоголик как-никак.

— Стало быть, ты для нее более подходящая компания? — дерзко спросила Аннабет.

— Не понимаю, о чем вы, — насторожился Флинн. Направление разговора нравилось ему все меньше.

— Помнишь, тогда в баре я пообещала, что узнаю, откуда ты, — медленно произнесла Аннабет, пробуя каждое слово на вкус.

— И? — Флинн стиснул зубы так крепко, что шея окаменела.

— Мальчик, скажу прямо: я знаю о тебе все. — Улыбка соскользнула с ее губ и бесследно исчезла.

Флинн попытался прервать танец, но Аннабет крепко сжала его руку, не дав ему сбежать.

— Куда же ты, мальчик? Разве ты не хочешь увидеть Кейти, поговорить с ней? Признаться кое в чем? Она ведь каждый день щебечет о тебе, рассказывая, какой ты замечательный. Не хочешь поведать ей, какой ты на самом деле? А?

— Это вас не касается, — холодно процедил Флинн. — Готов поспорить, что вы тоже не пример святости.

— Далеко не пример, — согласилась Аннабет. — Но я никому не принесла вреда.

Музыка закончилась, как и терпение Флинна. Он вырвался из цепких объятий Аннабет. Она же продолжала буравить его взглядом, полным презрения и брезгливости. Флинн попятился, мысленно желая растаять и просочиться сквозь щели в полу или превратиться в ветер и умчаться в открытое окно. Сделав еще пару слепых шагов, он случайно кого-то толкнул.

— Больно! — пропищал кто-то.

Это была Твидл, Флинн узнал ее даже в маске. Странная девушка пришла на бал все в том же растянутом грязно-оранжевом свитере. Она оказалась настоящей коротышкой. В «Унылом слизне» Флинн этого не заметил: девушка весь вечер просидела на стуле.

— Прости, Твидл. — Флинн помог ей подняться. — Я тебя не увидел. Ты как? Жива?

— Вообще-то нет, как и ты, — резонно заметила Твидл, приводя себя в порядок.

— Я все забываю, что умер, — печально вздохнул Флинн.

— Потому что не помнишь КАК, — проницательно отозвалась Твидл.

— Точно, не помню. И если честно — не хочу вспоминать. — Флинн напряженно глянул туда, где недавно стояла Аннабет, — ее и след простыл.

— Придется, — сказала Твидл.

— А ты что тут делаешь? — спросил Флинн.

— Звездопад, — ответила Твидл и указала на открытое окно.

— Пришла посмотреть на звездопад? Обещают незабываемое зрелище, — Флинн натянуто улыбнулся.

Небо над кварталом Разбитых Сердец выглядело совсем иначе, нежели над остальной частью города. Его точно разрезали пополам: алая сияющая дорожка растянулась в вышине, будто некогда кровавая луна развалилась на тысячу частей и теперь ее бесчисленные осколки опоясывали небосвод.

— Ух ты! — невольно удивился Флинн. — Да, ради такого стоило прийти. Но мне раньше казалось, что ты с трудом переносишь шумные компании.

— На мне маска. Так легче, — пробормотала Твидл и зарылась в свитер.

— Ты права, в масках людям куда легче общаться друг с другом. Открыть душу проще, если лицо закрыто, — выдал Флинн, обнаружив в себе философа.

— Твидл, познакомь нас со своим другом, — неожиданно послышалось за их спинами.

Флинн резко обернулся.

23 КОГДА НЕБО КРОВОТОЧИТ

Перед ним стояла странная парочка. Светловолосая девушка, одетая в кожаное платье с кринолином, пряталась за пугающей маской — будто с лица кожу содрали. В нос ударил запах химикатов. Она держала под руку высокого темноволосого мужчину в сером костюме. Тот скрывался за похожей полумаской, а его шею обвивал белый шелковый платок с яркими пятнами крови. Оба сжимали в руках бокалы с «Кровавой Элизабеттой».

— Это Флинн, — представила его Твидл. Она, как и всегда, не отличалась многословием. — А это Дэйл и Дэлла.

— Спасибо, Твидл, дальше мы сами. Можешь идти, — пропела девушка.

— Встретимся позже, — обратилась коротышка к Флинну и направилась к столу с напитками.

— Потрясающий бал, не находите? — взволнованно произнесла Дэлла, стеклянными глазами уставившись на Флинна.

— Да, вполне, — неуверенно ответил он. — Чему обязан?

— Мы с женой увидели вас в толпе и решили, что это «вы», — туманно высказался Дэйл.

— В смысле «я»? — Флинн почувствовал себя глупо, он ничегошеньки не понимал.

— Тот человек, с которым мы сегодня познакомимся! — весело воскликнула Дэлла.

— Ладно, — промычал Флинн, подумав, что в мире мертвых слишком много чудаков.

— Понимаете, мы в Чистилище довольно давно, — начал Дэйл.

— Лет сто пятьдесят, — подхватила Дэлла. — Или чуть больше. После первой сотни перестаешь считать, — захихикала она.

— Точно, дорогая. — Дэйл одарил жену лучезарной улыбкой. — Поэтому новые знакомства — это единственный способ развлечься и узнать хоть что-нибудь новенькое о мире живых.

— То есть я для вас что-то вроде колонки новостей? — спросил Флинн, скрестив руки на груди.

— Мы не это имели в виду! — спохватился Дэйл.

— Я и не обиделся, — пожал плечами Флинн. — Спрашивайте. Только вряд ли мир стал интереснее за последние сто пятьдесят лет. Или лучше.

— Поверьте, человеку из прошлого всегда интересно пообщаться с человеком из будущего! — с жаром сказал Дэйл. — Мне вот что любопытно: скажите, от всех ли болезней нашли лекарства?

Флинн не ожидал, что вопрос будет о медицине. Он крепко призадумался.

— Нет. И, наверное, никогда не найдут. Стоит нам победить одну болезнь, как появляется новая.

— Вот видишь, дорогая! — уж слишком радостно произнес Дэйл. — Я же говорил, что они никогда их не победят! Сколько бы ученые ни старались, болезни всегда будут бороться за свое существование, подстраиваясь под новые условия. Когда я выдвинул эту гипотезу, коллеги только посмеялись надо мной. Глупцы!

— Ты всегда был прав! — поддержала Дэлла супруга и кинула на него благоговейный взор. — Понимаете, мой муж хирург, он умер, изучая болезни. Так сказать, положил свою жизнь на алтарь медицины. Но его блестящий ум, увы, недооценили!

— Ничего, любимая. — Дэйл похлопал жену по руке. — Жалко, что в Чистилище нет болезней, изучать нечего. Скука такая, что хочется умереть во второй раз.

— И особенно жалко, что тут нет животных, — огорченно вздохнула Дэлла.

— Вы любите животных? — Флинн вспомнил своего пса, по которому так скучал.

— Обожаю! — Стеклянные глаза Дэллы загорелись нездоровым блеском. — Как не полюбить этих крошек, я же столько чучел из них сделала!

— Чучел? — опешил Флинн.

— Да! Я при жизни была таксидермистом. Умерла, отравившись химикатами. Печальная смерть, но я хотя бы скончалась на любимой работе. — Дэлла прикоснулась к руке Флинна. — Кстати, у вас отличная кожа. Такая белая, упругая.

Флинн подумал, что Дэлла смотрела на него как на новое платье. Если бы могла, то сняла бы с него кожу и примерила.

— Спасибо, мне никто раньше не делал такой... оригинальный комплимент, — дрогнувшим голосом сказал Флинн, отдернув руку.

— А зря! У вас действительно потрясающая кожа, — произнесла она, намеренно растягивая слова.

Флинн подумывал сбежать. Хоть через окно, только бы подальше от этой странной женщины, которая взглядом сдирала с него шкуру.

— И все же жалко, что тут нет болезней, — потирая подбородок, повторил Дэйл ранее озвученную мысль.

— Зато тут есть демоны, — подметил Флинн, радуясь, что появился шанс поговорить о чем-то другом.

— Это точно! — активно закивал Дэйл. — Демоны, между прочим, очень похожи на болезни, разница лишь в том, что разъедают они не тело, а душу. И те и другие всегда будут искать способ остаться внутри нас, притаиться и, дождавшись подходящих условий, вырасти вновь. Демоны и болезни настоящие приспособленцы. Но разве можно их в этом винить? — с устрашающей улыбкой спросил он.

— Вы защищаете их? — хмыкнул Флинн, недоуменно глядя на собеседника.

— Вовсе нет! Я не защищаю их, но прекрасно понимаю и в некотором смысле восторгаюсь ими. Они хотят существовать — и только. Да, они приносят вред человеку, но есть ли в этом их вина? Вряд ли они осознают то, что делают. Они борются, изменяются, адаптируются. Не достойно ли это восхищения? — В глазах Дэйла появился лихорадочный огонь.

— Звучит как-то неправильно, — поморщился Флинн.

— Вы так думаете? Но чем тогда человек лучше? — Дэйл облизал губы и отпил из бокала. — Он ведь тоже борется за существование, меняет окружающую среду так, как ему удобно, наплевав на последствия. А ведь природа страдает. Ее травили еще при моей жизни, не думаю, что за эти годы многое изменилось, не так ли?

— Наверное, в чем-то вы правы, — нехотя согласился Флинн.

— О, молодой человек, я всецело прав! — твердо воскликнул Дэйл. — Как был прав тогда, когда помогал тем беднягам.

— Только вот закон был против тебя, — раздосадовалась Дэлла.

— Этот закон никому лучше не сделал, — вздохнул Дэйл. — Уверен, вы меня поймёте, Флинн, — многозначительно сказал он. — Дело в том, что я помогал несчастным и обречённым уходить на тот свет. Я находил неизлечимо больных, которые в муках доживали свои последние дни, и облегчал их страдания.

— Эфир, — с упоением пролепетала Дэлла.

— Да, я давал им эфир, а вместе с ним и лёгкую, быструю смерть. Взамен я изучал их тела, чтобы лучше узнать болезни и помочь тем, у кого ещё был шанс. Я искал лекарства. Медицина всегда играла с болезнями в шахматы. Стоило нам выиграть одну партию, как они начинали другую, — и так до бесконечности. Но ведь трудности делают людей сильнее, они учат нас, заставляя идти дальше. Заставляя совершенствоваться. Если бы проблем не существовало, то мир бы замер. Зачем что-то делать? Зачем стараться? И так всё хорошо. Вы ведь согласны, что я поступал правильно? Лучше подарить облегчение, если надежды нет. Ведь так? — вкрадчиво поинтересовался Дэйл.

Флинн еле держался на ногах. Ему стало душно, несмотря на то что он находился рядом с открытым окном. Желудок свело, а во рту появился мерзкий привкус. Он будто отравился парами химикатов, которые источала эта парочка.

— Мне кажется, люди не вправе становиться вершителями чужих судеб, — осипшим голосом ответил Флинн.

— А я никогда и не был вершителем! — возразил Дэйл. — Они бы всё равно умерли, только позже и в страшных муках. Для них я был спасителем.

— Но вы отняли у них дни, которые полагались им по праву. Возможно, вы отняли у них счастье, пусть и недолгое.

— Полагались по праву? — повторил Дэйл и переменился в лице. С его губ исчезла доброжелательная улыбка. — А по какому такому праву люди должны страдать до последнего вздоха? Я спас их от боли, ничто другое их впереди не ждало. Мне почему-то думалось, что вы меня поймете. Жаль, что ошибся.

— Увы, я и себя понять не в состоянии, куда мне понимать других, — сбивчиво проговорил Флинн напоследок и метнулся к выходу.

Выбежав на улицу, он снял маску и шумно задышал. Казалось, что Алый дом осушил его до дна: в нем не осталось ни капли сил. Флинн прислонился к стене и опустил веки. В голове копошились отвратительные мысли. Они скользкими щупальцами облепили сознание и впились в него острыми челюстями. Он так боялся, что эти мысли угнездятся и останутся с ним навсегда.

— Вот-вот начнется, сэр. Осталось недолго.

— Что? — Флинн часто заморгал, возвращаясь в реальность.

— Говорю, что осталось недолго, — повторил бледнолицый швейцар.

— До чего?

— До алого звездопада, сэр, — терпеливо разъяснил швейцар.

— А-а-а, — неопределенно протянул Флинн. — Такое чувство, что он уже начался и ударил мне по голове.

— Тяжелый вечер, сэр?

— Тяжелее некуда, — сознался Флинн.

— Вам лучше спрятать лицо, если не хотите быть узнанным. Иначе ваш вечер станет еще хуже, сэр.

Флинн почему-то прислушался к совету и надел маску. Сделал он это как раз вовремя.

— Хавьер, мы так опоздали, — слегка огорчилась девушка в красной полумаске. Длинный шлейф ее серебристого платья быстро скользил по темно-бордовым камням мостовой.

— Катарина, счастье мое, прости меня. Я никак не мог привести свою одежду в порядок, — пожаловался Хавьер, облаченный в измятый пыльный фрак. Его лицо скрывала плачущая маска арлекина. — Я не хотел позорить тебя своим видом, мой ангел.

— Ты старался ради меня? — Кейти, кажется, была польщена.

— Ты так прекрасна, а я выгляжу нелепо. Это место превратило меня в посмешище, — сокрушался Хавьер. — Будь оно проклято!

— Мне все равно, как ты выглядишь. Внешний лоск — это не главное, куда важнее, чтобы душа сияла. — Кейти взяла Хавьера под руку и робко улыбнулась.

— Катарина, почему мир так жесток? Почему время разделило нас? Если бы я знал тебя при жизни, моя судьба сложилась бы иначе. Пообещай, что мы переродимся вместе и обязательно встретимся по ту сторону.

— Хавьер, мы не знаем, что нам уготовано, поэтому не будем загадывать наперед, — мягко проговорила Кейти.

— Я готов пройти через все беды, преодолеть все трудности, если буду знать, что на другом берегу меня ждешь ты, мой ангел, — с придыханием произнес Хавьер.

Он снял маску и с нескрываемым обожанием посмотрел на Кейти, а потом нежно прикоснулся к ее плечу и наклонился. Поцелуй был коротким.

Флинну стало неловко от этой сцены, а вот швейцар никак не отреагировал. Видать, ему не в новинку лицезреть целующиеся парочки. Кейти же покраснела в тон своей маски.

— Хавьер, это было так неожиданно, — еле вымолвила Кейти, прикоснувшись к своим губам.

— Почему же? Разве я не говорил сотни раз, что люблю тебя? — спросил Хавьер, наблюдая за ее смущением.

— Если честно, то все эти признания я воспринимала как шутку, — ответила Кейти, потупив взгляд. — Я действительно не думала, что ты говоришь всерьез.

— Я определенно не самый лучший человек, когда-либо живший на земле, но шутить подобным образом не привык, моя прекрасная Катарина. Я полюбил тебя с нашей первой встречи и никогда этого не скрывал. Или ты не веришь в искренность моих чувств?

— Верю, верю! Но... — Кейти не договорила и спрятала лицо в ладонях.

— Я противен тебе, да? Скажи честно, — Хавьер тяжело вздохнул, — даже если это разобьет мне сердце.

— Дело не в этом... — прошептала Кейти.

— А в чем? В том парне? Во Флинне? Он тебе нравится?

— Нет, что ты! — пылко возразила Кейти, отнимая руки от лица. — Флинн мне как старший брат — и только.

— Тогда почему ты так смутилась? — Хавьер бережно притронулся к ее шее.

— Просто это был... — Кейти уткнулась ему в плечо. — Это был мой первый поцелуй.

— Тогда я самый счастливый из мужчин. — Хавьер ласково обнял Кейти. — Я украл первый поцелуй моего ангела. Даже если ты отвергнешь меня, он целую вечность будет согревать осколки моего разбитого сердца.

— Хавьер, твое сердце еще не разбито, а ты уже оплакиваешь его, — упрекнула Кейти, немного отстранившись.

— Знаешь, Катарина, в моем существовании не было смысла — ни до смерти, ни после. Я плыл по реке сладкого дурмана, не видя ничего перед собой. Но наша встреча все изменила, — сказал Хавьер, поглаживая ее по щеке. — Я отчетливо помню тот момент, когда впервые увидел тебя. Я сидел в баре, в котором уже больше века каждый вечер оплакивал свою никчемную судьбу. И тут вошла ты. Нет, это неподходящее слово. Не вошла — влилась. Ты влилась в то мрачное и унылое место — и я сейчас вовсе не о баре говорю, а о своей душе — и до краев наполнила его солнечным светом. Один только взгляд твоих смеющихся глаз заставил мое давно заржавевшее сердце вновь застучать. Тогда я понял, что при жизни был ходячим трупом и только после смерти по-настоящему ожил, как бы странно это ни звучало. Мне прекрасно известно, что наши чувства разные: в моем сердце живет искренняя любовь, а в твоем — лишь симпатия и капелька сострадания. Я не питаю иллюзий, но обещаю, что обязательно стану лучше, чтобы быть достойным тебя, мой ангел.

— Ох, Хавьер, я и не подозревала о глубине твоих чувств ко мне... — сказала Кейти, и ее глаза засверкали от счастья.

— Начинается, господа! — громко перебил их швейцар. — Звездопад.

Кровавый раскол над их головами засиял ярче, от него отделились сотни маленьких искорок. Они рассекали небо, оставляя за собой длинные шлейфы, похожие на алые нити. Все вокруг стало красным. Флинн уже ненавидел этот цвет.

Он украдкой глянул на Кейти, которая завороженно смотрела на звездопад, держа Хавьера под руку. Иногда она восторженно охала и заливисто смеялась — точно маленькая птичка щебетала. Флинн не мог признаться ей во всем, не мог разрушить ее мир — особенно сейчас. Это было бы подло, слишком подло.

Небо плакало кровавыми слезами, а Флинн сдерживал в себе настоящие. Ему казалось, что алые нити, оставленные падающими звездами, удавкой затянулись у него на шее. Как хорошо, что его лицо спрятано за маской. Как хорошо, что Кейти еще не знает всех тех отвратительных секретов, которые он скрывает от нее.

Флинн потерял счет времени. Он понятия не имел, сколько простоял на улице после того, как Кейти и Хавьер отправились на бал. Алые звезды продолжали резать небо, а мрачные мысли царапать душу.

— Вот ты где! Звездопадом любуешься? — спросил нарисовавшийся в воздухе Тайло. — Что-то он вызывает у тебя слишком бурные чувства. Я весь вечер как на иголках.

Психофор снял маску и посмотрел на небо.

— Не в звездопаде дело...

— Коллин мне сказала, что Кейти пришла. Она ищет тебя.

— Я вернусь домой, — резко произнес Флинн. — Хватит с меня танцев на сегодня.

— Как так? Мы сюда вообще-то по делу пришли! — возмутился Тайло. — Или ты струсил? Ты должен поговорить с Кейти!

— Не сейчас, Тайло. Только не сейчас, — с горечью ответил Флинн.

— Проводить тебя домой?

— Нет, — покачал головой Флинн. — Останься и хорошенько повеселись. Я постараюсь не киснуть, чтобы не испортить тебе остаток вечера.

— Хорошо... — рассеянно сказал Тайло. — Если будет совсем плохо — зови.

— Да-да, иди уже, — поторопил его Флинн.

Когда Тайло ушел, он достал из кармана путеводитель — маленькую темно-серую книжечку.

— Ариадна, отведи меня домой. — Под ногами тут же протянулась золотая дорожка.

Флинн поднял голову, решив напоследок еще раз глянуть на звездопад. Налюбовавшись зрелищем, он крепко зажмурился и выпустил из легких весь воздух, а после собрался с мыслями и двинулся с места. Прочь, ему нужно уйти прочь, как можно дальше от Кейти и ее счастья. Старая рана сегодня открылась не только на небе, но и в сердце Флинна.

24 КАБАРЕ «ЧЕРНЫЙ КРОЛИК»

В эту ночь Инферсити снова поймал Флинна и долго не отпускал. Вот только теперь он попал в приличный район: высокие дома в стиле ар-деко уживались рядом с готическими храмами, улицы блистали чистотой, новый асфальт гладкой дорожкой петлял между бордюрами, а шеренги фонарей так ярко сияли, что ночь превращалась в день.

Флинн как неприкаянный шатался по улицам, то тут, то там натыкаясь на целующиеся парочки. Пытаясь от них сбежать, он свернул в проулок и сел прямо на тротуар, прислонившись к кирпичной стене.

— Вас же Флинном зовут? Я не ошибаюсь? — прозвучал голос откуда-то сверху.

Он поднял голову. Прямо над ним ожил рисунок.

— Да, это мое имя, — кивнул Флинн. — А вас создал Граф Л, так ведь?

— Абсолютно верно.

Он встал, чтобы лучше рассмотреть плоского собеседника. Это оказался усатый мужчина в темно-зеленой шляпе. И выглядел бы он вполне обыкновенно, если бы не был наполовину скелетом. Как будто с левой стороны его тела сняли кожу и все мышцы, оставив лишь белые кости, а правую решили не трогать.

«Полуживой Джо. Работа Графа Л» — гласила подпись под граффити.

— Приятно познакомиться, — сказал Полуживой Джо. — Мы так давно ищем вас.

— Кто это «мы»? — поинтересовался Флинн и ощутил напряжение — в ноги точно спицы вставили.

— Все живые граффити, — пояснил Полуживой Джо. — Граф Л приказал нам отыскать вас.

— Зачем? В прошлый раз он так быстро от меня убегал, что пятки сверкали, а сейчас сам решил найти. Подозрительно все это, — сощурился Флинн, засунув руки в карманы.

— На этот вопрос у меня нет ответа. Мне лишь велено передать, что он ждет вас в кабаре «Черный кролик», — любезно произнес Полуживой Джо, и на его лице промелькнула улыбка, точнее полуулыбка, ведь на левой стороне отсутствовали губы.

— И во сколько встреча?

— Прямо сейчас. Я уже мысленно сообщил ему, что нашел вас. Он там.

— Ладно, пойду, — неохотно согласился Флинн. — Но только потому, что мне все равно нечем заняться, — добавил он.

Дорога заняла минут пятнадцать. Флинн никогда не бывал в «Черном кролике», но слышал о нем много занимательного. Здесь собирались толстосумы, чтобы поглазеть на полуголых девиц и обговорить дела с другими толстосумами. А еще это место облюбовала богема. Под крышей кабаре люди искусства восторженно обсуждали собственное творчество и тщательно перемывали косточки конкурентам.

Над входом в окружении лампочек сверкала металлическая вывеска: черный кролик лежал на спине, вальяжно закинув лапу на лапу. Он держал коктейльный бокал, внутри которого плавали оливки. Возле круглой двери дежурил высоченный охранник в костюме с галстуком. Маска кролика едва скрывала его невероятно широкое лицо.

Крутая лестница все никак не кончалась. И где же находится это кабаре? В центре Земли, что ли? Флинн так и представил себе забавную картину: заказывает бармен выпивку по телефону и говорит: «Пришлите нам ящик лучшего бренди! Куда доставить? В центр Земли, пожалуйста!» Но размышлять о подобном ему быстро наскучило, и он нашел себе другое развлечение: начал рассматривать фотографии знаменитых посетителей, висевшие на стенах. Никого не узнал.

Когда Флинн подумал, что было бы хорошо спуститься хотя бы к завтрашнему дню, лестница наконец-то привела его в просторный зал. За круглыми столиками сидели люди и восторженно глазели на сцену, где разворачивалось представление: одни молодые девушки задирали подолы своих пышных юбок и высоко поднимали ноги, а другие грациозно парили на огромных кольцах, прикрепленных к потолку, и слали публике воздушные поцелуи.

Флинн осмотрелся. И как ему найти Графа Л среди этого сборища? Но ответ пришел сам собой. Он заметил, что лампа на одном из столиков сияла золотистым светом, а не серым, как все остальные. Флинн быстро усек, что цвет в мире живых проявлялся для него лишь тогда, когда происходило что-то сверхъестественное.

Интуиция не обманула. Подойдя ближе, он увидел за столом парня, курящего кальян, — Граф Л собственной персоной, который опять с головы до ног был одет в черное, только в этот раз шарф не скрывал лица своего хозяина, а покоился на шее. Флинн раньше думал, что Граф Л прятал за ним жуткий шрам или огромное родимое пятно, но нет, лицо парня было совершенно обычным, за исключением фиолетовых глаз и слишком густых бровей.

— Хорошо, что пришел. Садись, — сказал Граф Л и указал на стул, обитый красным бархатом.

— Зачем позвал? — спросил Флинн, плюхнувшись на мягкое сиденье.

— Дело есть, — коротко ответил Граф Л, выпустив струю сиреневого дыма.

— Какое у тебя ко мне может быть дело? Художник из меня откровенно хреновый, так что помочь малевать граффити не смогу.

— С этим я и сам прекрасно справляюсь, — произнес Граф Л, не вынимая мундштука изо рта. — Я говорил со Слепым Идди, он увидел в тебе потенциал, поэтому я решил пригласить тебя на работу.

— На работу? — захохотал Флинн. — Если бы ты знал, кто я, то не предлагал бы.

— А если бы ты знал, кто я, то не сомневался бы, — сказал Граф Л. — Мне известно, что ты мертв. Живых не нанимаю.

— Хватит чадить, — закашлялся Флинн, отгоняя дым от лица. — Ну и гадость, ненавижу запах табака, — он скривился.

— Да, верно, та еще гадость, но это не табак. Я курю сплетни, — загадочно ответил Граф Л. — Вкус отвратительный, но можно потерпеть ради свежих новостей.

248

Он выдохнул дым, и стол заволокло сиреневым облаком, в котором послышался гомон. Десятки голосов что-то обсуждали наперебой, но чем больше рассеивался дым, тем хуже получалось выуживать слова: болтовня превращалась в месиво из звуков. Флинн присмотрелся к кальяну. В колбе находилась серебристая статуэтка города — точная копия Инферсити, вот только вместо сизого тумана здания обнимал сиреневый дым. Он даже смог различить знак ипокрианства на шпиле главного храма. Ему почему-то подумалось, что, будь у него зрение поострее, он бы увидел и крошечных серебристых людей, снующих туда-сюда по улицам.

— Шпионящие граффити, кальян со сплетнями. Ты что? Следишь за этим городом? — предположил Флинн. Его глаза сузились в щелки.

— Именно, но не только за ним. Я присматриваю и за миром мертвых тоже. Везде должен быть порядок, — растягивая слова, ответил Граф Л.

— Так что за работа? — спросил Флинн, скрестив руки на груди.

— Не задавай лишних вопросов и возьми вот это, — Граф Л протянул визитку.

На темно-фиолетовой бархатной бумаге золотой краской был нарисован пес. Многочисленные глаза, облепившие тело от холки до хвоста, внимательно следили за Флинном. Он сглотнул и перевернул визитку, чтобы стоглазый пес прекратил на него пялиться. На другой стороне оказалась незамысловатая подпись «Граф Л» — и больше ничего. Ни адреса, ни телефона, ни должности, ни названия организации — сплошная недосказанность.

— И что мне с ней делать? — уточнил Флинн уже у воздуха: загадочный парень исчез, прихватив с собой кальян со сплетнями. — Ну да, в моей жизни ведь так мало тайн, поэтому нужно подсыпать еще, — язвительно прибавил он.

Флинн положил визитку в нагрудный карман куртки и решил проветриться, хотя ветра в мире живых он не чувствовал, но сидеть дальше в кабаре не хотел, музыки ведь не слышно, так что представлением насладиться не получалось. Он вышел и вразвалочку побрел по улице. Прохожие то выныривали из густого марева, то снова тонули в нем. Ему казалось, что сейчас не он призрак, а они.

В голове жужжали ядовитые мысли. Они вонзали острые жала и отравляли сомнением. Флинн никогда не был знаком с этим миром по-настоящему. Раньше он думал, что они с реальностью успели неплохо так поладить и узнать многие секреты друг друга, но сейчас она показалась ему совершенно чужой. Как тетушка Розэтта, которую он видел всего пару раз в детстве. Теперь им придется знакомиться заново. И одному творцу известно, сколько еще тайн хранит в себе мир живых.

Плотное тело тумана разрезал знакомый смех. Сердце Флинна обмерло. Туман из серовато-белого стал сизым. Что происходит? Он нервно завертелся на месте, пытаясь понять, откуда льется смех. Его взгляд встретился с ярко-синими глазами. Светловолосая женщина перестала смеяться. Превратившись в соляной столб, она не отрываясь смотрела на Флинна.

— Сынок? Это ты? — еле выговорила мать надтреснутым голосом.

Он открыл рот, но тишина сожрала все слова, и окружающий мир растворился во тьме.

∞

Флинн лежал в своей кровати, широко раскрыв глаза. Он тяжело дышал, пытаясь осознать случившееся. Капельки пота стекали с разгоряченной кожи и тут же впитывались в простыню, а руки каменной хваткой сжимали одеяло.

— Что случилось? — обеспокоенно спросил Тайло.

— Мать, — выдохнул Флинн.

— Ты видел ее в мире живых? — Тайло напрягся.

— Да, — простонал Флинн, стараясь привести дыхание в норму.

— А она тебя?

— Тоже, но я почти сразу исчез. — Флинн приподнялся и сел. — Это ты меня разбудил?

— Да, я, — кивнул Тайло. — Ты начал кричать во сне.

— Спасибо, — тихо сказал Флинн. — Но зачем ты пришел? Последнее испытание началось?

— Нет, дом Испытаний молчит. Я пришел по другому поводу.

Флинн вопросительно посмотрел на психофора.

— Знаешь, какой сегодня день? — спросил Тайло, хитро улыбаясь.

— Нет. А какой? — искренне удивился Флинн. Он попытался напрячь память, но голова сейчас была пустым ведром.

— Сегодня в мире живых наступило двадцать седьмое октября!

— Это же... мой день рождения.

— Да! И это нужно отпраздновать! — Тайло весело взмыл под потолок.

— А смысл? Я не стал старше. — Флинн вяло ударил кулаком по стене. — Мертвые не взрослеют.

— Это давняя традиция. Умершие всегда отмечают свой последний день рождения.

— Глупая традиция, — сказал Флинн и снова лег, повернувшись к стене. — Я не буду отмечать. После смерти отца я ни разу не отмечал свой день рождения.

— И зря, — отозвался Тайло. — После смерти близких жизнь не должна останавливаться.

— Все равно не буду. К тому же мне не с кем отмечать. — Флинн набрал полную грудь воздуха и очень медленно выдохнул. — Не звать же Кейти.

— Насчет этого не переживай, — вновь развеселился Тайло. — Я нашел тебе подходящую компанию. Там тебя никто не знает.

— Будем отмечать с твоими друзьями-психофорами? — предположил Флинн, глянув из-за плеча. — Классный будет праздник: я, ты и толпа невидимок.

— Не угадал. — Тайло заулыбался шире — еще немного, и у него треснут щеки. — Ты отметишь свой последний день рождения вместе с моей семьей!

25 ПОСЛЕДНИЙ ДЕНЬ РОЖДЕНИЯ

— И что мы забыли в шкафу с твоими фамильными секретами? — спросил Флинн, осторожно пробираясь между стеллажами с бутылками.

— Я же уже сказал, что ты будешь отмечать свой день рождения вместе с моей семьей, — терпеливо повторил Тайло.

— Я думал, мы найдем кого-то из твоей родни в Чистилище и посидим в каком-нибудь захудалом баре. Ты принесешь мне кекс с одной свечкой, я без восторга ее задую, и мы разойдемся по домам.

— И что это за праздник тогда? — возмутился Тайло. — Отмечать нужно весело, с размахом!

— Ну и как размахнуться здесь? — Флинн обвел руками узкий проход, стараясь не задеть бутылки с секретами. Страшно подумать, что произойдет, если одна из них разобьется.

— Не беспокойся, мы не будем отмечать твой день рождения в шкафу! Хотя идея неплохая, вышло бы очень оригинально. Шкафная вечеринка, — засмеялся Тайло. — Мы идем в одно из воспоминаний моей семьи. У моего двоюродного дедушки Таддеуса — я тебе уже рассказывал о нем — день рождения в тот же день, что и у тебя.

— Это тот самый дедушка, который воспитывал не своих детей?

— Тот самый. А вот и нужное воспоминание.

Тайло схватил с полки пузатую бутылку, заполненную разноцветными конфетти, покрепче ухватился за пробку и медленно потянул на себя.

— Готов? — Тайло лукаво сощурился.

— А у меня есть выбор? — спросил Флинн с видом теленка, которого ведут на бойню.

— Нет, — безапелляционно заявил Тайло и откупорил бутылку.

В лицо им бросились конфетти, безудержный смех, громкая музыка и ароматы домашней выпечки. Они попали в ярко раскрашенную комнату, полную веселья, болтовни, шумных детей, играющих в догонялки, и снующих без дела взрослых. Над окнами висели гирлянды из цветов, воздушные шары сбивались в стайки под потолком, а на стене виднелась надпись кривыми буквами: «С днем рождения, дедушка Таддеус! Твои дети, внуки и правнуки».

— Эй, Маргарита, нам еще долго ждать пирог? — рявкнула женщина с темными волосами, заплетенными в тугую косу. — Остальная еда скоро плесенью покроется!

— Не ругайся, Клементина! Пирог уже остывает, — ответила ей блондинка в белом фартуке и вытерла щеки, испачканные мукой.

— Наконец-то! Уже можно звать всех к столу?

— Да, зови. Пока дело дойдет до пирога, он полностью остынет. — Блондинка ушла на кухню, откуда валил пар и доносились сотни ароматов, от которых слюнки текли рекой.

— Застолье начинается! — громко крикнула женщина с длинной косой. — Детвора! — Она остановила бегающих детей. — Прекращайте играть и тоже садитесь за стол! Леопольд, спустись в погреб и принеси еще вина. И захвати апельсиновый сок, он на кухне.

— Разве не хватит того, что есть? Зачем меня гонять? — проворчал полный мужчина, который развалившись сидел в кресле.

— Не хватит, — сердито сказала женщина, уперев руки в бока.

Увидев воинственную позу жены, мужчина тут же встал и без пререканий отправился за напитками.

— Тина. — Она остановила девушку в зеленом платье. — Приведи дедушку Таддеуса, скажи, что начинаем. Он у себя в комнате. Только говори громче, он уже ничего не слышит — совсем оглох.

— Хорошо, тетушка Клементина, — кивнула девушка и вприпрыжку помчалась на второй этаж.

— А мы не будем здесь лишними? Ну, то есть они же заметят, что мы чужаки, — прошептал Флинн, наклонившись к Тайло.

— Нет, это же воспоминания. Они примут все что угодно, лишь бы не нарушать свой маленький мирок. Даже если бы тут появился слон, они бы посчитали его домашним любимцем. Сейчас докажу. Тетушка Клементина! — воскликнул Тайло, широко расставив руки в стороны. Он подошел к женщине и заключил ее в объятия. — Сколько лет, сколько зим!

— Здравствуй. — Женщина растерялась. — Прости, мой мальчик, я так давно тебя не видела, что забыла твое имя. Тоби? Матиас? — с трудом пыталась вспомнить она.

— Тайло. Я — Тайло, — подсказал он, снисходительно улыбаясь.

— Точно, — протянула женщина. — Сын Алехандро и Софии?

— Нет, сын Паломы.

— Паломы?

Женщина тайком посмотрела на темноволосую зеленоглазую малышку, которая играла с куклой. Видать, этот день рождения дедушка Таддеус отметил задолго до появления Тайло на свет.

— Естественно, не этой Паломы, — перехватив ее взгляд, ответил Тайло. — Другой. Дочери Флоренсии.

— А! Так ты внук Флоренсии! — наконец-то во всем разобравшись, воскликнула женщина. — Эй, вы представляете? — Она обратилась к гостям. — К нам приехал внук Флоренсии!

— Ура! Добро пожаловать! Ничего себе! Как он вырос! Как там бабуля? Передавай привет дедушке Арчибальду! — загомонила толпа.

— Твою бабушку звали Флоренсией? — вполголоса поинтересовался Флинн.

— Нет, назвал первое имя, пришедшее на ум. Я же тебе говорил, что воспоминания берегут свой покой. Они примут за правду все, что им скажешь. Вот смотри. А я приехал не один! Я прихватил своего любимого братишку. — Тайло непринужденно обнял Флинна одной рукой.

— Брат? — слегка недоверчиво спросила женщина, внимательно рассматривая их: белокурого синеглазого Флинна и темноволосого зеленоглазого Тайло. — Родной?

— Да, конечно! А что? Разве мы не похожи? — Тайло схватил свободной рукой лицо Флинна и сжал его щеки.

— Не особо, — смутилась женщина, потирая виски.

— Странно, мы ведь близнецы. — Тайло и бровью не повел, врал он виртуозно.

— Да-да, разумеется. Теперь я вижу, что вы очень похожи. Как две капли воды, — закивала женщина с умным видом.

— Верно! Мы похожи настолько, что даже родители нас частенько путают. Специально для них мы носим майки с нашими именами, — серьезно произнес Тайло. — Я же говорил, — чуть слышно обратился он к Флинну. — Они любой бред примут за чистую монету.

— Что же вы стоите? Идите к столу. Дедушка Таддеус уже спускается, — поторопила их женщина, увидев старика, идущего под руку с девушкой в зеленом платье.

— Кстати, у моего брата Флинна сегодня тоже день рождения. — Тайло хлопнул Флинна по спине, да так сильно, что у того завибрировал позвоночник.

— Получается, что и у тебя тоже? — спросила она у Тайло. — Вы ведь близнецы.

— Нет. Я родился без пяти двенадцать, а мой младшенький братишка немножко опоздал. Он появился на свет в пять минут первого. — Тайло потрепал Флинна за щеку, как ребенка. — Так что мой день рождения был вчера.

— Что ж, тогда отпразднуем два дня рождения! Дедушки Таддеуса и твой, малыш. — Тетушка Клементина улыбнулась и бережно погладила Флинна по голове. — Сколько тебе исполнилось?

— Семнадцать, — обронил он. — Многовато для «малыша».

— О, для меня ты все еще ребенок! — Она махнула рукой. — А нашему дедушке сегодня девяносто семь! Подумать только! Эй, Тамара, Себастиан, пересядьте. Пусть Флинн и Тайло сядут рядом с дедушкой.

Двое ребят послушно уступили свои места.

— Не стоило прогонять их. Мы бы сели где-нибудь в другом месте, — сказал Флинн.

— Стоило, стоило, — успокоила его женщина. — Все же вы наши дорогие гости, да в придачу у одного из вас сегодня тоже день рождения.

Флинн и Тайло сели на освободившиеся стулья.
В честь дедушки Таддеуса закатили грандиозный пир.
Стол ломился от еды. Здесь было все: сладкие перцы, фаршированные мясом, запеканка с золотистой сырной корочкой, рис с креветками, салат со шпинатом и курицей, политый лимонно-горчичным соусом, пирожки с душистыми травами и грибами, сливочный суп с базиликом и свежеиспеченный хлеб, щедро посыпанный кунжутом. Последним из кухни вынесли

огромный лаймовый пирог — любимое лакомство дедушки Таддеуса.

— Вот это да-а-а. — У Флинна от лицезрения всего этого великолепия заурчало в желудке.

— Классно, правда? — воодушевленно подхватил Тайло. — Мое самое любимое воспоминание.

— О, а вы кто такие? — просипел дедушка Таддеус, не без посторонней помощи сев во главе стола. Его абсолютно седые брови сошлись на переносице.

— Мы внуки Флоренсии. Я Тайло, а это мой брат Флинн. Мы приезжали к вам лет пять назад. Помните?

— А! Точно-точно, — пробормотал дедушка Таддеус. Из-за густых усов он смахивал на моржа. — Что-то такое припоминаю. Простите, ребятки, я такой старый, что иногда забываю собственное имя. Утром находился в полной уверенности, что меня зовут не Таддеусом, а Деттаухом. Столько лет прожил, что не вся память в голове умещается. Что-нибудь да выпадет из коробочки. — Он легонечко постучал по своему лбу.

— Ничего страшного, дедуля! — беспечно отозвался Тайло. — Мы с братом хоть и молодые, но тоже иногда забываем, как нас зовут. Правда, братишка? — Он повернулся к Флинну, невинно хлопая ресницами. Точно что-то неладное задумал.

— Бывает, — прочистив горло, сказал Флинн.

— Вчера я думал, что меня зовут Файло, а моего братца именуют Тлинном.

258 Флинн про себя отметил, что его новое имя уж больно созвучно со словом «тля».

— Эй, Тлинн, расскажи дедушке Таддеусу, какой сегодня день. — Тайло неестественно широко заулыбался, обнажая зубы, отчего стал напоминать куклу.

— Сегодня мне бы исполнилось, — Флинн осекся и поправил самого себя: — Сегодня мне исполняется семнадцать лет.

— Надо же! Так мы с тобой в один день родились! — Усы дедушки Таддеуса выпрямились: он улыбнулся. — Поздравляю, сынок!

— Спасибо, — пытаясь изобразить радость, поблагодарил Флинн.

— А почему ты такой кислый? — насупился дедушка Таддеус, почесав нос-картофелину. — Не последний же день рождения отмечаешь!

— Как раз последний...

— Флинн, хватит нагонять тучи хандры, а не то демон Уныния опять пустит в тебе корни, — прошептал Тайло и ткнул его локтем. — Ну же! У тебя в ближайшее время больше не будет возможности повеселиться. Наслаждайся вечером.

Не без усилий, но у Флинна все-таки получилось расслабиться. Застолье удалось на славу. Еда была вкусной и горячей, а компания веселой и шумной. Кузины Тайло посматривали в их сторону, смущенно хихикая. Одна из девушек набралась храбрости и спросила, есть ли у них возлюбленные. Флинн помотал головой, а Тайло громко сообщил, что правая половина его сердца навеки принадлежит другой, а за левую они еще могут побороться. Девочки в ответ только громче захихикали, и их щеки покрылись румянцем.

Дядя Леопольд все норовил дать Флинну и Тайло какие-то «важные мужские советы», но тетя Клементина пресекала все попытки мужа на корню, меча в него суровые взгляды, точно копья.

Тетушка Хризея ни на минуту не умолкала, хвастаясь своими сыновьями. Ее «старшенький» получил диплом врача и теперь проходил практику за границей, «средненький» оканчивал музыкальную школу, после которой собирался организовать собственный коллектив. «Младшенький» же был лучшим учеником в классе, и теперь его портрет висел на доске почета. Тетушка Хризея показывала фотографии сыновей, мурлыча о том, какие же они красивые мальчики. Все сидящие рядом с ней страдальчески возводили глаза к потолку: слушать ее сладкое воркование было сродни пытке.

Тайло активно общался со своей семьей, которую так и не узнал в реальном мире. Он наложил себе в тарелку целую гору еды и с удовольствием уплетал за обе щеки, каждые десять минут нахваливая тетушку Маргариту, которая все это и приготовила. Тетушка Маргарита же всякий раз улыбалась, прижимая руки к груди, и говорила: «На здоровье!»

Матео — сын тетушки Клементины — с самозабвением рассказывал о новинках из мира автомобилей. Он мог часами описывать все существующие модели, помня их параметры назубок. Когда же Флинн поделился, что у него есть — точнее был — мотоцикл, Матео чуть со стула не свалился. Тина — та самая девушка в зеленом платье, которая помогла спуститься дедушке Таддеусу, — весь вечер не сводила глаз с Флинна. Делала она это открыто и безо всякого стеснения, чем вгоняла его в краску.

Серый полосатый кот наматывал круги под столом, выпрашивая лакомство. Он терся об ноги и хрипло мурчал, будто внутри него работал маленький моторчик. Иногда кот жалостливо поднимал лапу или запрыгивал кому-то на колени. Никто не мог отказать этому хитрецу.

Дедушка Таддеус почти все застолье продремал на стуле, просыпаясь лишь тогда, когда звучали тосты в его честь. Ему желали здоровья, долголетия, любви, счастья и удачи — стандартный набор. На что дедушка Таддеус отвечал: «Спасибо, деточки, но все это уже было в моей жизни. Пусть все пожелания вернутся обратно! Вам они нужнее, а такому дряхлому старику, как я, необходимо только одно — покой».

— Пора загадывать желание! — радостно воскликнула тетушка Клементина.

Перед дедушкой Таддеусом поставили пирог, от которого тянулся потрясающий цитрусовый аромат. Почти сотня свечей торчала из белой глазури, из-за чего пирог походил на дикобраза.

— Боюсь, что мне не хватит сил задуть все эти свечи, — задумчиво проговорил дедушка Таддеус. — Клементина, золотце, сегодня не только я праздную. Отрежь-ка кусочек пирога внуку Флоренсии, да так, чтобы на нем было ровно семнадцать свечей. — Он подмигнул Флинну. — Я разделю с тобой свои годы.

Тетушка Клементина засуетилась и достала длинный нож. Она посчитала свечи, сделала наметки на пироге и отрезала большущий кусок, который перенесла на отдельную тарелку и поставила перед Флинном.

— Вот теперь мне не девяносто семь, а всего лишь восемьдесят! Чувствую себя мальчишкой, — сказал дедушка Таддеус, и все засмеялись.

— Теперь сможете крутануть сальто, дедуля? — задал кто-то вопрос.

— С легкостью! Только если ты меня поднимешь и перевернешь, Морис! — посмеиваясь, ответил дедушка Таддеус. Он кашлянул и обратился к Флинну: — А ты, сынок, перед тем как задуть свечи, загадай самое сокровенное желание. Поверь, оно обязательно сбудется. — Старик нагнулся и похлопал Флинна по коленке.

Долго думать не пришлось. Все это время в его сердце обитало лишь одно заветное желание.

— Готов? — спросил дедушка Таддеус. Флинн кивнул. — На счет три? Раз, два, три!

Они одновременно подули. Несмотря на преклонный возраст, дедушка Таддеус с легкостью погасил все свечи. Десятки гостей разом захлопали в ладоши, раздался свист, взорвались хлопушки — все это в их честь. Невероятная радость окатила Флинна с головы до ног. Он почувствовал такую легкость, что мог бы запросто взлететь под потолок и без помощи крылатых кед.

— А теперь подарки! — торжественно произнесла тетушка Клементина.

Она вместе с другими женщинами вышла из комнаты. Через некоторое время они вернулись, держа в руках яркие коробки всех цветов и размеров.

— Это все мне? — удивился дедушка Таддеус. — И зачем старику столько добра? Я скоро уйду туда, где вещи не имеют значения.

— Дедушка, ну что вы такое говорите? Вам уготовано еще много счастливых лет. — Тетушка Клементина вручила ему первую коробку.

— У меня тоже есть подарок для тебя, братец Тлинн, — шепнул Тайло. — Только я не смогу отдать его тут. Давай выйдем.

Они встали из-за стола и вышли в коридор. На их пути возникла девочка с темными кудрями и зелеными глазами — такими же, как у Тайло. В руках она держала серого котенка.

— Эй, малышка. — Тайло встал на одно колено. — Ты же Палома, верно?

— Да, — застеснялась девочка. — А ты кто? Я раньше тебя не видела.

— Я твой дальний родственник. — Тайло взял ее на руки. — Любишь котиков?

— Люблю, — заулыбалась маленькая Палома беззубым ртом и прижала котенка к себе. Тот пронзительно мяукнул. — Ой, прости, — пролепетала она, поглаживая котенка.

— Я тоже люблю котов, — сказал Тайло, указывая на свою шапку с треугольными ушами. — Мне ее связала мама, которую тоже зовут Паломой.

— Смешная шапка. Мне нравится! У тебя будто котик сидит на голове.

— Сидит — и довольно давно.

— А тебя как зовут? — поинтересовалась маленькая Палома.

— Тайло, — с грустью в глазах ответил он.

— Какое красивое имя! Необычное.

— Нравится? Вот будет у тебя когда-нибудь сын, назови его так.

Тайло поцеловал маленькую Палому в висок и бережно опустил на пол. Еще больше смутившись, она с визгом убежала к столу.

— Это ведь твоя мама? — провожая девочку взглядом, спросил Флинн.

— Да, она. Задолго до того, как встретила моего отца и стала несчастной, — тяжело вздохнул Тайло. — Выйдем в сад, у нас осталось мало времени.

Они вышли на улицу, залитую теплыми лучами солнца. Высокие деревья аккуратными рядами обступили небольшую зеленую лужайку. Непривычно яркое небо низко нависало над их головами, а ветер приносил с собой тонкий аромат цветов и свежий запах хвои. Вдоль горизонта тянулась лазурная полоса моря.

— Сейчас точно конец октября? — растерялся Флинн.

— Да. Я родом из южной страны, тут в это время года всегда тепло, — улыбнулся Тайло.

— Так что насчет подарка?

Тайло запустил руку в карман и достал красный ремешок с золотистым медальоном, на котором было написано: «Ферни».

— Это ошейник моего пса, — задохнулся Флинн. — Но ведь он остался в водах Былого!

— А психофор тебе на что? Я могу и не такое достать, если постараюсь.

Тайло бросил ошейник, но тот не упал на землю, а повис в воздухе и принялся летать над сочной травой, постоянно меняя направление. Флинн присел на корточки, глупо тараща́сь на происходящее.

— Что все это значит?

— Погоди немного, сейчас все увидишь.

Поначалу ничего не происходило, ошейник все так же бессмысленно парил над землей, но позже Флинн увидел расплывчатое бело-коричневое пятно вокруг него. Пятно подбежало, и что-то мокрое и холодное уткнулось ему в ладонь.

Первым показался нос, потом морда с глазами-пуговками и длинными ушами, а затем пухлое тело с коротким хвостом. Это был Ферни. Здесь, сейчас, во плоти! Флинн помнил каждое пятнышко — это точно был он!

— Но как? — пораженно выдохнул Флинн, не веря своим глазам. — Ведь у животных есть свое место в Потусторонье, куда нам нельзя.

— Если бы ты знал, чего мне это стоило. Вовек не расплатишься, даже если начнешь прямо сейчас!

Флинн без лишних слов кинулся на Тайло и крепко обнял.

— Ты в благодарность решил меня задушить? — еле выдавил тот.

— Спасибо! Это лучший подарок! — крикнул Флинн во весь голос.

— А теперь решил оглушить...

Ферни вилял хвостом так, будто возомнил себя вертолетом и норовил взлететь в небо. Он радостно тявкал и как сумасшедший носился по саду с высунутым языком, распугивая птиц. Флинн все смеялся и смеялся, не находя сил остановиться. Он бросал мячик, а пес шустро догонял его, зажимал в зубах и с гордо поднятым хвостом приносил обратно, точно добычу.

Тайло тоже не оставался в стороне. Он низко летал над травой, дразня Ферни, но тот не злился и беззаботно следовал за ним вприпрыжку. Потом они менялись ролями — и уже Тайло догонял пса, удиравшего от него со всех лап. Когда Флинн падал на землю, Ферни, весело похрюкивая, принимался вылизывать его лицо. Шершавый язык пса щекотал нос, щеки и лоб.

Сумерки прокрались в мир воспоминаний незаметно. Солнечное око лениво упало в море, словно долька лимона в чай. Сад наполнился далеким шумом прибоя, тихим шорохом листвы, музыкой, доносившейся из дома, и стрекотом кузнечиков.

Тетушка Клементина заботливо принесла им поднос с дымящимся чаем и остатками праздничного пирога. Они слопали все в один присест. Ферни вымотал их, да и сам подустал, поэтому сейчас лежал у ног Флинна, мерно посапывая.

— Какая жизнерадостная собака, — сказал Тайло, погладив пса.

— Он всегда был таким, — ответил Флинн, призадумавшись. — Спасибо тебе. Это был лучший день в моей жизни, точнее, после нее.

— Ты же понимаешь, что мы не можем забрать его с собой? — Тайло указал на пса, который уже дремал. — Ему до полуночи нужно вернуться обратно.

— Да, понимаю, но ты подарил мне еще один день с другом, еще одно теплое воспоминание о нем. — Флинн положил руку на плечо Тайло. — Это дорогого стоит.

— Чего не сделаешь ради своего братишки?

— Слушай, раз мы находимся в шкафу с твоими секретами, то получается, что во время праздника что-то произошло? — размышлял Флинн, уставившись на крохотные огоньки кораблей, бороздившие море.

265

— Да, но тебе лучше не знать. Не порть себе вечер. — Тайло немного помрачнел. — Увы, нам пора, Тлинн.

— Хорошо. — Флинн поднялся на ноги и смахнул с одежды траву. — Мы не попрощаемся? — Он указал большим пальцем себе за спину.

— Серьезно? Ты хочешь попрощаться с воспоминаниями? Когда ты уйдешь, они сразу же забудут тебя.

— Это не столько для них, сколько для меня, — сказал Флинн, погладив пса в последний раз. — Пока, дружок. Я рад, что ты обрел счастье и покой. — Он украдкой вытер навернувшиеся слезы.

Они вернулись в дом и попрощались со всеми членами семьи. Тетушка Маргарита обняла их и дала в дорогу бумажный пакет с едой, Тина поцеловала Флинна в щеку, а дядя Леопольд шепнул ему на ухо парочку непристойностей, из-за чего получил от тетушки Клементины подзатыльник. Матео крепко пожал руки обоим и взял с Флинна обещание, что тот как-нибудь научит его кататься на мотоцикле. Крошка Палома попросилась к Тайло на руки и что-то прощебетала ему на ухо. Все пожелали им удачного пути и пригласили на следующий день рождения дедушки Таддеуса.

Сам же виновник торжества пальцем подозвал Флинна.

— Мальчик мой, — вкрадчиво начал дедушка Таддеус. — Я много лет прожил на земле и многое видел. — Он умолк и удивленно охнул, а после заговорил не своим голосом: — Я видел, как на старом трухлявом пне вырастает новое дерево, как гора превращается в пыль, которая снова превращается в гору. Как в агонии умирают звезды, а затем рождаются вновь, давая свет новым мирам, как исчезают и появляются виды, как одно поколение сменяется другим. Да, ничто не вечно в этом мире, но все в нем повторяется. Ничто не исчезает бесследно. Все меняет форму, но суть всегда остается прежней. Поверь мне, это был не последний твой день рождения. Будут еще. Новые, совсем другие, но они обязательно будут. Никогда не забывай об этом.

— Дедушка? — испуганно прошептал Флинн, начиная о чем-то догадываться.

Старик приложил палец к губам, призывая к молчанию, и посмотрел на Флинна слишком уж осознанно, как для образа из прошлого.

— Вы ведь не дедушка Таддеус...

— Кто же я, по-твоему?

— Вы...

Флинн отвлекся: ребятня разбила вазу, и дядя Леопольд взорвался потоком ругательств.

— Зачем ты подошел, сынок? — уже своим привычным голосом продолжил дедушка Таддеус. — Я тебя вроде бы не звал. Или звал? Прости, я стал таким забывчивым... Будто постоянно душа из тела вылетает.

— Ничего. Я уже ухожу.

— Да-да, иди, сынок. Старому человеку нужно подремать. Ведь совсем скоро мне предстоит о-о-очень длинная дорога.

Флинн был готов поклясться, что мгновение назад с ним говорил не дедушка Таддеус, а кое-кто другой.

Старик же сомкнул морщинистые веки, причмокнул и мирно уснул. Или не уснул? Флинн не успел проверить, его отвлекло жжение. Он глянул на руку — число 226 на запястье ярко сияло. Дом Испытаний напомнил о себе.

26 КАК ОН УМЕР

Что-то было не так. Дом Испытаний изменился. Его будто разрезали надвое, одну половину убрали, а ко второй пришили часть другого дома.

Внутри тоже все поменялось. Левая сторона зала полностью преобразилась: светло-персиковые стены, картина с изображением спокойного моря, на полу пестрый ковер с причудливым узором. Бра мягко светили, бледные тени опутывали комнату, а воздух переполнял легкий цветочный аромат. Правая же сторона осталась прежней.

— Что произошло? — спросил Флинн, аккуратно ступая по новому ковру. — Я здесь больше не хозяин?

— Не волнуйся, так иногда бывает, — сказал Тайло, касаясь персиковой стены. — Теперь у дома два хозяина. Нам нужно на второй этаж, коридор Прощения начинается там.

Они быстро забрались по лестнице, свернули направо и вошли в узкий темный коридор.

Флинна не покидало предчувствие, что впереди ждет нечто пугающее. То, что вывернет наизнанку и оголит ужасающую сторону его души. То, что сломает его, раздробит на мелкие кусочки и перетрет в пыль.

Тайло остановился. Стены впереди были покрыты сияющим числом. Оно облепило каждый сантиметр. Куда ни глянь — везде одно и то же. Везде число 226.

— Раньше я не давал советов перед испытаниями, но сейчас совершенно другой случай, — настороженно начал Тайло. — Коридор Прощения мало кто проходит с первого раза — легко не будет. Сначала ты увидишь свою смерть. Это сложно. Потом тебе нужно будет простить одного человека, а у другого попросить прощения.

— Это все? Демонов не будет?

— Как же без них? Здесь живет самый коварный из всех демонов. — Тайло задумчиво посмотрел в глубь коридора. — Демон Вины.

— А какое оружие у меня будет? — Флинн бросил взгляд в ту же сторону. Коридор казался бесконечным.

До них донесся протяжный рев, от которого кровь застыла в жилах, а мужество спряталось где-то за позвоночником.

— Вот, держи. — Тайло вынул из кармана толстовки нечто маленькое и блестящее.

— Серьезно? Иголка? — Флинн чуть не рассмеялся.

— Не нравится? — Тайло пожал плечами. — Если она тебе не нужна, я ее выкину. Можешь победить демона силой мысли.

— Нет, подожди! — попытался остановить его Флинн, но не успел.

Тайло подбросил иголку в воздух — та сверкнула в свете ламп и исчезла.

— Где она? — Флинн вертел головой как сумасшедший.

— Пропала. И не смотри на меня так, это ты не воспринял свое оружие всерьез. Но если эта иголка действительно понадобится тебе, ты сможешь притянуть ее обратно. Как магнит, — туманно пояснил

Тайло. — Важные вещи никогда не теряются. А теперь ступай, демон заждался тебя. Не ровен час, сам придет за тобой.

Флинн напряженно сглотнул и еще раз устремил взор в даль бесконечного коридора. Рев не повторился, но число 226 начинало действовать на нервы.

— Не бойся. Хоть ты и не сможешь меня увидеть и услышать, но знай: я рядом, — подбодрил Тайло, положив руку ему на плечо.

Флинн кивнул и сделал шаг в неизвестность, взяв с собой только веру в лучшее. Теперь это его единственное оружие против демона.

Стены и потолок задрожали, коридор начал сжиматься. Сперва Флинн шел прямо, но вскоре ему пришлось сгорбиться. После он стал пробираться на четвереньках, а затем вовсе лег и пополз. Флинн боялся, что стены сомкнутся вокруг него и расплющат, но коридор прекратил усыхать. Казалось, что его проглотила гигантская анаконда и теперь он полз внутри необъятного туловища в поисках выхода.

Выход нашелся через несколько метров: в полу зияла дыра, уставившись на него пустой глазницей. Хриплый шепот врезался в уши, Флинн услышал собственное имя. Он был готов поклясться, что сама тьма, живущая на дне, позвала его, потому что этот голос не мог принадлежать ни человеку, ни зверю. Он нагнулся ниже, чтобы прислушаться, но рука предательски соскользнула, и голодная дыра поглотила свою добычу. Истошный крик Флинна оборвался, когда он ударился головой и потерял сознание.

∞

Флинн мчался на полной скорости, обгоняя ветер. И как только им каждый раз удавалось находить его? Сначала думал, что к нему прикрепили маячок, но он неоднократно проверял свою одежду и мотоцикл — ничего не нашел. Может, плохо искал? Чертов Баттори! Никаких сомнений, это он. Флинн узнал машину этого мерзавца — красный спортивный автомобиль с такого же цвета салоном. Наверное, чтобы кровь была меньше заметна.

Баттори Руж был правой рукой мистера Баедда. Такие, как он, рождены быть убийцами — ни совести, ни жалости. Баттори занимался исключительно важными поручениями. Какая честь для Флинна! За ним послали лучшего из лучших.

Флинну повезло, что улицы практически пустовали. К тому же мотоцикл куда маневренней автомобиля, а значит, у него есть шанс оторваться. Но стоило ему вырваться вперед и свернуть на другую улицу, как красная машина вновь села на хвост. Проклятый Баттори! Флинн всегда его недолюбливал. Напыщенный самодовольный урод. Хотя, по правде говоря, уродом в прямом смысле слова Баттори нельзя назвать. Женщины очень любили этого смазливого гада. Он был высоким длинноволосым блондином с идеальным лицом и обаятельной улыбкой. Если бы Флинн не знал, что Баттори Руж убийца и последний подонок, то принял бы его за дворянина с километровой родословной или за крайне популярного актера.

Одевался Баттори с иголочки, внимательно следил за модой и посещал лучших портных города. От него всегда пахло дорогим одеколоном. Даже посреди стрельбы и луж крови он каким-то образом выглядел безупречно.

Стоит отметить, что Баттори никогда не проявлял открытой агрессии. Он всегда говорил тихо, учтиво, чем резко выделялся на фоне рядовых бандитов и убийц. За внешнюю доброжелательность Баттори прозвали ангелом. Сейчас же этот ангельский демон ехал по его душу. Флинн знал, что на этом все и закончится. Ему и так долго удавалось скрываться от своей бывшей банды. Дольше, чем остальным несчастным.

Флинн покинул пределы знакомых улиц и теперь ехал вслепую, молясь, чтобы впереди не оказалось тупика. Сизый туман, вечно окутывавший Инферсити, так некстати рассеялся, Флинн был как на ладони. Мерзкий Баттори! Он снова догонял. Невероятное чутье! Видать, продал душу в обмен на него.

Флинн выжимал все возможное из своего мотоцикла, но никак не мог оторваться. Если так продолжится, у него попросту закончится горючее. Нужно быстро что-то придумать. Он мысленно перебирал возможные варианты, но тут же отметал их. Не то, все не то. Каждая его затея заканчивалась одним — собственной смертью. И это Флинна, конечно же, не устраивало.

Он выехал на набережную. Красный автомобиль вильнул следом. Гнусный Баттори! Ну что? Что же ему делать? Остановиться и прыгнуть в воду? Глупость какая! Если не утонет, то пристрелят с берега.

Эврика! Впереди Флинн увидел мост. Баттори не сунется в центральные районы Инферсити на ночь глядя, там слишком много полицейских, охраняющих покой богачей. Это был единственный шанс на спасение.

Флинн резко свернул и выехал на мост, на который в одно мгновение опустился густой туман. Он то утопал в сизой пелене, то выныривал из нее. Флинн с замиранием сердца обернулся. Баттори нигде не видно. Оторвался! Ликуя, он поддал газу.

272

«Еще немного, и я спасе-е-е...» — внятные мысли оборвались сразу, как он увидел, что мост не достроен. Флинн вывернул руль, а после острая, нестерпимая боль раскаленными иглами пронзила тело, и он полетел во тьму. Та с заботой матери поймала его, убаюкала, а затем резко швырнула обратно в реальность.

Флинн открыл глаза. Он не мог пошевелиться, тошнота подкатила к горлу, а мир никак не хотел обретать былую четкость. Над ним нависал Баттори, одетый в черный костюм. Мужчина выглядел встревоженным, но это была лишь маска. Внутри Баттори давно проснулся кровожадный зверь, почуявший свою добычу. Скоро у него будет обед.

— Бедненький бельчонок. Скакал, скакал, убегая от мамы-белки, и разбил себе лобик. Ай-яй-яй, — запричитал Баттори, качая головой. — Непослушный бельчонок.

Флинн в ответ простонал что-то нечленораздельное. Из его рта хлынула кровь, он почувствовал ее солоноватый металлический привкус.

— Ой, ты испачкался, — наигранно расстроился Баттори и достал из кармана шелковый платок. — Сейчас я тебя вытру, — заботливо сказал он.

Платок напился крови Флинна, из белого став алым. Баттори поднес его к носу и глубоко вдохнул. На щеках мужчины вспыхнул румянец, на губах заиграла улыбка, а в глазах появился маниакальный блеск.

— М-м-м, какой приятный запах, — мечтательно произнес Баттори. — Запах отчаянья и страха. А теперь скажи мне, дружочек, где конверт?

— Я... не... а... — вырвалось с новой порцией крови изо рта Флинна.

Он попытался пошевелить рукой. Боль поднялась по позвоночнику и молотом ударила по голове, используя ее как наковальню.

273

— Тихо-тихо-тихо, — унял его Баттори. — Тебе нельзя двигаться, ты можешь навредить себе еще больше. Давай так: один раз моргнешь — да, два раза — нет, — предложил он, поглаживая Флинна по голове.

Ладонь Баттори облачилась в красную перчатку. Перчатку из крови Флинна.

— Где конверт? — повторил он.

Флинн моргнул два раза.

— У тебя его нет, — расшифровал Баттори и едва заметно нахмурился. — Его украли?

Флинн задумался. По сути, да, украли, но сначала он его потерял, поэтому он моргнул два раза.

— Ты его потерял? — догадался Баттори.

Флинн моргнул один раз.

— Ты меня расстроил, — огорченно сказал Баттори, погладив его по щеке тыльной стороной ладони.

Флинн задыхался, на грудь будто гранитную плиту уронили. Боль все нарастала, но он не мог пошевелиться или вскрикнуть. Он заживо горел в гробу из собственного тела, чувствуя, что вот-вот опять потеряет сознание, но Баттори не допустил этого. Он что-то вколол Флинну, отчего сердце забилось ровнее, а дышать стало легче.

— Эй, бельчонок, держись. У меня еще остались вопросы, — сказал Баттори доброжелательным тоном. — Ты не знаешь, у кого конверт?

Нет. Флинн не знал этого, иначе бы сам попытался вернуть его. Это могло бы спасти ему жизнь. Он моргнул два раза.

— Ясно. Не буду тебя долго мучить, — проворковал Баттори. — Последний вопрос: тебе известно, что было в конверте? Ты открывал его? Только будь честен со мной. Я всегда почую ложь. Она щиплет мне ноздри. — Он поморщился.

Даже сейчас лицо этого негодяя казалось безупречным. Поистине дьявольское отродье.

Флинн ненадолго прикрыл веки. Два раза. Баттори сокрушенно вздохнул.

— Опять нет? — Баттори стер с губ Флинна кровь и попробовал ее на вкус. — Ты мне соврал. — Он недобро сузил глаза.

Раздался звонок. Навязчивая мелодия доносилась из кармана Баттори. Он отвлекся, выпрямился

274

и отошел на несколько шагов. Но Флинн все равно слышал, о чем тот говорил по телефону.

— Да, мистер Баедд, я его нашел, — елейным голосом произнес Баттори. — Нет, конверта при нем нет. Говорит, что потерял. У кого он — не знает. — Он со скучающим видом принялся рассматривать свои туфли. — Еще сказал, что не заглядывал в конверт, но я уверен: врет как дышит. Хотя, признаться, дышать ему осталось ох как недолго.

Баттори обернулся и смерил Флинна оценивающим взглядом, точно мясник тушу, прикидывая, как бы разделать получше.

— Нет, привезти не смогу. Этот бельчонок больше не жилец. Наслаждается последними минутами. Нет, я ничего не делал, мистер Баедд, он сам угодил в капкан своей глупости. Да, от тела я избавлюсь, не переживайте, шеф. Все сделаю по высшему классу. До связи.

Флинн закатил глаза. Все. Это конец. Баттори отправился к своему автомобилю. Скоро он вернется и избавит его от мучений. Флинн последний раз смотрел на этот мир, пытаясь запомнить каждую мелочь. Он не знал, существовало ли что-то по ту сторону, но ему очень хотелось верить, что за гранью его ждала не бесконечная тьма.

Одновременно с этими мыслями на мосту возникла чья-то фигура. Это был не Баттори. Незнакомец, одетый в черное двубортное пальто, немигающим взглядом смотрел на Флинна. В сознании зажглась крохотная надежда, что этот человек поможет ему, но она тут же угасла. В глазах мужчины читалось абсолютное равнодушие.

Флинн кричал и бился в своей голове, как в клетке. Он хотел вскочить, убежать, но груз боли не давал ему пошевелиться.

— Ты умеешь плавать, бельчонок? — спросил вернувшийся Баттори. В руках он держал веревку. — Надеюсь, что нет. В любом случае тебе это уже не поможет.

Он улыбнулся, обнажая ряд белоснежных зубов. Хоть в рекламе снимай.

— Честно говоря, я бы мог тебя спасти. Твоя смерть нам не очень выгодна: долги сами себя не отдадут. Можно было бы тебя подлатать, а потом допросить. Уверен, что Громила Гейп из твоей светлой головушки достал бы все нужные воспоминания. Но делать я этого не буду. А знаешь почему? По-то-му что ты мне сов-рал, — по слогам проговорил Баттори. — Один маленький обман будет стоить тебе жизни. Я же говорил, что ложь щиплет мне ноздри, а это такое гадостное ощущение. Истинная мерзость.

Один конец веревки Баттори привязал к ногам Флинна, а другой — к его мотоциклу, лежавшему на краю моста.

— Ты мне всегда нравился, бельчонок. И в знак этого я не буду связывать тебе руки. Ты сможешь выбраться. Хотя я не думаю, что у тебя хватит сил и воздуха в легких, но если вдруг получится, то обещаю больше не преследовать, а если же нет, — Баттори выдержал театральную паузу, — то передавай мои наилучшие пожелания Господину Смерти.

Он с искренней и светлой улыбкой толкнул мотоцикл. Чертов Баттори!

Последним, что увидел Флинн перед падением в воду, был бесстрастный взгляд незнакомца в двубортном пальто. До того, как утонуть в реке, он утонул в черных глазах самой Смерти.

27
КОРИДОР ПРОЩЕНИЯ

Флинн ничего не видел перед собой: вода в реке была очень мутной. Он больше не задыхался. Вернее сказать, он больше не дышал.

— Долго собираешься плавать? — прозвучал спокойный голос.

Странно, Флинн думал, что люди не могут разговаривать под водой.

— Всплывай уже, — тихо сказал все тот же голос.

Он сделал пару мощных гребков, но остался на месте, так как все еще был привязан к своему мотоциклу.

— Все самому приходится делать...

Флинна поймали на невидимый крючок и потащили наверх. Когда он пробкой вылетел из реки, его немой крик перешел в оглушительный рев. Он высоко взлетел, а затем шмякнулся на мост. Флинн лежал на спине, широко раскинув руки и ноги. Он чувствовал себя морской звездой, выкинутой на берег. Черная тень накрыла его. Из груди вырвался хриплый стон.

— Помочь? — Мужчина протянул руку в кожаной перчатке. — Не смотри на меня так, будто видишь впервые. Мы давно знакомы.

Да, они, несомненно, были знакомы. Флинн вряд ли бы смог забыть свою Смерть. Он принял помощь и неуверенно поднялся на ноги, его пошатывало и мутило. Все мысли в голове растаяли и вытекли.

— Что произошло? — с трудом спросил Флинн: язык окаменел. — Почему я все пережил так, словно это произошло впервые?

— Ты на мгновение провалился в свое прошлое, и все воспоминания о загробном мире исчезли. Но теперь они вернулись, и все стало на свои места. Конец и начало соединились, круг замкнулся, — ответил Танат, сцепив руки в замок.

— Это было так ужа... — Флинн запнулся на полуслове.

Мир, который он знал, замер. Время остановилось. Птицы застыли в полете, туман повис густой дымкой, река прекратила свой бег. Тишина давила настолько, что хотелось закричать, только бы разорвать ее в клочья. Наверное, так тихо было только перед рождением Вселенной.

— Почему все замерло?

— Потому что ты умер для этого мира, а он умер для тебя, — разъяснил Танат и поправил перчатку.

Флинн никак не мог прийти в себя. Тот, кто утверждал, что перед гибелью вся жизнь проносится перед глазами, явно ни разу не умирал. Перед смертью голову заполняет лишь одна мысль, вытесняя все остальные: «Как бы выжить». Только об этом думаешь в последние минуты. Есть только борьба за жизнь и желание ухватиться за любую возможность. Но Флинн был лишен этого. Его убийца не оставил ему выбора.

Мир живых перестал существовать для него. Назад дороги нет. Принять свою смерть сейчас у Флинна получилось в разы сложнее, чем в водах Былого. В глубине души он до последнего надеялся, что все это впоследствии окажется дурным сном. Затянувшимся кошмаром.

— Утонул, значит. Так вот почему Тайло всегда говорил, что вода — моя стихия, — прошептал Флинн и усмехнулся. — И вот почему мать не знает, что я умер. Мое тело еще не скоро найдут. Если вообще найдут. — Он прикрыл глаза ладонью и тихо завыл.

Сейчас Флинн напоминал свой дом Испытаний: мокрый до нитки, водоросли в волосах, на кроссовках тина. В сознании ярко вспыхнула одна мысль, и он тут же ею поделился:

— А если я опять попаду в прошлое, до смерти, смогу ли я что-то изменить? — Флинн с надеждой посмотрел на Таната.

— Изменить можно только будущее. Прошлое — это пройденный этап. Вселенная не глупа, она не даст нарушить свои же законы. Двигаться можно только вперед, но люди порой настолько беспечны, точно уверены, что смогут вернуться во вчерашний день и прожить его заново. — Танат с отсутствующим видом посмотрел на неподвижную гладь реки.

— Как жаль...

Сердце Флинна сжалось и налилось свинцом печали. Он столько не успел сделать. Вся жизнь показалась ему бессмысленной и пустой. А самое главное, что он никак не мог исправить то, как поступил с Кейти. То, в чем был виноват перед ней. Последний лепесток надежды упал и завял.

— Сожаление о прошлом убивает будущее. Не жалей. Я ведь уже говорил, что у тебя все впереди. У тебя еще будут дни рождения...

Понимание стрелой пронзило голову Флинна. Он открыл рот, но вместо слов из него вырвалась струйка воды. Упав на колени, Флинн закашлялся. Из глаз хлынули слезы, а из легких исчез весь воздух. Он опять задыхался, как тогда, перед смертью. Его охватила паника, но все закончилось так же внезапно, как и началось. Флинн выплюнул то, что мешало дышать, — маленький красный камешек.

— Что за черт? — выругался он, медленно вытирая губы.

— Обыкновенный черт, нечего так удивляться, — сдержанно сказал Танат.

Камешку надоело быть непримечательной речной галькой, и он решил преобразиться. Он взбух. От блестящего тельца отделились короткие ноги и три пары рук, по бокам от макушки выросли три пары острых ушей, а на личике прорезались три пары желтых глаз и рот, полный острых зубов. Новоиспеченное создание посмотрело на Флинна так, как маленькие дети смотрят на нечто такое, что видят впервые, — с интересом и удивлением. Существо поднесло тонкий палец к приоткрытому рту.

— Это мой...

— ...демон Вины, — закончил за него Танат. — Он вырвался наружу, потому что больше не мог сидеть внутри тебя.

— Теперь-то я буду умнее и прикончу его, пока он еще мелкий, — злобно ухмыльнулся Флинн. Демон был не больше куриного яйца.

— Запомни: самый страшный враг — недооцененный. Не стой столбом, поймай его, пока он не дал деру.

Демон подпрыгнул на месте, будто Танат своими словами подал ему некий сигнал. Он развернулся и, быстро перебирая маленькими ножками, куда-то побежал.

— Раньше демоны гонялись за тобой, а сегодня твоя очередь, — равнодушно сообщил Танат.

— А как же вы? Вы со мной не пойдете? — живо спросил Флинн, напряженно глазея на демона. Не упустить бы из виду.

— Я — часть твоего прошлого, мое место здесь. — Танат достал из кармана золотые часы со знаком бесконечности на крышке. — Поторопись, иначе не догонишь. Вина — самый быстрый демон из всех. Стоит ему добраться до недр твоей души, и он вырастет до размеров бытия.

— Тогда прощайте! — Флинн кивнул в знак уважения.

— Если быть точнее, то до скорого свидания, ведь мы увидимся намного раньше, чем ты думаешь... — загадочно промолвил Танат, захлопнув крышку часов.

Но Флинну некогда было размышлять над последними словами Господина Смерти. Он кинулся вслед за демоном, ничего не замечая вокруг. Весь мир сжался до красной точки впереди. Она была мишенью, а Флинн пулей.

Демон обернулся и прирос к месту. Он не двигался, как будто сам хотел, чтобы его поймали. Еще чуть-чуть, и Флинн сделает это. Он прыгнул и, растянувшись на мосту, накрыл демона руками.

— Попался! — победоносно воскликнул Флинн и поднял ладони, но демона под ними не нашел.

Красный чертенок, скрестив ноги, сидел в нескольких шагах от него. Нижняя пара его рук покоилась на коленях, средняя на животе, а верхней он держался за голову, которую немного покачивал. Вылитый болванчик.

— Мелкий гаденыш! — рассвирепел Флинн.

Демон ощерился, встал на короткие ножки и топнул, под ним возникла квадратная дверца красного цвета. Он открыл ее и прыгнул во тьму. Флинн рывком поднялся и подбежал к двери. Она была крохотной, даже рука не могла просунуться, куда уж ему целиком.

281

— Так, что бы сказал Тайло? — сам у себя спросил Флинн, быстро листая мысли в голове. — Он бы сказал что-то вроде: «Ты не первый день в Чистилище, включи мозги! Если не можешь измениться сам, то измени обстоятельства вокруг себя». Или наоборот? — он запутался.

Флинн тряхнул головой, обнуляя мысли.

— Если я не могу пролезть в дверь, то мне нужно измениться самому либо изменить ее...

Флинн посмотрел на себя. Если он станет меньше, то гнаться за демоном будет неудобно. Да и как это сделать? У него не было с собой никакого уменьшающего зелья или чего-то подобного. Тогда оставалась дверь. Недолго поразмыслив, Флинн уперся руками в дверной косяк и попытался растянуть его, точно горловину свитера. Затея удалась! Проем стал шире. Флинн прыгнул в него, как в люк, но вниз не полетел. Пространство перевернулось на девяносто градусов, и он лег на живот, оказавшись в объятиях стен. Число 226 опять преследовало, он вновь очутился в коридоре Прощения.

Отдуваясь, Флинн пополз вперед. Красная спина демона раздражающе замаячила перед глазами. Он видел маленького мерзавца, но не мог дотянуться: стены коридора сковали не хуже смирительной рубашки. Поняв, что Флинн бессилен, демон осмелел. Он подошел к нему вплотную и начал бесцеремонно разглядывать.

— Чего вылупился? — огрызнулся Флинн.

Демон в ответ продемонстрировал ряд острых как бритва зубов, точно у пираньи их позаимствовал. Он топнул шестипалой ступней, и под ним образовалась небольшая дыра. Демон отошел в сторону, и позже Флинн понял почему: дыра начала расти. Она быстро добралась до него и с жадностью проглотила.

Лететь вниз в последнее время стало для Флинна обычным делом, поэтому он не закричал. Упав на диван, он пожалел, что на испытании нельзя вздремнуть, сейчас бы ему не помешал крепкий сон.

— Уйди, — сказал светловолосый мальчишка, шагами меряя комнату.

— Прошу, открой, — умоляла женщина по ту сторону двери.

— Не открою, это моя комната. Уйди! — повторил одиннадцатилетний Флинн.

На нем был черный костюм на размер больше, чем нужно, и туго затянутый галстук — настоящая удавка. Взрослый Флинн отлично помнил этот день, который острым шипом врезался в память. День похорон отца.

— Флинн, нам пора прощаться с ним. Мы должны поехать вместе, — не прекращала уговаривать мать. — Пожалуйста, сделай это ради меня.

— Я не поеду с тобой в одной машине, как-нибудь сам доберусь. И вообще, почему я хоть что-то должен делать ради тебя? — спросил одиннадцатилетний Флинн.

— Потому что я твоя мама...

Он подошел к двери, распахнул, а потом долго смотрел на мать. Она растерялась и не смогла издать и звука.

— Я задрался повторять. Запомни: ты мне больше не мать, а я тебе не сын, — с пугающим спокойствием произнес он.

Выйдя из оцепенения, мать резко вдохнула, но одиннадцатилетний Флинн не позволил ей ответить. Он захлопнул дверь перед самым ее носом, опустился на пол и уткнулся лицом в коленки.

Флинн не забыл, о чем думал тогда. Он вспоминал отца, как они вместе проводили каждые выходные, как играли, мастерили что-то, ходили в лес с ночевкой. Папа научил его рыбачить, вырезать из дерева различные фигурки, склеивать модели самолетов и подводных лодок, играть в футбол, ездить на велосипеде. Он был для него не только отцом, но и другом, который всегда мог поддержать и утешить, найдя подходящие слова.

Флинн жалел, что в последние месяцы избегал отца. Вот бы все исправить, повернуть время вспять. Тогда бы он ни за что не отпустил отца на работу в тот роковой день — притворился бы очень больным или спрятал ключи от квартиры, чтобы никто не смог выйти.

Он думал, что жизнь больше не будет прежней. Одиночество и боль проели дыру в его груди, вобрав все счастье. В тот момент Флинн не знал, кем был: маленький мальчик в нем умер, а мужчина еще не родился.

Флинн встал с дивана и подошел к одиннадцатилетнему себе, сел рядом и протянул руку к белобрысой макушке. Так странно. Он захотел утешить самого себя, сказав, что все будет хорошо, но потом передумал. Хорошо ведь так и не стало. Зачем же врать самому себе?

Неведомая сила вырвала его из этого видения и перенесла в другое. Флинн приземлился на жесткую скамейку. Он находился в храме. Вокруг сидели люди, закутанные в черные одеяния. Их головы были траурно опущены. Прямо-таки ожившие скорбные тени с ипокрианских фресок.

Полноватый священник, облаченный в длинную рясу, бормотал себе под нос молитву. Флинн его не слушал, он внимательно смотрел на мать. В тот раз он сел подальше от нее, оставив несчастную женщину в окружении дальних родственников. Сейчас же он был рядом. Ее лицо скрывала вуаль, но даже сквозь нее Флинн видел заплаканные глаза. Трясущимися губами она повторяла слова священника и мяла в руках платок. Когда все встали, чтобы почтить память умершего минутой молчания, мать украдкой посмотрела на одиннадцатилетнего Флинна. Заметив ее взгляд, он демонстративно отвернулся.

Флинн потянулся к матери, но ее образ смазался, будто краски потекли по холсту. Сцена вновь поменялась. Теперь он стоял посреди своей гостиной. Дом украшали белые цветы, перевязанные траурными лентами. На небольшом столике рядом с фотографией отца горели свечи. Женщины и мужчины поочередно подходили к его матери и приносили соболезнования. Это были поминки.

— Да, спасибо. Да, это невосполнимая утрата. Мы с Флинном благодарны вам за поддержку, — повторяла мать, как заведенная.

— Твой муж был замечательным человеком. Такая трагедия, — с сочувствием произнес дядя Энгюс.

— А где Флинн? — спросила тетушка Розэтта, вытирая уголки глаз платком. — Как он справляется?

— Тяжело, — призналась мать, нахмурив светлые брови.

— Ничего, мальчик переживет, — утешила тетушка Розэтта. — Он сильный, он справится.

— Он — да, а я — не знаю. — Губы матери задрожали, и она спрятала лицо в платок, спрятав и свое горе.

Люди разошлись только к вечеру, а одиннадцатилетний Флинн так и не вышел из своей комнаты.

— Флинн, солнышко, открой. — Мать одной рукой стучала в дверь, а другой держала поднос с чаем и кусочком пирога. — Я принесла тебе перекусить. Поешь, ты весь день голодный. Нельзя так, заболеешь. Что же я буду тогда делать?

— Какое тебе дело до моего здоровья? — безразлично отозвался он. — Тебе не все ли равно?

— Конечно, нет! Я забочусь о тебе.

— Так заботишься, что отняла у меня отца?

— Сынок, я не виновата, — отчаянно оправдывалась мать. — Да, я вспылила, наговорила лишнего...

285

— Лишнего? — грубо оборвал он. — Ты прокляла его.

— Это не так! — горячо возразила она.

— Слушай, ты ведь хотела меня отправить в интернат для трудных подростков, — вдруг сменил он тему.

— О чем это ты? — растерялась мать.

— Отправь меня туда сейчас.

— Зачем?! — Мать шумно задышала, ее руки затряслись.

— Ты ведь хотела, — спокойно донеслось из-за двери.

— Я сказала это, не подумав! Тебе там не место. Ты должен быть здесь, рядом. Мы переживем эту потерю вместе.

— Мы ничего не будем переживать вместе, — решительно отрезал он. — Я не хочу находиться рядом с тобой. Если ты не отправишь меня в интернат, то я сбегу.

— Тебя найдут и вернут! — начала сердиться она.

— Тогда я снова сбегу. И снова, и снова. А когда стану совершеннолетним, то уеду так далеко, что ты меня никогда не найдешь.

— Флинн, не будь так жесток со мной, — взмолилась мать.

— Жестокости я научился у тебя.

— Мне очень жаль, что все так вышло, но...

— Жаль? — ядовито спросил он. — Неужто ты раскаялась в совершенном преступлении?

— Я не совершила никакого преступления! — вскричала она.

— Совершила, совершила. Ты — убийца, — холодно сказал он. — Ты убила моего отца.

— Нет! — Ее глаза наполнились слезами. — Флинн, немедленно открой! Я — твоя мать, ты должен меня слушать!

286

— У меня нет матери, а твой сын умер. Я больше не он. Часть меня разбилась, упав с шестьдесят первого этажа...

Мать выронила поднос. Чашка разлетелась вдребезги, как и ее сердце. Опустившись на пол, она тихо заплакала. Флинн по воле судьбы лишился отца, но матери лишил себя сам — обрекая ее на страдание, а себя на одиночество. Сколько же боли он причинил этой маленькой хрупкой женщине?

Взрослый Флинн больше не мог стоять в стороне. Он подошел к безутешной матери, сел рядом и обнял ее так крепко, как только смог.

— Прости меня, прости, — сухими губами зашептал он.

— Флинн? — Мать встрепенулась, немного отстранилась и посмотрела на него осознанным взглядом. — Флинн! Мальчик мой, ты вернулся!

— Да, я вернулся. — Он бережно взял ее руку и поцеловал в ладонь.

— Где же ты был? Я так тебя ждала!

— Прости, я потерялся. Я потерялся в гневе и обиде. Но теперь я здесь, я рядом.

— Ты больше не злишься на меня?

— Нет. Ты ведь ни в чем не виновата передо мной.

— Как я рада! Как рада! — Мать прижала его к себе. — Ты больше не сбежишь? — отпрянув, серьезно спросила она.

— Нет, — покачал головой Флинн. — Я вернулся навсегда.

— Я так тебя люблю, мой мальчик, так люблю...

— И я тебя... мама.

— Тайло, у меня получилось. Я простил свою мать!

Он снова попал в коридор. Теперь в нем можно было стоять в полный рост: стены больше не давили.

— Что ж, это замечательно. Я очень рад за тебя, ты молодец, — с каменным лицом похвалил Тайло.

— А по тебе не скажешь, — нахмурился Флинн.

— Сейчас у тебя тоже будет мало поводов для радости. — Тайло опустил голову.

Рядом с ними открылся проем. В их коридор вклинился другой, стены которого облепило сияющее число 622. К Флинну и Тайло приближались две фигуры. Девушка была одета в белое легкое платье, а ее маленькая светловолосая спутница в голубое с атласными ленточками на рукавах.

— Кейти, — обреченно выдохнул Флинн.

Его будто намертво прибили к полу — не сбежать.

— Флинн! — удивленно воскликнула Кейти и кинулась ему на шею. — Что ты забыл в моем коридоре Прощения?

— Вообще-то это мой...

Тайло прочистил горло, обратив на себя внимание. Кейти повернулась к нему.

— Здравствуйте, а вы кто? — спросила она.

— Я его психофор, — коротко пояснил Тайло, кивнув в сторону Флинна.

— Тот самый Тайло-Ворчайло? — хихикнув, уточнила Кейти, но тут же смущенно прикрыла рот. — Прости, я не хотела тебя обидеть.

— Все нормально, — ответил Тайло, а после обратился к светловолосой девочке: — Привет, Коллин, давно не виделись.

— Привет, Тайло, — звонким голоском поздоровалась она, а потом, застеснявшись, спряталась за Кейти.

— Коллин, это неприлично, — отругала ее Кейти. — Ты забыла поздороваться с Флинном.

— Здравствуйте, — пропищала Коллин, покинув свое «убежище».

— Почему мы видим психофоров друг друга? — спросил Флинн, глядя в серые глаза крошки Коллин.

— Да, это странно, — призадумалась Кейти. — Флинн, ты так и не ответил, почему оказался здесь.

— Все просто, — вмешался Тайло. — Дом Испытаний принял двоих, поэтому ваши коридоры соединились, а раз так, то вы можете видеть чужих психофоров. Редко, но такое случается.

— И что это значит? — Кейти выглядела потерявшимся в толпе ребенком.

— Дело в том, — робко начала Коллин, — что ты, Кейти, так долго не могла пройти последнее испытание, потому что в Чистилище не было человека, с которым ты должна это сделать. И этот человек — Флинн.

— Ваши судьбы однажды пересеклись, — подхватил Тайло. — Это повторилось вновь. Ты, Кейти, — часть испытания Флинна, а он — часть твоего.

— Но каким образом коридор Прощения связан со мной и Флинном? Мне не за что его прощать, как и ему меня, ведь так? — Кейти с надеждой повернулась к нему.

Флинн закрыл глаза. Зверь, которого он так долго сдерживал, терзал грудь изнутри. Сердце не выдержало натиска острых когтей и разорвалось на куски.

— Нет больше смысла скрывать, — тихо проговорил Тайло. — Она все равно узнает. Скажи ей сам.

— Что он должен мне сказать? — Кейти вертела головой, непонимающе смотря то на Тайло, то на Флинна.

— Скажи ей, в каком квартале ты живешь.

— Флинн? Что происходит? — настороженно спросила Кейти.

Время настало. Это конец. Конец всему: их светлому прошлому, их дружбе, их семье. Правда разрушит все.

— Я живу в квартале Убийц. — Каждое слово показалось ему острым лезвием.

— И кого же ты убил?..

— Тебя.

28

КАК ОНА УМЕРЛА

Утро

Флинн потерялся. Эту огромную больницу явно спроектировал архитектор, мечтавший построить лабиринт. Столько этажей, переходов, лифтов, лестниц, тупиков и дверей, предназначенных только для персонала. Он начинал беситься. Больше получаса Флинн не мог выбраться отсюда. Он чувствовал себя мухой, угодившей в паутину. Сейчас за ним явится паук и съест. Но лучше так, чем до скончания века бродить по коридорам, которые насквозь пропахли лекарствами, болезнями и безнадегой.

Флинну казалось, что сотни демонов точили когти о его душу. Как же паршиво. Он расплатился за лечение матери и через медсестер передал ей продукты и необходимые вещи, но зайти в палату так и не решился. Доктора уверяли, что ее состояние не вызывает опасений, но они не могли с точностью сказать, сколько времени займет полное выздоровление.

Он устал. И не только из-за того, что всю ночь не спал, выполняя поручение мистера Баедда. Он устал от проблем. Они накатывались на него снежным комом, грозясь навеки погрести под собой.

Флинн думал, что так и не научился быть мужчиной. Не научился храбро держать все удары судьбы. Он по-прежнему ощущал себя мальчишкой. Ему так хотелось залезть под одеяло и спрятаться от мира, как от монстра, живущего под кроватью. Только вот куда спрятаться от монстра, поселившегося в собственной душе? Где укрыться от себя?

Усталость подкашивала ноги, Флинн не мог больше идти. Найдя пустую каталку, он лег на нее, надеясь, что его не примут за труп и не увезут в морг. Хотя если подумать, то там можно спокойно выспаться. Мертвецы ведь не шумят.

Его разбудил детский смех. Странно, он думал, что эта больница только для взрослых. Флинн с трудом разлепил веки и встал на ноги. Ну хоть одна хорошая новость: он не в морге. Собственное отражение в окне не порадовало: лохматый, на щеке отпечаталась подушка, одежда измялась. Его будто прожевали и выплюнули. Солнце лениво косилось в окно — все еще утро. Либо он проспал совсем недолго, либо наступило завтра.

Сам не зная почему, Флинн пошел на этот звонкий смех. Смеялся не ребенок, а девушка. Она читала книгу в яркой обложке и широко улыбалась, иногда взрываясь очередной порцией смеха. Ее каштановые волосы волнами ниспадали на плечи, а большие карие глаза мерцали восторгом. Флинн не мог отвести взгляд. Он украдкой наблюдал за ней из-за угла и мог бы простоять так целую вечность. Нет, Флинн не влюбился, он просто никогда раньше не видел настолько светлого и жизнерадостного человека. В нее впивались многочисленные иглы, причиняя страдания, а она все равно продолжала излучать счастье. Неподдельное, безграничное счастье.

— Долго еще будешь любоваться мною? — спросила она, не отрывая глаз от книги.

Флинн смутился и вышел из своего укрытия. В палате, в отличие от остальной части больницы, пахло не лекарствами, а цветами: на тумбочке у кровати стоялая корзина с голубыми и розовыми гиацинтами.

— Что читаешь? — пробормотал Флинн.

— «История одного глупца, ненароком спасшего весь мир», автор Криволд Пинз, — громко прочитала девушка.

— И о чем она?

— О том, что глупость порой бывает полезной. Бессовестные и влиятельные люди захотели использовать не очень умного парня для достижения своих мерзких целей, а потом сделать из него козла отпущения. Но герой — в силу скромных умственных способностей — понял их неправильно и поступил иначе. Совершенно не так, как они рассчитывали. В итоге коварный план злодеев провалился, а герой своей глупостью спас весь мир. — Девушка захлопнула книгу и отложила ее в сторону.

— Занимательно. А я вот не очень люблю читать, — признался Флинн.

— В больнице больше нечем заняться. — Она пожала хрупкими плечами. — Можно, конечно, фильм посмотреть, но одной как-то неинтересно. Да и в игры с самим собой не поиграешь.

— К тебе разве не приходят друзья, родственники? — Флинн подошел ближе и бесцеремонно сел на кровать.

— Раньше приходили. — Грусть невесомой вуалью накрыла ее лицо. — Но когда ты болеешь так долго, все начинают забывать о тебе. Жизнь течет подобно реке, а если ты камень, выброшенный на берег, то тебе остается лежать и наблюдать за всем со стороны. Но я их не виню, потому что не знаю, как бы сама поступила на их месте.

— Ты пришла бы, — твердо сказал Флинн.

— Ты меня видишь впервые. Откуда такая уверенность? — Девушка подозрительно покосилась на него.

— Я умею заглядывать в будущее, — соврал Флинн и сделал умное лицо.

— Дай угадаю. Способности ты получил от прапрабабки, великой провидицы, — с иронией предположила она.

— Мимо! — усмехнулся он. — Мне дали бутылкой по голове, после этого и начал видеть всякое.

— А не перепутал ли ты дар предвидения с сотрясением мозга? — Улыбка вновь заиграла на губах девушки, и на ее щеках появились трогательные ямочки.

— Я не вру! — наигранно обиделся Флинн. — Я еще и мысли читать умею.

— Тогда скажи, о чем я думаю, — оживилась девушка.

— Ты думаешь, что... не прочь заморить червячка, — выдал он первое, что пришло на ум.

— Допустим, — хитро сощурилась она. — Моя любимая еда?

— Мороженое.

— Все его любят, это не ответ! Ну, ладно, — снисходительно протянула она. — Тогда назови мой любимый вкус мороженого.

— Шоколадный? — предположил Флинн, наморщив лоб.

— Я тебя раскусила! — воскликнула девушка, указывая на него пальцем. — Никакой ты не провидец. А мой любимый вкус — лимонный.

— Зато теперь я знаю, с чем приду в следующий раз. С лимонным мороженым, — ответил Флинн и поднял руки, как если бы на него нацелили ружье.

— Ты снова придешь? — У нее перехватило дыхание, карие глаза широко распахнулись. Флинн увидел в них свое отражение.

— Приду, — пообещал он и взял в руки «Историю одного глупца». — Приду, чтобы отдать тебе эту книгу. Я обязательно прочту ее.

— А если не появишься, то буду считать, что ты украл у меня книгу. — Девушка кинула на него свирепый взгляд, но не выдержала и рассмеялась. Тем самым чистым, серебристым смехом, от которого у Флинна все замирало внутри.

— В таком случае это будет преступление века...

День

— Как тебя зовут?

— А разве я не представился в прошлый раз? — с полным ртом спросил Флинн.

— Нет, — отозвалась девушка, поджав губы. — Ворвался в мою палату, беспардонно уселся на кровать и забрал любимую книгу, а представиться забыл.

— Каков наглец! — ахнул Флинн и отправил еще одну ложку лимонного мороженого в рот.

— Вопиющая наглость, — согласилась девушка, энергично кивая. — Вот поэтому я и хочу узнать твое имя, чтобы пожаловаться на тебя.

— Флинн. Меня зовут Флинн Морфо. К вашим услугам, миледи. — Он отвесил шуточный поклон.

— А я Катарина Аврелия Химинглэв. — Она приподняла двумя пальцами одеяло и опустила плечи, делая своеобразный реверанс, не вставая с кровати.

— С таким именем ты должна быть как минимум герцогиней.

294

— Нет, я простая девушка, — засмущалась она. — Можешь звать меня Кейти. Кстати, ты прочитал «Историю одного глупца»?

— Да, занятная вещица. — Флинн нагнулся и достал из рюкзака книгу. — Мне почему-то показалось, что глупец на деле был не настолько глуп.

— Вот как? — удивилась Кейти, принимая книгу.

— Да. Я думаю, что он прикидывался. Ну не может человек быть настолько тупоголовым! Так не бывает. Если что-то кажется слишком навязчивым, то где-то обязательно кроется подвох.

— По-твоему, зачем он это делал? — с неподдельным интересом спросила Кейти.

— Чтобы облапошить богатеньких и влиятельных типов, которые наивно полагали, что это они дергают за ниточки. Но герой обвел их вокруг пальца, поэтому книга должна называться: «История одного хитреца, осознанно спасшего весь мир», — гордый своей догадкой, сказал Флинн.

— Ой, не могу! — захохотала Кейти, держась за живот.

Флинн тут же сник. Почему она смеется?

— Я сморозил глупость, да?

— Нет! Это действительно очень оригинальное мнение! Я прочла множество отзывов на эту книгу, но, похоже, ты первый, кто разгадал ее тайный смысл. Представь себе, что задумка автора была именно такой, а никто, кроме тебя, до этого так и не додумался. — Кейти смахнула выступившие в уголках глаз слезинки. — Из-за этой книги столько споров, а ты одним махом их перечеркнул. Это поразительно!

— Получается, что я тоже не глупый! — развеселился Флинн.

— Совершенно верно, — с уверенностью ответила Кейти. — А к кому ты приходил в прошлый раз?

— Я? — Флинн вздохнул. — К матери. Она болеет, — небрежно бросил он.

— Надеюсь, ничего серьезного?

— Выздоровеет, — процедил Флинн. — А ты что тут забыла? На вид совершенно здорова. — Он пробежался по ней оценивающим взглядом.

— Да ты мастер ставить диагноз на глазок, — беззлобно сказала Кейти.

— У меня много талантов. Я отлично пеку, неплохо разгадываю кроссворды, а еще могу смастерить стул.

— А вышивать крестиком и вязать не умеешь? — спросила Кейти.

— Нет, но однажды я научил этому своего пса, — ответил Флинн. — Поэтому талант к дрессировке тоже имеется.

— У тебя есть собака?

— Уже нет. — Флинн отложил мороженое: аппетит резко пропал.

— Прости. — Кейти сконфуженно втянула голову в плечи.

— Ничего, это было давно. — Флинн скривился, словно почувствовал вкус самых горьких таблеток. — И все же, почему ты здесь?

— Голова. — Она приложила указательный палец к виску.

— Это не страшно. Голова есть у всех. Люди как-то с этим живут, — попытался пошутить Флинн.

— Только вот моя болит.

— Слишком много думаешь?

— Да, а еще в моей голове сидит много маленьких опухолей. — Кейти невесело улыбнулась.

— А теперь ты меня прости. Иногда сам не знаю, что несу. Давай лучше какой-нибудь фильм посмотрим. — Флинн порылся в рюкзаке и достал несколько кассет.

— Что там у тебя? — вытянув шею, поинтересовалась Кейти.

— «Тараканы-убийцы против осьминогов из космоса», «Человек-работа», вряд ли это увлекательно, — прокомментировал он, — «Унесенные бурей», «Молчание волчат», «Желтый километр», «Одиннадцать лемуров», «Лейси в стране снов».

— Хочу последнее! В детстве я обожала мультфильм про Лейси. Мне так хотелось сбежать в страну снов вместе с ней.

— Такая взрослая, а до сих пор мультики смотришь, — неодобрительно покачал головой Флинн.

— Ты сам его принес!

— Сдаюсь!

Флинн подошел к видеомагнитофону, вставил кассету и нажал на кнопку пуска.

— Подвинься. — Он лег рядом с ней.

Мультфильм был старым и абсолютно волшебным. Лейси путешествовала по невероятному миру снов. Она находила друзей и врагов, тут и там вляпываясь в самые различные чудеса. Кейти не отрывала глаз от происходящего. Во время любимых сцен она с восторгом подпрыгивала и радостно восклицала. Флинн не смотрел на экран, он любовался счастливой Кейти. Каждая ее улыбка придавала ему сил, и жизнь потихоньку обретала смысл. Флинн чувствовал, что Кейти стала для него семьей. Той семьей, которую он потерял в одиннадцать лет и обрел только сейчас.

— Кейти, — шепотом разбудил ее Флинн.

— Что? — сонно пробормотала она, кулаком почесывая глаза. Ни дать ни взять — маленький ребенок.

— Мне пора уходить.

— Уже? — огорчилась Кейти.

— Мне нужно на работу. Я... — Флинн внезапно умолк.

— А кем ты работаешь? — сквозь зевок, спросила она.

— Подмастерьем у злого волшебника.

— Уверена, что это тяжелая работа, — сказала Кейти, вновь зевая.

— Ага, может в лягушку превратить, если ему что-то не понравится, — усмехнулся Флинн. — Если к тебе в палату прискачет лягушка, ты ее не убивай. Это могу быть я.

— Не буду, — дала она слово. — Ты еще придешь?

— Если только смогу найти твою палату. — Флинн почесал затылок. — В этот раз я бродил по больнице полтора часа, спрашивая дорогу у каждой медсестры, которую встречал.

— Нарисуй карту, — предложила Кейти, потягиваясь.

— Боюсь, что из меня плохой картограф. В детстве я нарисовал карту сокровищ, на которой крестиком отметил место, где закопал жестяную банку с наклейками. До сих пор найти не могу.

— Тогда в следующий раз громко прокричи мое имя с улицы, я открою окно и спущу тебе веревку, сплетенную из больничных простыней.

— А почему не прелестную косу? Как в сказке.

— На мои волосы рассчитывать не стоит, — с грустью сказала Кейти, взяв одну из своих каштановых прядей. — Когда наступит день операции, их остригут.

— Волосы — не ноги, отрастут, — постарался утешить ее Флинн.

— А давай, — в глазах Кейти блеснула идея, — ты у меня что-нибудь возьмешь! Какую-то вещь. — Она схватила с тумбочки маленькую книгу и протянула ему. — Вот ее!

— И на кой мне сдалась «Энциклопедия бабочек»? — повернув голову, прочел Флинн название: Кейти держала книгу вверх тормашками.

— Если ты что-то возьмешь у меня, то обязательно вернешься. Ты же не хочешь прослыть вором, ведь так? — Она сощурилась.

— Негодяем, подлецом и мерзавцем — еще ладно, но вором — никогда. Моя честь этого не выдержит, миледи. — Флинн гордо поднял подбородок и прижал руку к груди.

— Там, кстати, и про тебя есть.

— В энциклопедии бабочек? — В его голосе проскочила нотка недоверия.

— Да. — Кейти открыла книгу на нужной странице и тонким пальчиком указала на картинку. — Это бабочка рода Морфо. Такая прекрасная. — Она мечтательно улыбнулась. — За невероятный окрас ее называют частичкой неба, упавшей на землю.

— Как поэтично, — хмыкнул Флинн.

— Раньше считалось, что души людей после смерти становятся бабочками и возвращаются на небо, к себе домой.

— Красивое поверье. — Флинн взял книгу. — А ты бы хотела после смерти стать такой бабочкой? — Он внимательно посмотрел на Кейти.

— Было бы неплохо. — Она опустила глаза. — По крайней мере, я бы наконец-то стала свободной...

Вечер

Флинн опаздывал. Малиновые лучи угасающего солнца ослепляли. Он обещал прийти неделю назад, но мистер Баедд завалил работой по самые уши. Флинн сжал в руках браслет в виде змеи, прикусившей собственный хвост. Именно эту вещицу дала ему Кейти в прошлый раз. Они дружили уже больше года, но она все еще настаивала на этом маленьком ритуале: каждый раз Флинн брал какую-нибудь безделушку с обещанием вернуть ее, чтобы не прослыть вором. Кейти называла это «залогом дружбы». Он ускорил шаг.

Палата напоминала склад. Коробки, обернутые яркой бумагой, стояли покосившимися башенками, которые вот-вот разрушатся. Десятки букетов источали сладкий аромат, заставляя голову кружиться. Ради них где-то разорили целый сад. Кейти лежала, повернувшись к окну.

— Кейти, — позвал ее Флинн, аккуратно пробираясь через стайку воздушных шариков.

Она не отреагировала.

— Черт, да что же такое! — выругался он, отбив огромный воздушный шарик со звездами, который преградил путь. — Ответь мне!

Флинн положил руку ей на плечо. Плюшевый медведь на подоконнике осуждающе смотрел на него пластиковыми глазами.

— Ты опоздал, — сказала Кейти с упреком.

— Я не мог прийти раньше. Хотел, но не мог.

— Торт съели медсестры.

— Прости, знаю, что облажался. — Флинн ладонью потер свою шею. — Но я принес тебе подарок. Хочешь взглянуть? Или будешь остаток дня дуться на меня?

— Подарок? Какой? — Любопытство одержало верх, и Кейти повернулась.

Флинн достал из кармана куртки заколку в виде бабочки. Мастер, сотворивший ее, постарался на славу. Не была бы она сделана из металла и стекла, выпорхнула бы на волю через открытое окно.

— Бабочка Морфо! — Кейти села в кровати и захлопала в ладоши, но ее радость быстро испарилась. — Боюсь, она мне теперь долго не понадобится. Скоро операция, и мне придется распрощаться с волосами.

— Ты же не собираешься до конца своих дней оставаться лысой. Это тебе на будущее, — с улыбкой ответил Флинн.

— Волосы — не ноги, отрастут, — хором сказали они и засмеялись.

— Спасибо, Флинн Морфо. Теперь со мной всегда будет частичка тебя.

— Я думаю, лысина тебе пойдет. И смотри сколько плюсов: расчесываться не надо, не жарко, вши не заведутся, — перечислял Флинн, загибая пальцы.

— Ты хоть что-нибудь понимаешь в девушках? — Кейти покачала головой.

— В девушках — да, а в тебе — нет.

— А я разве не девушка?

— Девушка, конечно. — Флинн замолк, пытаясь ухватить мысль за хвост. — Но мне иногда кажется,

300

что ты сказочный единорог, прикидывающийся человеком. Только зачем тебе это — ума не приложу. Как по мне, быть сказочным единорогом в разы круче.

— Все, — понурилась Кейти. — Моей конспирации конец.

— Я никому не скажу! Честное слово!

Она слабо улыбнулась.

— Флинн, скоро мне должны сделать операцию. Сложную операцию. Возможно, мы видимся в последний раз. — Она утерла выступившие слезы.

— Не говори так! Ты поправишься! Доктора обязательно наведут в твоей голове порядок. — Флинн крепко обнял Кейти.

— Я сама не могу расставить в ней все по местам, куда уж докторам, — пожаловалась она сквозь всхлипы.

Флинн отпрянул, взял Кейти за руки и внимательно посмотрел в ее большие карие глаза.

— Ты. Будешь. Жить. — Он четко произнес каждое слово.

— Мне бы немного твоей веры. Знаешь, а я ведь и не жила толком. Вечно кочевала из одной больницы в другую. Докторов видела чаще, чем родителей. Я никогда не путешествовала, никогда не танцевала в паре, никогда не целовалась...

— Если хочешь, я могу тебя поцеловать, — предложил Флинн безо всякого стыда.

— Ты? — Щеки Кейти мигом вспыхнули.

301

— Да, а что тут такого? Мне говорили, что я отлично целуюсь. — Флинн вытянул губы трубочкой.

Кейти прыснула со смеху.

— Ну вот, — проворчал Флинн, скрестив руки на груди. — А я ведь хотел жениться на тебе когда-нибудь. Теперь передумал. — Он резко отвернулся.

— Прости, но это было бы слишком странно. Ты мне как брат.

— Согласен, — оттаял Флинн. — Ты мне тоже как сестра.

— Тогда зачем предложил поцеловать? — Кейти строго посмотрела на него.

— Хотел, чтобы твой список «Чего ты не делала» сократился хотя бы на один пункт. Не судьба. — Флинн развел руками. — Тогда тебе остается только одно: обязательно выздороветь и найти классного парня, в которого влюбишься. Но только после того, как увижу, что он подходящая пара. Я не доверю тебя какому-то проходимцу-сердцееду.

— С таким грозным «братишкой» останусь я старой девой...

— Не останешься! Вот вылечишься — и сразу начнем искать тебе парня. — Шутливый тон исчез, и Флинн заговорил серьезно: — Так что насчет операции? Как она будет проходить?

— На самом деле это будет не одна операция, а целая серия. Для этого меня введут в искусственную кому. Так иногда делают, чтобы избежать отека мозга.

— То есть ты долгое время будешь без сознания?

— Да. — Кейти подтянула коленки к груди.

— Операции помогут, ведь так? — с надеждой спросил Флинн.

— Трудно сказать... хирурги говорят, что по снимкам сложно составить реальную картину, — робко прошептала она. — Но... если ничего не получится, я бы не хотела просыпаться.

— Почему? Ты бы смогла попрощаться с родными, друзьями.

Флинн с трудом говорил обо всем этом и даже представить боялся, насколько же сейчас сложно было самой Кейти.

— Поэтому и не хотела бы... я не умею прощаться.

302

— Ну и зачем ты выволок меня на крышу? — спросила Кейти, стуча зубами от холода и сильнее кутаясь в плед. — Да еще ночью! — Она чихнула.

— Мы же так и не отметили твой день рождения, — пояснил Флинн, неся с собой корзину для пикника и два толстых одеяла.

— Но мой день рождения был вчера. Ты его пропустил, — напомнила Кейти, все еще обижаясь. — Время не вернуть назад.

— А это мы еще посмотрим, — с вызовом сказал Флинн.

Он достал старые карманные часы, когда-то принадлежавшие его деду. Позолота стерлась, на крышке виднелись следы зубов — напоминание о Ферни, — но стрелки еще крутились, как и полвека назад.

— Только не говори, что эти часы вернут нас во вчерашний день, — захихикала Кейти.

— А ты не смейся, — строго произнес Флинн. — Они действительно это могут, посмотри.

Справа на циферблате было маленькое окошко, которое показывало день месяца. Флинн начал крутить заводную головку и время понеслось назад.

— Вот! Сегодня твой день рождения! — торжественно сказал он. — Эти часы старой закалки и врать никак не могут, им это не подобает.

— Только с тобой я могу отметить свое шестнадцатилетие во второй раз, — засмеялась Кейти, притоптывая на месте от холода. — Как будем отмечать?

— Самым лучшим образом: есть пирожные, пить чай и смотреть на звезды.

303

Одним из одеял Флинн застелил крышу, а вторым укрыл замерзшую Кейти. Он достал из корзины фонари, тарелку с эклерами, две чашки (одна с отбитой ручкой) и термос, в котором плескался горячий чай.

— Ну что, госпожа Катарина? С днем рождения тебя!

Флинн, скрестив ноги, уселся на одеяло. Он зажег фонари, и огоньки тут же затанцевали под свист ветра. Потом налил чай в целую кружку и передал Кейти, надбитую же поставил рядом с собой, чтобы немного остыла: держать ее без ручки было делом непростым, она обжигала пальцы.

— Спасибо, мой лучший друг, — поблагодарила Кейти и поделилась с ним одеялом. — Хочу, чтобы ты тоже дожил до своего дня рождения, а не умер от воспаления легких.

— Мне льстит твоя забота, но эта напасть мне не грозит, — ответил Флинн с набитым ртом: эклеры пошли в ход. — У меня отменное здоровье. — Он ударил себя в грудь.

— Поделись, мне бы немного здоровья не помешало, — вздохнула Кейти, и грусть украла ее улыбку.

— Если бы мог, отдал бы все до последней капли, — признался он.

— Я знаю, — кивнула Кейти. — Погаси фонари, хочу посмотреть на звезды, — попросила она, грея руки о чашку.

Флинн задул неистово пляшущие огоньки, отдав крышу во власть тьме. Кейти неотрывно смотрела на небо, а Флинн на звезды, отражавшиеся в ее глазах.

— Ты знаешь, что свет звезд идет к нам очень-очень долго, — прошептала она. — Мы видим то, какими они были раньше. А вдруг все звезды уже погасли? Вдруг вся Вселенная давно погрузилась во мрак и остались только мы?

— Тогда нам очень повезло, что тьма не успела поглотить нас, — тихо ответил он. — И раз мы еще тут, то нужно жить дальше.

∞

Лампочки в коридоре горели через одну. Флинн двигался перебежками, боясь, что люди мистера Баедда могут следить за ним. Черт! Если бы он не потерял тот злосчастный конверт, то успел бы вовремя! Флинн не знал точной даты операции, но всем сердцем надеялся, что застанет Кейти в сознании. Он машинально проверил карман куртки — не забыл. Заколка в виде синей бабочки с ним. Именно ее отдала Кейти в прошлый раз в качестве «залога дружбы».

«Только бы не поздно, только бы не поздно», — металась мысль в его голове.

Флинн остановился. В палате находились незнакомые ему люди: женщина и двое мужчин (один из них в белом халате, вероятно, хирург).

— Доктор, что это значит? — держа платок у рта, спросила женщина.

— У нас не получилось вырезать опухоли. Их слишком много, и они успели проникнуть в важные участки мозга. Если бы мы попытались что-то предпринять, то она бы умерла прямо на операционном столе. Увы, мы не смогли по снимкам оценить масштаб поражений, все куда хуже, чем мы предполагали.

— И сколько осталось нашей девочке? — задал вопрос мужчина в черном костюме, видимо, отец Кейти. — Что будет дальше?

— Пока что она подключена к системе искусственного жизнеобеспечения. Ее легкие и сердце ослабли, нам нужно время, чтобы вывести вашу дочь из комы. После мы переведем ее на сильнодействующие препараты, чтобы хоть как-то уменьшить боль. — Хирург колебался. — Думаю, ей осталась пара недель, самое большее — месяц. Вы действительно хотите, чтобы мы пробудили ее? Ваша дочь просила этого не делать в случае неудачи, но так как она несовершеннолетняя, то решать вам.

— Да. Мы должны попрощаться с нашей девочкой. — Женщина уткнулась мужу в плечо и заплакала.

— Тогда я больше ничем не могу вам помочь.

— Да, спасибо, доктор, мы все понимаем, — сказал мужчина, обнимая супругу.

Флинн медленно сполз по стене и сел на пол. Он достал из кармана заколку, мельком посмотрел на нее, а после сжал. По руке заструилась кровь. Все-таки опоздал...

Полночь

Когда умирает надежда, в жизни исчезает смысл. Сегодня кто-то бессердечный перережет ножницами злого рока последнюю ниточку, которая держит Флинна на этой земле. И этим бессердечным станет он сам.

Флинн отвлек персонал, устроив в туалете небольшое задымление. В панике и беготне никто не заметил, что он пробрался в палату.

Кейти будто спала. Он захотел подойти и ласково пробудить ее, как уже делал это много раз, но знал, что она не проснется. Заколдованная принцесса не хотела этого. И он никому не позволит нарушить ее волшебный сон.

Флинн медленно приблизился и взглянул на Кейти. Бледная кожа, покрытая испариной, впалые щеки, на которых уже никогда не появятся ямочки; на руках виднелись синие реки вен. Болезнь сделала свое грязное дело, но для него она по-прежнему была красива. Ведь он смотрел не глазами, а сердцем.

Флинн осторожно поцеловал Кейти в лоб, разжал тонкие пальчики и вложил в ее ладонь сломанную заколку-бабочку.

— Я пришел к тебе, как и обещал, — зашептал он. — Я вернул «залог дружбы». Надеюсь, что ты попадешь в страну снов, о которой так мечтала. В место, где нет боли и всегда светит ласковое солнце. Спи спокойно, девушка-единорог. Прощай, милая Кейти.

С этими словами Флинн потянул за провод. Мерно пикающие аппараты умолкли, а насос, наполнявший легкие Кейти кислородом, с протяжным уханьем остановился. Тишина вонзилась в уши. Он взял ее руку и нащупал слабый пульс. Жива... но продлилось это недолго. Сердце Кейти в последний раз стукнуло и навеки замерло. Все кончено.

Флинн вышел в коридор. Осознание беспощадным градом ударило по нему. Что он наделал? ЧТО ОН НАДЕЛАЛ? Кейти — его единственный друг — мертва. И в этом виноват он.

Флинн мчался без оглядки и кричал. Но от себя сколько ни беги — сбежать не получится. Вылетев на улицу, он сел на мотоцикл, ударил по газам и рванул вперед. Но рев мотора не смог заглушить его собственный вой. Что он наделал, что он наделал?! Тогда, в палате, это непростое решение казалось ему правильным. Но когда Кейти умерла, Флинн понял, что не может смириться с последствиями. И пусть он сделал это из сострадания к дорогому человеку — прощения ему нет. Флинн сломал Кейти — так же, как и заколку в виде бабочки, — и уже никогда не сможет отмыть руки от крови. Рана на ладони заживет, а на душе останется навечно.

Он убийца — и это уже никак не исправить.

29

ДЕМОН ВИНЫ

Флинн не мог поднять веки, потому что их больше нет. И его самого больше нет. Огонь вины превратил его в пепел. Дунешь — и он развеется. Не было ни чувств, ни желаний, ни стремлений. Полное забвение — истинная смерть.

— Флинн?

Голос Кейти сотворил невозможное: он вернул Флинна оттуда, откуда еще никто и никогда не возвращался. Он воскрес, как и все умершие чувства. Они с алчностью изголодавшегося зверя раздробили кости, растерзали разум и сожрали сердце. Демон Вины рассыпался на миллионы частиц и поселился в каждой клеточке. Флинн сам стал живым воплощением вины.

— Флинн? — вновь повторила Кейти. — Пожалуйста, скажи что-нибудь.

Сказать? Что-нибудь? Она после всего увиденного еще хочет с ним говорить? Но Флинн не мог вымолвить и слова. Язык будто пронзили сотни острых шипов, он никак не хотел поворачиваться во рту, а в голове точно кто-то отбеливатель пролил. Ни одной мысли — чисто. Так, наверное, выглядит первозданность.

Кейти подошла к Флинну вплотную и взяла за руку. Он хотел отдернуть ее, но мышцы не слушались, они превратились в кисель.

— Прошу тебя, не молчи. — Она прикоснулась к его щеке. — Я не виню тебя.

Глубоко внутри себя Флинн летел и кричал. Невыносимо долго, словно упал в колодец Бесконечности.

— Как ты можешь так говорить? — Собственный голос показался ему чужим. — Ты должна меня ненавидеть!

— Но я не могу, — созналась Кейти.

— Почему? — Слова резали горло, но он продолжал: — Я лишил тебя жизни. Пусть короткой, но ЖИЗНИ! Ты бы еще могла смеяться, радоваться, быть счастливой, но лишилась всего этого! У меня было столько возможностей признаться во всем, но я не решался. Я улыбался тебе и при этом врал. Мне место в самой глубокой и холодной яме, где я буду вечность гнить в полном одиночестве.

— Тогда тебе придется взять меня с собой. — Полуулыбка застыла на губах Кейти. — Я ведь тоже виновата перед тобой...

— Что? — Флинна будто огрели по голове. Он схватил ее за плечи. — В чем, в чем ты можешь быть виновата передо мной?! Кейти, ты всегда была доброй, но это уже слишком! Ты не должна прощать своего убийцу!

— Но я сама попросила тебя об этом. Разве ты забыл?

Флинн медленно опустил руки. Реальность ускользала от него, как песок сквозь пальцы. Еще чуть-чуть — и останется лишь песчинка.

— Помнишь, что я сказала при нашей последней встрече? — Кейти говорила все тише и тише, ее голос медленно угасал, как тлеющий уголек. — Что если ничего не получится с операцией, то я бы не хотела просыпаться.

— Но ты меня не просила...

— Прямо — нет, — перебила его Кейти, — но я посеяла эту идею в твою голову. И прости, намеренно...

— Что?..

— Да, все так. — Глаза Кейти наполнились слезами. — В последние месяцы я потеряла надежду, ты бывал редко и не видел этого. Я чувствовала, что умираю. Если честно, тогда мне казалось, что смерть давно сидит рядом и ждет, когда дыхание покинет мою грудь. Я даже была готова поклясться, что слышала ее голос. Смерть рассказывала о том, что ожидает меня впереди. Ни одно лекарство не помогло бы, не облегчило мук. Сначала я бы перестала видеть, потом слышать, а после и двигаться. Тьма, тишина, невыносимая боль — вот каким было бы мое будущее. Я не хотела уходить так. Я трусиха, Флинн, я такая трусиха. — Она уткнулась лицом ему в грудь и заскулила, как потерянный щенок. — Я знала, что родители будут держать меня до последнего. У них не хватило бы духу отпустить меня раньше, поэтому я попросила тебя. Да, я была уверена, что ты найдешь способ помочь мне, но я не подумала о твоих чувствах — каково будет тебе. Я последняя эгоистка... думала только о себе. Я обменяла свои страдания на твои. Прости меня, прости. Это я виновата в том, что ты теперь живешь в квартале Убийц...

310 Кейти не выдержала и зарыдала. Слезы водопадом боли и отчаянья потекли по ее щекам. С каждым новым всхлипом она вздрагивала все сильнее.

— Тише, тише, — пытался успокоить ее Флинн.

Он обнял Кейти — бережно и ласково.

— Прости меня, прости, — шептала она. — Я предала нашу дружбу. Я предала тебя.

— Я бы сделал все что угодно, только бы тебе стало легче. Я бы впустил в свою душу любую тьму, если бы это сделало тебя счастливой. Ты — моя семья.

Кейти подняла на него заплаканные глаза. Безудержные рыдания больше не вырывались из ее груди.

— Ты простишь меня?

— Да. — И это была чистая правда.

— И ты перестанешь винить себя в моей смерти?

— Да. — А вот это была чистая ложь.

Флинн не мог позволить Кейти снова страдать. Он бы лгал до конца времен, только бы видеть ее счастливую улыбку. Ведь она — его семья, самый дорогой человек в его жизни.

∞

Когда Кейти и Коллин вернулись в свой коридор Прощения, проем в стене зарос. Флинн и Тайло снова остались одни.

— Зачем ты соврал ей?

— Ее счастье для меня превыше всего.

— Но ведь она сказала, что сама этого хотела. — Тайло непонимающе уставился на него. — Почему ты продолжаешь винить себя?

— Наверное, потому что люди странные и загадочные существа, — негромко ответил Флинн, глядя себе под ноги.

— А еще глупые и упрямые, — добавил Тайло.

— Не без этого, — согласился Флинн. — Что дальше?

— Дальше тебе придется сразиться с этим красавчиком. — Тайло указал на маленького красного чертенка на плече Флинна.

— Вот же гад! — рявкнул он.

Флинн хотел расплющить демона, но тот спрыгнул с плеча и, живо перебирая ножками, побежал вперед.

— Беги за ним, он приведет тебя к двери. Встретимся на суде! — Тайло кувыркнулся в воздухе и исчез.

Демон Вины мчался со всех ног, периодически удивленно оглядываясь, будто никак не мог понять, почему его преследуют. Иногда на пути возникали препятствия: то камни падали с потолка, то в полу разверзались дыры, полные темноты. Чем дальше Флинн пробирался, тем плотнее число 226 облепляло стены. Скоро он сам покроется им, точно сыпью.

Демон иногда останавливался и садился на пол. Он покачивал головой, обхватив ее верхней парой рук, и смотрел перед собой отсутствующим взглядом, будто погоня никак его не касалась и он присел отдохнуть и подумать о чем-то своем. Но как только Флинн подбегал ближе и был готов поймать демона, тот исчезал, перемещаясь на несколько метров вперед.

Ничего не видя перед собой от злости, Флинн споткнулся и распластался по полу, больно ударившись лбом. Он поднял потяжелевшую голову. Послышался странный звук: что-то среднее между стрекотом цикады и мучительным стоном — невыносимая пытка для ушей. С трудом встав на ноги, Флинн ощупал голову, думая, что набил шишку, но вместо нее обнаружил свинцовую корону. Он попытался ее снять, но та приросла к нему. Чем больше Флинн старался отодрать корону, тем тяжелее она становилась — еще немного, и шея хрустнет.

Он потерял демона из виду, но далеко впереди замаячил проем. Флинн отыскал на дне легких второе дыхание и побежал. Коридор привел его в пещеру с высокими сводами. Изящная громадная люстра (которая лучше бы смотрелась в каком-нибудь дворце, чем здесь) слегка покачивалась среди сталактитов, разгоняя тьму. На серых бугристых стенах висели зеркала в кованых рамах всевозможных форм и размеров, они мозаикой облепили пещеру до самого потолка.

Демон Вины сидел прямо под люстрой и терпеливо ждал Флинна. Он заметно подрос и снова принял любимую позу: ноги были скрещены, нижняя пара рук лежала на коленях, средняя обхватила живот, а верхняя сжимала голову. Демон не шевелился, а все три пары глаз спрятались под тяжелыми веками. Он уснул? Нет, точно нет: острые уши, короной окружающие голову, немного подрагивали. Демон к чему-то прислушивался. Флинн быстро обвел пещеру взглядом. Никакой двери и в помине нет — одни зеркала, в которых ничего не отражается.

Демон Вины вдруг встрепенулся, что-то заставило его выйти из оцепенения. Он открыл желтый сияющий глаз.

В одном из зеркал появилось изображение матери. Флинн увидел каждую слезинку, пролитую из-за него. Столько бессонных ночей, столько волнений и боли. После того как он сбежал из дома, мать за один день состарилась на тысячу лет. От молодой энергичной женщины ничего не осталось: волосы припорошила седина, слезы высекли на коже первые морщины, а блеск в синих глазах навсегда померк.

— Прости меня, мама, — еле выдохнул Флинн.

Демон Вины разлепил второй глаз.

Другое зеркало показало ему отца. В какой-то момент Флинн стал избегать общения с ним: больше не играл, называл все его затеи глупыми, запирался в своей комнате. Он хотел поскорее вырасти, а отец продолжал видеть в нем ребенка. Это и злило Флинна. Сейчас бы он отдал все на свете, чтобы вновь погонять с отцом мяч, подраться на деревянных мечах или сходить в кино на один из тех фильмов, где патроны никогда не кончаются, а герой после падения с десятого этажа может запросто встать, стряхнуть с плеча осколки и продолжить борьбу со злом. Но время упущено, ничего не вернуть.

— Прости меня, папа, — прошептал Флинн.

Демон Вины поднял тяжелое веко, обнажая третий глаз.

Он успел наделать ошибок и после смерти. Перед ним возник побитый Тайло — испуганный и несчастный. Флинн постоянно забывал, что тот всего лишь ребенок, пусть и в обличье взрослого. Тайло хотел помочь, но в ответ получил боль, которой и так было слишком много в его невероятно короткой жизни.

— Прости меня, Тайло, — почти беззвучно произнес он.

Теперь демон Вины сверлил пространство четырьмя глазами.

Следующее зеркало нарисовало образ Кейти. Флинн увидел ее совсем не такой, какой помнил. Она смирно сидела в кровати, накрыв одну руку другой. Отчаяние бросило густую тень на ее бледное исхудавшее лицо. Флинн так редко бывал у Кейти, столько раз обещал прийти, но не приходил. По разным причинам, но ни одна из них не была достаточно весомой. Флинн так часто оставлял ее одну в этом жутком месте, пропитанном болью, мучением и смертью. Какой же он после этого друг?

314

— Прости меня, Кейти, — едва слышно вырвалось из груди Флинна.

Пятый глаз демона Вины смог увидеть пещеру.

Все оставшиеся зеркала заполнились образами людей, которых когда-либо обижал Флинн. Тут были мальчишки, с которыми он подрался в детстве без причины. Соседка, частенько слышавшая от него грубости. Девчонка, прождавшая Флинна несколько часов у кинотеатра. Она пригласила его на свидание, но он забыл прийти. Директор школы, в адрес которого Флинн написал пару нелестных фраз на стенах той самой школы. Перед ним мелькал калейдоскоп обиды и несправедливости. Никто из этих людей не заслуживал такого обращения. Флинну стало тошно от самого себя. И что он ждал от этого жестокого мира, если порой сам был не лучше?

— Простите меня, — прошелестел он. — Я был не прав.

Шесть глаз демона Вины устремились на Флинна.

Изображения исчезли, зеркала опять пустовали, но продлилось это недолго. Из глубины всех зеркал к Флинну приближался парень в кожаной куртке и джинсах, со светлыми волосами и невероятно синими глазами. Это был он сам.

— Что происходит? — с придыханием спросил Флинн.

— Не ожидал? — сказали отражения в унисон.

— Почему я везде вижу себя? — Флинн не мог сдвинуться с места: свинцовая корона на голове потяжелела еще больше, пригвоздив к полу. Тревога сжала сердце.

— Потому что ты должен простить еще одного человека — самого себя, — ответил хор сотни голосов.

— И в чем смысл?

— В том, чтобы принять себя таким, какой ты есть. Ты не идеален, Флинн. Мы не идеальны.

— Но я думал, что цель всех испытаний в том, чтобы стать лучше.

315

— Это так, — согласился хор. — Но быть лучше — не значит быть безупречным. Даже в самом прекрасном саду человеческой души иногда проклевываются сорняки. Не нужно этого бояться.

— Моя душа — один большой сорняк, — с горечью бросил Флинн. Голову потянуло назад: свинцовая корона прибавила в весе. Он пошатнулся, но устоял.

— Неправда, ты сделал много хорошего.

— Например? Я убил Кейти, я отравил жизнь своей матери, я стал преступником!

— Да, все это было. Но, несмотря ни на что, ты заботился о матери, ты встал на скользкий путь ради нее, а не ради себя. Ты хотел оградить Кейти от боли, зная, что будешь сам страдать. — Голоса, слившиеся в один поток, беспощадно дробили разум Флинна.

— Нет, во мне нет ничего хорошего, — сопротивлялся он, чувствуя, как свинцовая корона снова наливается тяжестью.

— Неправда, прости себя. Прости и прими.

Дверь. Ему нужно найти дверь, о которой говорил Тайло. Флинн с трудом поворачивал голову, отчаянно ища выход, ему больше не хотелось слушать свой внутренний голос. Его взгляд быстро скользил по серебристым поверхностям — ничего. Где же, где же эта чертова дверь?! Ее не может не быть, потому что выход есть всегда! Только Флинн подумал об этом, как на прямоугольном зеркале в дальнем конце пещеры возникла дверная ручка — тяжелая и кованая, под стать раме. Зеркальная дверь.

Демон Вины, перехватив взгляд Флинна, сунул большой палец в рот и раздул щеки. Красное тело взбухло, как тесто на дрожжах. Он рос и рос, заполняя собой пещеру, пока шесть острых ушей не задели огромную люстру. Демон загородил собой дверь.

— От себя не сбежать, Флинн, пойми же это, — синхронно произнесли зеркальные двойники. — Прими себя — и все закончится. Ты уже попросил прощения у всех, кроме себя. Ты достоин его.

— Не достоин! — с жаром запротестовал Флинн.

— Зачем ты мучаешь себя? — Голоса зазвенели сильнее. — Кому от этого станет легче?

— Разве человек не должен раскаиваться?! — Флинн упал на колени: вес короны заставил его опуститься. — Разве не должен расплачиваться за свои проступки?!

— Утопать во мраке своей души легко, для этого ничего не нужно делать. К чему приведет твое безграничное чувство вины? Да, ты часто ошибался, но прими себя, и тогда поймешь, куда нужно идти, чтобы стать лучше. В этом весь смысл.

— Но как? Как это сделать? Вам легко говорить! Вы всего лишь холодные и бесчувственные отражения! Быть человеком трудно!

— А быть хорошим человеком еще труднее. Для этого ты должен принять в себе худшую сторону, а после двигаться от нее, а не к ней. Когда ты идешь на восток — ты всегда идешь с запада. Так и здесь.

— Нет, — ответил Флинн, медленно мотая головой. — Я не смогу. Не смогу простить себя.

— В тебе говорит твоя слабость! — От гула зеркальных голосов задрожали стены.

Демон Вины встал и угрожающе навис скалой. Огромная ступня приподнялась и рухнула. Бум! — ударная волна повалила Флинна на спину. Он перевернулся, а потом с невероятным усилием оторвал тело от пола, выпрямился и медленно побежал к коридору, откуда пришел. Демон тяжелой поступью направился за ним. Но Флинн вовсе не думал убегать. Он хотел отвлечь демона, отвести подальше от двери, чтобы у него был шанс добежать до нее и выбраться отсюда. Когда Флинн почти добрался до проема, демон нерасторопно наклонился и попытался прихлопнуть его, как муху, но он отпрыгнул вбок. Красный громила не успел затормозить и шмякнулся лбом о стену, сбив ушами несколько сталактитов. Флинну нужно было действовать быстро, пока демон не пришел в себя. Он почти добрался до цели, но тут его повалила вторая ударная волна. Флинн перевернулся на спину, и громадная ступня неожиданно обрушилась на него. Демон одной ногой встал ему на грудь, не давая сдвинуться.

«Зараза! И как только побороть эту махину?! Уже согласен и на ту иголку, которую предлагал Тайло!» — подумал Флинн с отчаянием.

Он хотел поднять голову, но демон надавил сильнее и зарычал ему в лицо. Флинн дернулся и ударился затылком об пол, свинцовая корона высекла искры. Он с болезненным стоном прикоснулся к голове. Один из волосков был слишком уж жестким. Флинн выдернул его, но это оказался не волос. Это была та самая иголка, которую выбросил Тайло!

«Важные вещи никогда не теряются», — прокрутил он в мыслях слова психофора.

Выжав из себя последние капли сил, Флинн с боевым кличем воткнул в демона иглу, но даже не поцарапал. Вспомнив, что в Чистилище все устроено иначе, он доверился своему чутью и поднес иглу к губам.

— Прости, — прошептал он.

Игла стала немного больше. Поняв, что задумка работает, Флинн продолжил.

— Прости, — сказал он.

Игла стала размером с шило.

— Прости! — воскликнул он.

И она увеличилась еще, став клинком.

— Прости! Прости меня!

Теперь Флинн держал в руках железное копье. Он замахнулся им и проткнул демона Вины. Тот издал протяжный свист, и его тело начало сдуваться, как лопнувший мяч. Кожа демона тяжелым занавесом рухнула на пол. Выбравшись из-под нее, Флинн поднялся на ноги и побежал к двери.

— Ну же, прости себя! Прости! Это твой последний шанс! — со стеклянным звоном прокричали зеркальные двойники.

— Нет! И никогда не прощу! Я не достоин прощения! — Голос Флинна пронзительным эхом разлетелся по пещере.

Зеркала разбились — все, кроме одного. Дверь была цела. Осколки стали магнитом притягиваться к Флинну, облепляя тело, облачая его в серебристые доспехи. Он замедлился. Ну же, еще чуть-чуть! Почти дотянулся! Флинн схватился за ручку, но повернуть ее не успел. Зеркальный кокон сомкнулся вокруг него. Все пропало.

30 СТРАШНЫЙ (ИЛИ НЕ ОЧЕНЬ) СУД

— Тишина! Суд идет! — проквакал тощий парень в костюме цвета весенней травы и открыл дверь.

Внешность у него была, мягко говоря, очень странной: огромные круглые глаза, вылезающие из орбит, маленький конопатый нос и слегка зеленоватая кожа. Ни дать ни взять — лягушка.

В зале заседаний находился длинный судейский стол, а еще стул для подсудимого, на котором и сидел Флинн. Стены были обклеены пожелтевшими листами с перечнями различных законов и списками всевозможных правил. В далекие времена их придумали люди, но, когда законы устарели и ими перестали пользоваться, они попали сюда. Так что этот зал в прямом смысле был цитаделью правосудия.

Флинн оглянулся, за его спиной с невозмутимым лицом стоял Тайло. Хоть друг рядом с ним.

Из комнаты судей выплыли двое. Рыжеволосый мужчина в сером костюме прошел за судейский стол и занял свое место. Эон выглядел старше, потому что за окном наступил вечер. За ним важно проследовала лысая кошка с женским лицом и большими глазами. Сфинкс грациозно прыгнула на стул. Пустовало лишь одно место.

— А где Аяк? Опять опаздывает? — недовольно спросил Эон у Сфинкс.

Она пропустила его слова мимо ушей и принялась вылизывать переднюю лапу.

— Эй, ты! — Эон обратился к парню-лягушке. — Сходи проверь, на месте ли наш безответственный властелин мудрости.

Пучеглазый засуетился и уже хотел проскользнуть в комнату судей, но в этот самый миг из проема на него вылетел старик с короткой бородой и сбил беднягу с ног. Господин Аяк смотрелся эффектно: гранатовый костюм, расшитый золотыми асфоделями, галстук-бабочка цвета незабудок, на глазах круглые очки с темными линзами, а на ногах ролики. Самые обычные, на которых детвора летом гоняет по улицам. Ворвавшись в зал заседаний, господин Аяк принес с собой аромат луговых цветов и немного солнечного света.

— Не надо меня искать, я уже здесь! — весело сказал господин Аяк.

— Ты опоздал! — возмутился Эон, взглядом меча молнии.

— Для справки: повелитель времени — жмот! Каждую минуту считает! Эй, зануда Эон, в твоем кармане вечность! Тебе мало, что ли? — задорно хихикнул господин Аяк и сделал круг по залу. — Прошу внести в протокол: старина Эон — тот еще скопидом! — почти в рифму пропел он.

— Что за дерзость?! — задохнулся рыжеволосый судья, багровея.

Тем временем паренек-лягушка что-то быстро записал в блокнот.

— Не записывай это, болван! — гаркнул Эон.

Паренек испугался, уронил карандаш и вытянулся в струнку.

— Что такое «скопидом»? — украдкой поинтересовался Флинн у Тайло.

— То же самое, что и скупердяй.

— Сядь уже на место, Аяк! — приказал Эон, чья раскрасневшаяся кожа почти сливалась с рыжими бровями. — Мы на суде, а не в цирке.

— А как по мне, то разница небольшая. Что то, что другое — представление. Различие только в декорациях, и на суде, как правило, мало кто смеется, — в глубокой задумчивости произнес господин Аяк. — Хотя если клоуны не смешные, то в цирке тоже не особо весело.

— Клоуны есть везде, — философски подметила Сфинкс.

— Вот! Даже Сфинкс со мной солидарна!

— Здесь только один клоун — и это ты, Аяк! — огрызнулся Эон.

— И все же утренний Эон мне нравится больше, с ним хотя бы можно в шахматы поиграть. — Господин Аяк наконец-то занял свое место за судейским столом.

— Слава творцу! Можем начинать. — Эон взял со стола папку с документами и прочистил горло.

— Нет! Стойте! Я еще не готов! — громко возразил господин Аяк. — Я в судейском смысле практически голый. На мне нет парика!

— Зачем он тебе? — осведомился Эон, теряя остатки терпения.

— Какой же я судья без парика? Это традиция! Если ее не соблюдать, то она канет в небытие. А в мире и так слишком много хорошего исчезло: сумчатые волки, саблезубые тигры, совы-хохотуньи, немое кино, рыцарские поединки. Ничего из этого не осталось, все исчезло! — Господин Аяк зачем-то полез под стол.

— При чем тут тигры, рыцари и совы?!

— При том, что если о чем-то не заботиться, то оно имеет свойство исчезать, — послышался сдавленный голос господина Аяка. — И вообще! Парики без судей бывают, а судьи без париков — никак! Нонсенс и провокация!

Господин Аяк вылез из-под стола, и теперь на его голове имелся парик, только вовсе не судейский, а женский. Длинные каштановые волосы сделали его похожим на постаревшую рок-звезду.

— Кажется, я готов, — возвестил господин Аяк и, широко улыбаясь, положил подбородок себе на ладошку.

— И ты будешь в таком виде заседать? Ты же посмешище! Сними это немедленно и не трать наше время.

— Прошу занести в протокол: Эон вовсе не глупец, а просто-напросто скупец, — отозвался господин Аяк.

— Не заносить! — крикнул Эон, сердито глянув на паренька-лягушку. Тот втянул голову в плечи и дрожащей рукой опустил карандаш. — Начинаем заседание!

— Подожди! — опять перебил его господин Аяк и достал из-под стола небольшой топор.

— Аяк, быстро убери его! Ты уже разбил им десять столов за неделю! ДЕСЯТЬ! — раздраженно прорычал Эон. — Судьи стучат по столу молотком, а не топором! Запомни хотя бы это!

— Какой в этом смысл? Молотком ничего не разрубишь! — Господин Аяк провел рукой по гладкой поверхности стола.

— Он нужен, чтобы привлечь внимание!

— Ой, скажи еще, что топор внимания не привлекает! — съехидничал господин Аяк.

— Смысл в том, чтобы привлечь внимание и оставить стол целым, — с нажимом произнес Эон.

— Это же так скучно! А как же экспрессия, зрелищность? Нет, я так не играю, — надулся господин Аяк. — Либо у меня будет топор, либо у вас не будет третьего судьи.

Эон укоризненно покачал головой.

— Начинаем заседание! — снова начал он. — Слушается дело Флинна Морфо, умершего в неполные семнадцать лет, ныне проживающего в квартале Убийц в доме Раскаявшихся. Причина смерти: утопился.

— Раз он утопился, то почему живет не в квартале Самоубийц? У нас там мест не осталось? — спросил господин Аяк. — Короче, паренек, иди с миром, только больше не повторяй подобную глупость. Жизнь так прекрасна, цени ее. Дело закрыто! — Он замахнулся, и лезвие топора вонзилось в стол. Во все стороны полетели щепки.

— Поправка: подсудимого утопили, — процедил Эон. — Прибыв в Чистилище, он попал под опеку психофора № 456. После прохождения лабиринта Упущенных Моментов подсудимому были выданы Всевидящим Мудрецом такие номера: 92, 455, 226, которые соответствуют следующим испытаниям: океану Гнева, болоту Безысходности и коридору Прощения. Первые два задания господин Морфо успешно выполнил, а с третьим не справился.

— Какая жалость! — огорчился господин Аяк.

— В первом испытании, — продолжил Эон, — демон Злобы напился крови обвиняемого и вымахал до размеров огромной акулы. Подсудимый усмирил его веревкой Самообладания.

324   — Да-да! Самообладание — это определенно важное качество, не так ли, мой милый друг? — Господин Аяк ткнул рыжеволосого повелителя времени в живот.

— После, — громко задышав, сказал Эон, — подсудимый в болоте Безысходности решил помочь одному несчастному, который в прямом и переносном смысле сел ему на шею.

— Бывают же нахалы! — возмутился господин Аяк, положив голову на плечо Эона, словно на подушку.

— Скинув с себя ответственность за чужую судьбу, обвиняемый сразился с демоном Уныния, — со сжатыми зубами проговорил Эон, пытаясь игнорировать все выходки взбалмошного коллеги. — Демон был побежден конфетами Счастья и Радости.

— Точно! У меня же есть конфеты. Угощайтесь! — Господин Аяк достал из кармана пиджака конфеты в ярких обертках и подкинул их в воздух.

Сфинкс с вялым интересом принялась играть с одной из них, как с мышью. Эон закрыл глаза и сделал глубокий вдох.

— На, скушай леденец, подсахари свое кислое личико.

Господин Аяк развернул конфету и насильно засунул ее Эону в рот. У того глаза чуть не вылезли. Яркий леденец мигом затрещал и зашипел, изо рта Эона повалила пена, переливавшаяся яркими цветами. Судья походил на сломавшуюся стиральную машинку, в которой зачем-то постирали радугу.

— Хватит! Это уже слишком! Я буду жаловаться Танату! — загрохотал Эон, вытирая губы.

— Кажется, я дал тебе не ту конфету. — Господин Аяк снял очки и, сощурившись, пытался прочесть надпись на обертке. — Нет, все верно. Конфета «Безграничной Радости». Наверное, у тебя аллергия на радость, потому что со стороны кажется, что ты проглотил «Бескрайнее Раздражение».

— У меня аллергия только на тебя! — выплевывая остатки леденца, рявкнул Эон. — Продолжаем заседание! В коридоре Прощения подсудимый смог пройти пять этапов из шести. Также он проткнул демона Вины, который значительно потерял в размерах, но все же полностью не исчез.

— И кого же он не смог простить? — подала голос Сфинкс. В ее глазах вспыхнуло любопытство.

— Себя, — сказал Эон.

— Частая проблема, — отметила Сфинкс.

От ее внезапно возникшего интереса и следа не осталось. Она вновь принялась вяло играть с разбросанными по столу конфетами.

— Простить и принять себя всегда страшно. — Господин Аяк часто закивал.

— Защита! — неожиданно громко обратился Эон к Тайло.

— Я здесь, — спокойно отозвался психофор.

— Вы наблюдали за всеми испытаниями. Какую оценку вы можете дать своему подзащитному? — Эон сцепил руки в замок, приготовившись внимательно слушать.

— Я считаю, что он справился достойно. Ни для кого не секрет, что коридор Прощения — самое сложное испытание. Мало кто проходит его с первой попытки.

— Это так, — согласился Эон.

— Совершенно и безусловно так, — поддакнул господин Аяк.

— А что насчет драки с вашим подопечным? — Взгляд Эона прыгал от Флинна к Тайло, точно мячик. — Вы использовали прием «мгновенная карма».

— Было дело, — кивнул Тайло.

326   — Драка! — отчего-то развеселился господин Аяк. — И каков был счет?

— 1:3 в мою пользу. — Тайло хитро покосился на Флинна. — Мой подопечный испытал на себе втрое больше, чем я.

— А кто из вас остановил драку? — с азартом поинтересовался господин Аяк.

— Никто. Нас разнял сам Дом.

— Какой заботливый Дом! — расчувствовался господин Аяк. — Порой нечто неодушевленное способно проявлять поразительную душевность.

— То есть даже после океана Гнева подсудимый плохо справляется со своей яростью? — уточнил Эон, забарабанив пальцами по столу. — Покончив со старыми демонами, он принялся взращивать в себе новых?

— Да, такая проблема существует, — неохотно признался Тайло. — Но он старается.

— Одних стараний мало, нужен результат, — подытожил Эон, что-то нацарапав в документах.

— Я считаю, что он есть, — не согласился Тайло.

Психофор держался холодно, прямо как Танат, а вот Флинна пробирала нервная дрожь.

— Ему нужно время, — продолжил Тайло. — Я уверен, что в будущем он со всем справится. И я готов быть его психофором до тех пор, пока это не произойдет.

У Флинна от сердца отлегло, он хотя бы будет не один.

— Эон, слышал? Им нужно время! Ну так что? Отмеришь мальчишкам пару веков? Или снова включишь режим скряги? — спросил господин Аяк.

Эон проигнорировал язвительный выпад в свой адрес.

— Ох, мой милый друг, ты стал экономить не только время, но и слова, — вздохнул господин Аяк. — Ладно, поболтаем в другой раз. Пора приступать к следующему этапу. Вызовите первого свидетеля! — Он ударил топором по столу.

Свидетели? Флинн почему-то думал, что их не будет. Слева от судейского стола возникла небольшая трибуна. В зале потух свет, как перед киносеансом. Так как вечер за окном незаметно перетек в ночь, стало совсем темно. Внезапно на трибуне зажглась настольная лампа в красном абажуре, ее включил доктор Месмер.

— Уважаемый доктор Месмер, что вы можете сказать о подсудимом? Какова ваша профессиональная оценка? — спросил Эон серьезным тоном.

Флинн напряг зрение, стараясь рассмотреть лица трех судей в полумраке.

— Нам важно знать ваше мнение, — задорно прибавил господин Аяк.

— Я считаю, что чрезмерная эмоциональность мешает господину Морфо здраво размышлять, — начал доктор Месмер с присущей ему рассудительностью. — Иногда он легко поддается влиянию момента, а иногда закрывается в себе, сажая все чувства под замок. Он категоричен, вспыльчив, упрям, своенравен, с трудом признает свои ошибки. В общем, обычный подросток.

Флинн почувствовал раздражение. Раньше он думал, что доктор Месмер на его стороне. И как он только мог ему довериться, раскрыть душу, вывернуть наизнанку и показать себя настоящего?

— Но я бы хотел отметить и другую сторону этой самой эмоциональности. Господину Морфо не чужды доброта, сострадание, забота, самоотверженность. Если он научится управлять своими эмоциями, балансируя между ними, то из него может выйти достойный человек.

Флинн моментально оттаял. Зря он плохо подумал о докторе Месмере. Ему стало немножечко стыдно.

— Спасибо! — поблагодарил Эон доктора Месмера. — Вызовите второго свидетеля.

Настольная лампа на трибуне погасла — на голову будто штору накинули. Флинн не успел моргнуть, как полумрак снова воцарился в зале суда. На этот раз единственный источник света включила комендантша дома Раскаявшихся — суровая мадам Брунхильда.

— Ой, здравствуйте, мадам Брунхильда! — с широченной улыбкой поприветствовал ее господин Аяк.

— И вам не болеть.

Старуха окинула судью неодобрительным взглядом и тихо фыркнула. Ей, как воплощению дисциплины и порядка, явно не очень-то понравился вызывающий вид господина Аяка, но она тактично промолчала.

— Что вы можете сказать о подсудимом?

— А что о нем говорить? Оболтус и неряха! — категорично высказалась мадам Брунхильда. — Один раз полез туда, куда не просили, и наводнил комнату тайнами, в другой раз устроил полную разруху. Он решил, что меня можно водить за нос. — Она одарила Флинна лютым взором. — Не на ту нарвался, мальчик!

— Это все показания?

— Нет! — громко возразила мадам Брунхильда. — Я считаю так: тот, кто не может навести порядок в своей комнате, никогда не наведет порядок в своей голове. Взять хотя бы шкаф с вещами. У кого-то все разложено по цвету и размеру — сразу ясно, что за человек. Серьезный и дисциплинированный. А у кого-то страшный бардак — ничего не найдешь.

— А как же творческий беспорядок? У меня он часто бывает. Прямо-таки прописался в моем доме, никак выгнать не могу! — пожаловался господин Аяк.

— Мне кажется, что когда вокруг полная разруха и грязь, то это скорее творческая лень, нежели творческий беспорядок, — сказала мадам Брунхильда. — У серьезных людей все находится строго на своих местах.

— Спасибо, мадам Брунхильда, можете идти, — растягивая слова, произнес Эон. — Вызовите следующего свидетеля!

Лампа опять погасла и зажглась. Теперь свет включила светловолосая девочка в голубом платьице. Это была Коллин — психофор Кейти. Девочка стояла на стуле, чтобы ее было видно из-за трибуны.

— Приветствуем вас, психофор № 3469. — Эон сделал очередную пометку в документах.

Девочка посмотрела в сторону Флинна и Тайло и чуть заметно помахала им.

— Каковы ваши мысли насчет подсудимого?

— Могу сказать лишь одно, — вымолвила Коллин дрожащим от волнения голосом, — то, что не раз говорила самому Флинну: он лучше, чем думает о себе.

— Это, конечно, замечательно, но нельзя ли, — Эон заколебался, пытаясь подобрать нужное слово, — конкретнее.

— Мне кажется, что в нем много доброты и силы, но он всегда отдает ее другим, а себе ничего не оставляет, — прощебетала Коллин. — Именно поэтому у него не получилось простить себя. — Она застеснялась и, отведя взгляд, начала перебирать крохотными пальчиками ленты на своем платье.

«Крошка Коллин, не делай из меня героя. Не путай чудовище с рыцарем на белом коне», — подумал Флинн.

— Интересное мнение. Что ж, спасибо, — сказал Эон и плотно сжал губы.

Лампа погасла, и тьма снова выползла из всех щелей. Послышался грохот: господин Аяк опять рубанул топором по столу. На потолке зажглась люстра, ярко осветив зал и троих судей. Эон очень постарел, его волосы были почти седыми, Сфинкс, как и раньше, не проявляла интереса к происходящему, а господин Аяк снял парик и усердно чесал голову.

— Мы услышали все, что хотели, — подытожил Эон.

— А я нет! — расстроился господин Аяк. — Я хотел услышать длинную историю, полную захватывающих приключений, верных коней, погонь и дам, падающих в обмороки.

— Кони и дамы будут как-нибудь в другой раз, — пробубнил Эон, собирая документы в кучу. — Суд удаляется на совещание! Свое решение подсудимый сможет узнать, подкинув Монету Судьбы.

Аяк замахнулся топором и разрубил уже одиннадцатый стол за неделю.

$$\infty$$

Флинн и Тайло покинули здание суда. Ночь обняла их прохладным ветерком. На небе собралась толпа из нескольких десятков лун, которая с интересом глазела вниз, будто тут творилось что-то невероятно увлекательное.

— Спасибо тебе, — сказал Флинн, сев на ступени.

— За что?

— За готовность быть моим психофором до конца.

— Друзья не бросают друг друга, — улыбнулся Тайло, присаживаясь рядом.

— Но если честно, мне кажется, что мое место все-таки в Лимбе, — пробормотал Флинн и поежился.

— Я тебе уже сто раз говорил, — сердито сказал Тайло, — выкинь из головы эти глупые мысли! Ты не настолько плох, чтобы быть там. Не занимай чужое место. — Он посмотрел на небо. — Откинь все мысли и насладись этой красотой, об остальном подумаешь завтра.

Но Флинн так и не смог отвлечься. Он вертел в руках золотую монету, на одной стороне которой была изображена бабочка, а на другой ухмыляющийся череп. Сложно ни о чем не думать, когда где-то там трое загробных судей решают твою судьбу...

31 СДЕЛКА С ЛУКАВЫМ

— К тебе гости, — сообщил Тайло еще до того, как кто-то успел постучать в дверь. Психофор, как всегда, сидел на подоконнике.

— Я никого не жду, — удивился Флинн, встав с кровати.

— Это тот лоснящийся дружок Кейти, как его... — Тайло призадумался, стараясь вспомнить имя, — Хорхе, Хоакин.

— Хавьер, — подсказал ему Флинн, открывая дверь.

На пороге действительно стоял Хавьер, и одет он был куда опрятнее, чем обычно: рубашка выглажена, темно-коричневый костюм сидел как влитой, туфли хорошо начищены. Темные кудри перестали неприятно лосниться, а худое лицо приобрело здоровый вид.

— Мне нужно серьезно с тобой поговорить, — беспардонно начал Хавьер.

— И тебе доброе утро, — сказал Флинн, впуская незваного гостя внутрь. — С нашей последней встречи ты прям похорошел. Витамины пьешь?

— Это Катарина на меня так влияет, — с важным видом произнес Хавьер. — Мой ангел делает меня лучше.

332

— Рад за тебя, — ответил Флинн. — И за нее, если ты тоже делаешь ее счастливой.

— Она стала бы еще счастливее, если бы не ты! — вспыхнул Хавьер.

— Прости, Хави, — фамильярно обратился к нему Флинн, — но я ничего не понимаю. При чем здесь я? Теперь ты в ответе за ее счастье. Или я не прав?

— В каком-то смысле прав. Но на некоторые вещи мне, увы, никак не повлиять, поэтому я и пришел к тебе. Скажи, судьи уже вынесли решение по твоему делу? — приподняв брови, спросил Хавьер.

— Нет. — Флинн вздохнул.

— А Катарина уже получила ответ. — Хавьер сделал паузу, нагнетая атмосферу до предела. — Ее Монета Судьбы упала бабочкой вверх, она отправится в Небесные Чертоги.

— Но ведь это же замечательная новость! — воскликнул Флинн, хлопнув Хавьера по плечу, как старого друга.

— Была бы, — процедил Хавьер сквозь зубы, — если бы не ты. Катарина не хочет уходить без тебя.

— То есть она не хочет уходить без меня, но при этом спокойно уйдет без тебя? — Флинн вопросительно уставился на Хавьера.

— Я собираюсь просить Великий Суд дать мне еще один шанс. Я вновь пройду все испытания. И поверь, очень скоро присоединюсь к моему ангелу. Она будет ждать меня.

— Отлично, я желаю ей счастья и любви, но все еще не понимаю, при чем здесь я.

333

— При том, что она чувствует ответственность за все, что произошло между вами. Она уверена, что ты скоро попадешь в Небесные Чертоги вместе с ней, но Катарина не знает, что ты не смог пройти коридор Прощения до конца. — Хавьер сузил светло-голубые глаза и стал похожим на лиса.

— Откуда ты?..

— Не имеет значения, — отрезал Хавьер.

Флинн подозрительно покосился на Тайло.

— Это не я! — возмущенно фыркнул он. — Как ты мог подумать? Дружишь тут, дружишь, вечно спасаешь его шкуру, выслушиваешь нытье, а он еще имеет наглость подозревать в подобном! — Тайло обиженно отвернулся.

— Катарина не уйдет, пока не будет уверена, что ты тоже попадешь в Небесные Чертоги. Будет ждать тебя здесь до последнего.

— Тогда я снова пройду испытания и...

— Но не факт, что у тебя получится пройти коридор со второй попытки, — перебил его Хавьер. — На это могут уйти годы, столетия! Ты это понимаешь?!

— Пусть так! — рявкнул Флинн. — Она ведь счастлива здесь. Нашла друзей, встретила того, кто ее полюбил.

— Это все видимость! Квартал Потерявших Надежду — ужасное место. Она храбрится, улыбается, но я постоянно вижу слезы в ее глазах. Катарина и так достаточно страдала, ее место в Чертогах, только там она будет по-настоящему счастлива.

— Ты хочешь, чтобы я ее переубедил?

— Это невозможно! — Хавьер махнул рукой. — Я пытался. Много раз. У тебя тоже вряд ли получится.

— Тогда чего ты ждешь от меня? — нахмурился Флинн.

— Действий! — пылко сказал Хавьер. — Есть другой способ повлиять на нее.

334

— И что я, по-твоему, должен сделать? — спросил Флинн.

— Поругайся с ней! Порви все связи! Обидь ее! — предлагал Хавьер, активно жестикулируя. — Пусть она рассердится! Пусть возненавидит!

— Плохо ты знаешь Кейти. — Усмешка исказила губы Флинна. — Это не подействует, она сразу все поймет.

— Но если ничего не делать, то ничего и не получится! Заставь ее забыть о себе! — закричал Хавьер.

— Уходи, — сказал Флинн.

— Нет, я не уйду, пока ты не пообещаешь...

— Уходи! — настойчивее повторил Флинн.

— Будь мужчиной! — гаркнул Хавьер, сжав кулаки.

Атмосфера накалилась. Еще немного, и между ними начнут сверкать молнии вражды.

— Что? Вызовешь меня на дуэль? — с издевкой спросил Флинн.

— Если надо, то вызову, — выпрямившись, бесстрашно заявил Хавьер.

— Боюсь, что для этого мы оба слишком мертвы. А теперь проваливай из моей комнаты, пока я не вышвырнул тебя! — Флинн резко указал на дверь.

— Хорошо, я уйду, — нехотя согласился Хавьер. — Но мы еще не закончили, Флинн Морфо, — грозно добавил он.

Хавьер крутанулся на каблуках, напряженной походкой вышел из комнаты и с грохотом захлопнул за собой дверь.

— Его можно понять, — сказал Тайло.

— Только не начинай, — предупредил Флинн и застонал, потирая глаза.

Перепалка с Хавьером выбила его из колеи. В ожидании приговора он и так был как на иголках. Неужто Хавьер подумал, что судьба Кейти ему безразлична? Да он бы все сделал, только бы чаще видеть ее улыбку! Но Кейти, к несчастью, обладала феноменальным упрямством, с которым сколько ни сражайся — все равно проиграешь.

Внезапно он почувствовал в кармане куртки жжение, словно кто-то положил туда раскаленный уголек.

— Приговор, — с придыханием произнес Тайло. Он спрыгнул с подоконника и оказался рядом с Флинном. — Они вынесли приговор по твоему делу! Проверь монету!

Флинн трясущимися руками достал Монету Судьбы, которая сияла не хуже солнца. Он растерялся.

— Подбрось ее! — подсказал Тайло.

Флинн положил золотой кругляш на большой палец и, зажмурившись, подбросил. Он подумал, что господин Аяк опять забавляется с Часами Вечности. Время тянулось, как растаявшая карамель. Наконец-то монета с лязгом упала на пол и покатилась под стол. Флинн бросился за ней.

— Ну? Что там? Что? Ну?! — тараторил Тайло.

Слова закончились. Флинн в одно мгновение забыл их все. Он со стеклянными глазами поднялся с пола, подошел к кровати и рухнул на нее.

— Неужто Лимб? — испуганно спросил Тайло.

— На ребро. Она упала на ребро.

— Тьфу, ну тебя к черту! Напугал! Это не так плохо! Тебе дают шанс.

— Посмотри, что написано на ребре. — Флинн вяло протянул ему монету.

Тайло сощурился, всматриваясь в мелкие буквы.

— «Решение не вынесено. Новое слушание через девять лет», — прочитал он вслух.

Повисло гнетущее молчание.

— Ну... девять лет — не так много, — постарался утешить его Тайло.

— И все это время Кейти будет ждать меня здесь...

336

Флинн сидел на лестнице. За его спиной возвышалось белоснежное здание загробного суда. Он с отсутствующим видом подбрасывал Монету Судьбы, которая каждый раз падала на ребро. Надоело. Флинн размахнулся и со злостью швырнул монету куда подальше, но та сразу вернулась в его карман. От своей судьбы просто так не избавиться.

— Парень, твой психофор сказал, что ты хочешь поговорить со мной.

Флинн обернулся на голос. Над ним навис господин Аяк, одетый в бирюзовый костюм с золотистыми разводами. Судья напоминал тропическую рыбку.

— Да, это так, — подтвердил Флинн и начал подниматься на ноги.

— Не вставай. — Господин Аяк жестом остановил его и сел рядом. — Прости, что встречаемся не в моем кабинете, там случились потоп, пожар и одновременно землетрясение. Ума не приложу, как это произошло! Я всего лишь вскипятил чайник.

Флинн ему поверил, потому что с господином Аяком могло запросто приключиться и не такое чудо. Он сам был ходячим чудом.

— Ничего страшного.

— Хочешь чашечку чая? — вежливо предложил господин Аяк.

— Можно, — кивнул Флинн.

Судья постучал по ступени слева от себя. На ее гладкой мраморной поверхности показалась маленькая белая дверца, похожая на дверцу кухонного шкафчика. Господин Аяк открыл ее и достал две чашки и дымящийся чайник, от которого тянулся умопомрачительный аромат. Он засунул руку поглубже и извлек на свет жестяную коробочку. «Радужный взгляд» — гласила яркая надпись. Странное название. Внутри лежали разноцветные леденцы. Господин Аяк закрыл дверцу, и она снова слилась со ступенькой, став с ней единым целым.

337

— Это мой тайник, — прошептал судья. — Ты только никому не говори о нем, иначе смертные сопрут все сладости.

— Не скажу, — поклялся Флинн.

Господин Аяк налил полную чашку и протянул ему.

— Спасибо, — сказал Флинн, принимая угощение.

— Тебе левые запонки или правые? — на полном серьезе спросил господин Аяк.

— Что?

— С какими запонками будешь пить чай? С левыми или правыми?

— Пожалуй, буду вовсе без них, — ответил Флинн, недоуменно глазея на судью.

— Дело твое, но, как по мне, с запонками все же вкуснее.

Господин Аяк снял запонки, и те незамедлительно превратились в кубики сахара. Он высоко подкинул их и вытянул перед собой ладонь, на которой стояла чашка с блюдцем, но бывшие запонки не спешили возвращаться из своего полета.

— Так о чем ты хотел со мной поговорить?

— У меня проблема.

— Слушаю.

Наконец-то кубики сахара с всплеском упали в чай господина Аяка и пошли ко дну. Судья снял зажим для галстука, с которым тут же произошла чудесная метаморфоза: он стал серебряной ложечкой с витиеватым узором.

— Дело в том, что моя близкая подруга, можно сказать, сестра...

— Так подруга или сестра? Не путай меня, — сказал господин Аяк, сосредоточенно размешивая сахар в чашке.

— Подруга. Так вот, — продолжил Флинн, — суд решил отправить ее в Небесные Чертоги.

— Это же замечательно! — Господин Аяк так обрадовался, что расплескал половину чая.

— Да, — согласился Флинн. — Но она не хочет уходить туда без меня.

— И ты просишь отправить тебя с ней? Мне очень жаль, но это невозможно! Решение суда не оспаривается.

— Нет-нет, я хочу не этого! — торопливо ответил Флинн. — Я хочу, чтобы она отправилась туда, пусть и без меня.

— Но она и так отправится туда. Хочешь леденец? — Господин Аяк протянул ему коробочку.

— Нет, спасибо.

— И правильно! В них столько красителей. — Господин Аяк сунул леденец за щеку, и его голубые глаза окрасились в фиолетовый цвет. — М-м-м, виноградный.

— Но она не хо-о-очет, — сказал Флинн, удивившись переменам в образе судьи. — Она решила не уходить и ждать меня, а я застрял в Чистилище еще как минимум на девять лет.

— И что тебе нужно от меня? — Господин Аяк шумно отпил из чашки.

— Заставьте ее уйти, прикажите!

— Но это абсолютно невозможно, совершенно немыслимо и категорически запрещено. Судьи не могут повлиять на чье-либо решение. Если она так хочет, то ничего не поделаешь. Остается только принять ее выбор. — Господин Аяк пожал плечами и одарил Флинна жалостливым взглядом.

— Неужели ничего нельзя сделать?

— Лично я не могу. — Господин Аяк кинул в рот зеленый леденец, и его глаза тут же поменяли цвет.

Чашка выпала из рук Флинна и с дребезгом разбилась. Как и его надежда. Он проиграл. Во всем. За что бы он ни брался, он во всем терпел поражение. Тотальный неудачник.

Его самобичевание прервал лай, который звучал непонятно откуда: рядом не было ни одной собаки.

— Что это такое? — заинтересовался господин Аяк.

Он допил чай и бросил в рот сразу два леденца. Теперь его левый глаз был оранжевым, а правый бордовым.

— Вы про лай? Может быть, какой-то пес пробрался в Чистилище? — предположил Флинн. В глубине души он надеялся, что это Ферни пришел навестить его.

— Нет, он доносится из твоего кармана, — ответил господин Аяк.

Флинн залез в нагрудный карман куртки и достал темно-фиолетовую визитку Графа Л. Стоглазый пес смотрел на него и громко гавкал.

— О! Почему раньше не сказал, что ты от Графа Л? Это в корне меняет дело!

В разноцветных глазах господина Аяка заплясали лукавые огоньки. Сейчас он выглядел как уличный торгаш, почуявший запах выгодной сделки.

32 ЛИФТ В БЕЗДНУ

Господин Аяк вновь постучал по ступеньке слева от себя. Как и прежде, появилась белая дверца, но на этот раз в углублении находились не сладости и чай, а телефон. Обычный дисковый телефон. Судья снял трубку, набрал номер и стал ждать.

— Алло! Мойра? Алло! Меня кто-нибудь слышит? Алло! Вы там все умерли, что ли? Алло! Ну и связь! Как будто в Лимб пытаюсь дозвониться! — Господин Аяк подул в трубку. — О! Мойра, наконец-то! Будь добра, соедини меня с начальством.

Судья в ожидании ответа напевал себе под нос веселенькую мелодию. Он выудил из кармана пиджака зубочистку и принялся колупаться ею в зубах. Флинн притих. Кому и зачем звонит господин Аяк?

— Шеф, рад вас слышать! — весело крикнул судья в трубку. — Как ваше здоровье? Волосы больше не выпадают? Ну и замечательно! Я вот по какому вопросу: тут ко мне пришел один парень. Неплохой такой парень, знаете ли. Глупый, правда, молодой, но вам это только на руку. Просит оказать одну услугу. Да-да, я знаю, что мы не благотворительная организация, но у него в кармане залаяла визитка Графа Л, представляете? Как тебя зовут, парень? — немного отстранившись от трубки, поинтересовался господин Аяк. — Напомни.

— Флинн Морфо! — выпалил он.

— Несчастного зовут Флинн Морфо. Ф-Л-И-Н-Н, — отчетливо повторил господин Аяк. — Первая буква «Ф», как в слове «филин» или «фортепиано». О какой услуге он просит? — Он прикрыл трубку ладонью и тихо спросил: — Что ты хочешь, парень? Скажи конкретнее.

В голове Флинна всплыла брошенная Хавьером фраза: «Заставь ее забыть о себе!»

— Память, — ответил он. — Я хочу забрать память Кейти обо мне.

— Частичку памяти одной девушки. Нет, не возлюбленной. — Судья посмотрел на свои ногти, подышал на них и потер о пиджак. — То ли сестра, то ли подруга, откровенно говоря, я и сам не разобрался. Угу. Ясно. Понятно. Будет сделано, шеф! — воскликнул он и бросил трубку.

— Что он решил? — с замиранием сердца спросил Флинн.

— Решил, что ты идиот, но ты ему подходишь. Вот только за услугу придется заплатить. — Господин Аяк протянул раскрытую ладонь.

— Но в мире мертвых нет денег, — опешил Флинн.

— Разве? Проверь карманы, — хитро заулыбался господин Аяк.

Флинн зашарил по карманам и все же нашел одну монету: с бабочкой на одной стороне и черепом на другой.

342

— Только учти, что эта вещица, — господин Аяк указал на монету, — олицетворяет твою судьбу. Не кажется ли тебе, что плата за такой пустяк, как кусочек воспоминаний, — слишком велика?

— Я бы все отдал ради счастья Кейти, — сказал Флинн и без всяких возражений отдал золотую монету.

Судья прищурил один глаз, оценивающе разглядывая ее, точно проверял, настоящая ли она, а после спрятал в карман. Он высоко задрал руку и стал ощупывать воздух.

— Где же она? Должна была уже прилететь. А! Вот ты где, негодница! Что? Хотела упорхнуть? — Господин Аяк резко сжал ладонь в кулак, будто поймал муху. — Держи.

Судья протянул ему заколку в форме бабочки. Ту самую, которую когда-то сломал Флинн и вложил в холодные руки Кейти.

— И... это все? — с запинкой проговорил Флинн.

— А ты что ожидал? Фанфары, фейерверки, карнавал? Настоящие чудеса всегда происходят тихо и незаметно, поверь мне, старику.

$$\infty$$

— Ну ты и дурак! Раньше я сомневался, но теперь уверен: ты полный кретин! Как ты мог расплатиться своей судьбой? — лютовал Тайло.

— А ты бы на моем месте поступил иначе? — закинув руки за голову, спросил Флинн.

Забравшись на крышу дома Раскаявшихся, они смотрели на ночное небо.

— Когда начнется? — Флинн заерзал: на черепице было неудобно лежать.

— Скоро. И все же! — не унимался Тайло. — Кому ты отдал свою судьбу?

— Понятия не имею. Только знаю, что он лысеет. Господин Аяк что-то о выпадении волос говорил. Скажу одно: этот кто-то особо не нажился. Моя судьба ничего не стоит.

— Ты даже со мной не посоветовался, а я не кто-нибудь! Я — твой психофор, — прорычал Тайло.

— Уже нет, — отрицательно покачал головой Флинн. — Теперь я в рабстве у какого-то неизвестного дяди.

Он посмотрел на свою руку. Татуировка в виде крыльев птицы — символ связи с психофором — исчезла, как и номера испытаний на запястье. Без них было как-то непривычно.

— Мне будет тебя не хватать, — разоткровенничался Тайло.

— И мне тебя. Передай Коллин привет.

— Сам передашь, — сказал Тайло, надув щеки.

— Не успею, — отозвался Флинн. — Утром я должен прийти в загробный суд, и господин Аяк передаст меня моему новому владельцу.

— Рабовладельческий строй какой-то, — возмутился Тайло.

— Ну, раз он исчез из мира живых, значит, попал сюда, — резонно заметил Флинн. — Сюда же попадает все, что исчезает там. Законы, города, камни, люди. Чем рабство хуже?

— Подозрительно все это.

Флинн вздохнул. Раньше он жалел, что ничего не успел при жизни, а теперь жалел, что так мало успел после нее. Может, он больше не увидит это небо. Кто знает? Пусть оно тоже давно перестало существовать в мире живых, как и сам Флинн, но он будет по нему скучать. И все-таки, как же люди легко привязываются. И как же им тяжело менять что-то, а тем более меняться самим.

— Начинается, — глухо произнес Тайло, смотря куда-то вдаль.

344 Чернильное небо озарили бесчисленные желтые огоньки. Они вереницей взмывали все выше и выше, будто кто-то подул на одуванчик и семена разлетелись по ветру. Воздушные шары один за другим поднимались с площади Ангелов, направляясь в самое счастливое место во вселенной. Туда, где вечно светит ласковое солнце и пахнет свежей листвой, где нет боли и печали, где ждут родные и близкие.

— Кейти на одном из них?

— Да. — Губы Флинна расплылись в улыбке. — Теперь она будет там, где и должна быть, — в стране вечного счастья.

— А что насчет тебя? Будешь ли счастлив ты? — Тайло внимательно посмотрел на Флинна.

— Я уже счастлив, — ответил он, взглядом провожая воздушные шары. — Большего мне и не надо.

Они, не проронив ни слова, просидели на крыше до самого рассвета. Ведь с другом всегда есть о чем помолчать.

Утром Флинну показалось, что небо стало немного ярче. Но в этом не было ничего удивительного, ведь этой ночью его маленькая частичка вернулась домой.

∞

Проводить Флинна пришли Тайло и Коллин. Девочка сразу бросилась к нему.

— Не бойся, все будет хорошо! — сказала она тоненьким голоском.

— Раз ты так говоришь, то я верю. — Флинн погладил ее по голове. — А почему я тебя вижу?

— Нам с Тайло разрешили. Он ведь тоже больше не твой психофор, но ты его все еще видишь. — Коллин нахмурила белесые бровки и шмыгнула носом.

— Не плачь, малышка. — Флинн опустился на одно колено и бережно заключил девчушку в объятия.

— Веди себя хорошо, куда бы ты ни попал, — с видом матери-настоятельницы проговорил Тайло.

— А если я попаду в клетку с монстрами? — ухмыльнулся Флинн, вставая на ноги.

— Бедные монстры, ты же их покусаешь, — подел его Тайло.

— Ничего, я не ядовитый. А вот если ты вонзишь в них зубы — им придется несладко! — засмеялся Флинн, легонько ударив психофора по плечу. — Ты всегда будешь моим лучшим другом. — Он протянул ему руку.

— Лучшим по ту сторону? — сузив глаза, уточнил Тайло.

— По обе, — с улыбкой ответил Флинн.

Тайло крепко пожал ему руку, а потом обнял и похлопал по спине.

— У меня к тебе последняя просьба: поиграй еще раз с Ферни. Вместо меня.

— Хорошо, — пообещал Тайло. — Мы с Коллин навестим его.

— Что ж, мне пора. Пока, Коллин. — Флинн поцеловал девочку в затылок и поднял глаза на друга. — Прощай, Файло.

— До встречи, Тлинн.

$$\infty$$

Внутри здания суда Флинна уже дожидался господин Аяк. Он был не один. Рядом стоял мужчина в черном двубортном пальто. В его руке сияла золотая монета, некогда принадлежавшая Флинну.

— О, господин Морфо, здравствуйте! Вы как раз вовремя! — радостно поприветствовал его господин Аяк. — Если бы здесь был повелитель времени, он бы оценил вашу пунктуальность. Но его, слава творцу, с нами нет. Иначе бы только испортил момент. Эон такой зануда.

Флинн с опаской посмотрел на мужчину в черном пальто. Перед ним стоял Танат — тот, который забрал его из мира живых, хотя и выглядел он немного иначе: более мягкие черты лица, волосы уложены по-другому; но это точно был Господин Смерть! Флинн нутром чувствовал связь между ними: как будто магнит притягивает железо.

«Каждую нашу последующую встречу я буду новым, но ты меня все равно узнаешь», — однажды сказал ему Танат. А еще на мосту он пообещал, что они увидятся намного раньше, чем Флинн предполагал. Смерть умеет держать слово.

— Не пугайся ты так. Это не настоящий Танат, а его очередная тень. — Господин Аяк снисходительно улыбнулся.

— Теперь вы владеете моей судьбой? — Флинн наконец-то обрел дар речи.

— Нет, не я. Отныне Граф Л твой хозяин. Я лишь доставлю тебя к нему, — ответил Танат.

— И зачем я ему нужен? — нетерпеливо спросил Флинн.

— Увидишь. — Танат нажал кнопку на стене.

Только сейчас Флинн заметил, что они стояли у кованой решетки лифта. Насколько ему было известно, в Чистилище существовал лишь один лифт. И вел он в Лимб.

Так вот что с ним собираются сделать! Граф Л говорил, что он присматривает и за миром мертвых тоже. Неужто его сошлют работать в Лимб? Вот же черт! Но деваться некуда. Кейти улетела, как он и хотел. Все честно. Никто же не обещал ему цветочных полей, радуги и единорогов. У всего есть своя цена. Вопрос лишь в том, готов ли ты заплатить ее. Флинн был готов. Его судьба находилась в руках загадочного Графа Л, и раз он решил распорядиться ею таким образом, то так тому и быть.

— Я раньше не замечал этого лифта, хотя неоднократно проходил мимо, — сказал Флинн, чтобы хоть как-то отвлечь себя.

— Его видят только те, кому положено. Занятно, правда? Хочешь спрятать — поставь на самое видное место! — просиял господин Аяк. — Ну и для верности наложи отводящие чары.

Характерный звон оповестил, что лифт прибыл. Танат отодвинул решетку и выжидающе посмотрел на Флинна. Ноги одеревенели, он с трудом сделал шаг. Вслед за ним вошли господин Аяк и Танат.

Стены кабинки отливали золотом. И к чему такая роскошь? Обреченным она не радовала глаз. Танат закрыл решетку и нажал на кнопку. Лифт с мучительным скрипом поехал вниз.

Голова Флинна наполнилась тяжелыми мыслями. Переваривать их было делом затруднительным. Лимб станет его новым домом. Тайло рассказывал, что он похож на бесконечный лабиринт, из которого нет выхода. У него отнимут все счастливые воспоминания и оставят на съедение тьме. И все это будет длиться до тех пор, пока Флинн не растворится в стенах Лимба. Занятная перспектива. Зато он знает, чем будет заниматься ближайшую вечность.

Они ехали долго, невыносимо долго. Флинн подумал, что его личный ад начался здесь и сейчас. Танат молчал, а господин Аяк напевал веселенькую мелодию, перекатываясь с носков на пятки. Флинн достал заколку-бабочку и прицепил к карману на груди, поближе к сердцу.

Когда он окончательно смирился с тем, что произойдет, и мысленно принял неизбежное, лифт наконец-то остановился. Танат отодвинул решетку. Их встретила тьма. Бескрайняя, беспросветная и, казалось, вполне осязаемая тьма. Флинну почудилось, что они прибыли на дно колодца Бесконечности, хотя Тайло бы сказал, что это невозможно.

— Приехали, — равнодушно оповестил Танат.

Голову Флинна посетили две мысли. Первая: тьма улыбалась ему, и вторая (которая отчего-то показалась куда страннее первой): это далеко не конец его истории.

— И что же меня ждет впереди? Лимб?

— Нет, место похуже, — ответил Танат. — Инферсити.

ОГЛАВЛЕНИЕ

Литературно-художественное издание

Грэмм Амелия

МОРФО

Ответственный редактор *К. Фролова*
Выпускающий редактор *К. Тринкунас*
Художественный редактор *А. Андреев*
Технический редактор *Л. Зотова*
Компьютерная верстка *З. Полосухиной*
Корректор *В. Кочкина*

Во внутреннем оформлении использованы иллюстрации:
© Mrs. Opossum, KsanaGraphica, romawka, Svetlana Avv / Shutterstock.com
Используется по лицензии от Shutterstock.com

В оформлении форзаца использована иллюстрация:
© Panu Ruangjan / Shutterstock.com
Используется по лицензии от Shutterstock.com

Страна происхождения: Российская Федерация
Шығарылған елі: Ресей Федерациясы

ООО «Издательство «Эксмо»
123308, Россия, город Москва, улица Зорге, дом 1, строение 1, этаж 20, каб. 2013.
Тел.: 8 (495) 411-68-86.
Home page: www.eksmo.ru E-mail: info@eksmo.ru
Өндіруші: «ЭКСМО» АҚБ Баспасы,
123308, Ресей, қала Мәскеу, Зорге көшесі, 1 үй, 1 ғимарат, 20 қабат, офис 2013 ж.
Тел.: 8 (495) 411-68-86.
Home page: www.eksmo.ru E-mail: info@eksmo.ru.
Тауар белгісі: «Эксмо»
Интернет-магазин : www.book24.ru

Интернет-магазин : www.book24.kz
Интернет-дүкен : www.book24.kz
Импортёр в Республику Казахстан ТОО «РДЦ-Алматы».
Қазақстан Республикасындағы импорттаушы «РДЦ-Алматы» ЖШС.
Дистрибьютор и представитель по приему претензий на продукцию,
в Республике Казахстан: ТОО «РДЦ-Алматы»
Қазақстан Республикасында дистрибьютор және өнім бойынша арыз-талаптарды
қабылдаушының өкілі «РДЦ-Алматы» ЖШС,
Алматы қ., Домбровский көш., 3«а», литер Б, офис 1.
Тел.: 8 (727) 251-59-90/91/92; E-mail: RDC-Almaty@eksmo.kz
Өнімнің жарамдылық мерзімі шектелмеген.
Сертификация туралы ақпарат сайтта: www.eksmo.ru/certification

Сведения о подтверждении соответствия издания согласно законодательству РФ
о техническом регулировании можно получить на сайте Издательства «Эксмо»
www.eksmo.ru/certification
Өндірген мемлекет: Ресей. Сертификация қарастырылмаған

Дата изготовления / Подписано в печать 06.04.2022. Формат 84х108 $^1/_{32}$.
Гарнитура «NewBaskervilleITC». Печать офсетная. Усл. печ. л. 18,48.
Доп. тираж 6000 экз. Заказ 2218/22.

Отпечатано в соответствии с предоставленными материалами
в ООО «ИПК Парето-Принт», 170546, Тверская область,
Промышленная зона Боровлево-1, комплекс №3А, www.pareto-print.ru

book 24.ru | Официальный интернет-магазин издательской группы "ЭКСМО-АСТ"

16+

Москва. ООО «Торговый Дом «Эксмо»
Адрес: 123308, г. Москва, ул. Зорге, д.1, строение 1.
Телефон: +7 (495) 411-50-74.   **E-mail:** reception@eksmo-sale.ru

По вопросам приобретения книг «Эксмо» зарубежными оптовыми
покупателями обращаться в отдел зарубежных продаж ТД «Эксмо»
E-mail: international@eksmo-sale.ru

*International Sales: International wholesale customers should contact
Foreign Sales Department of Trading House «Eksmo» for their orders.*
international@eksmo-sale.ru

По вопросам заказа книг корпоративным клиентам, в том числе в специальном
оформлении, обращаться по тел.: +7 (495) 411-68-59, доб. 2261.
E-mail: **ivanova.ey@eksmo.ru**

Оптовая торговля бумажно-беловыми
и канцелярскими товарами для школы и офиса «Канц-Эксмо»:
Компания «Канц-Эксмо»: 142702, Московская обл., Ленинский р-н, г. Видное-2,
Белокаменное ш., д. 1, а/я 5. Тел./факс: +7 (495) 745-28-87 (многоканальный).
e-mail: **kanc@eksmo-sale.ru**, сайт: www.kanc-eksmo.ru

Филиал «Торгового Дома «Эксмо» в Нижнем Новгороде
Адрес: 603094, г. Нижний Новгород, улица Карпинского, д. 29, бизнес-парк «Грин Плаза»
Телефон: +7 (831) 216-15-91 (92, 93, 94).   **E-mail:** reception@eksmonn.ru

Филиал ООО «Издательство «Эксмо» в Санкт-Петербурге
Адрес: 192029, г. Санкт-Петербург, пр. Обуховской обороны, д. 84, лит. «Е»
Телефон: +7 (812) 365-46-03 / 04.   **E-mail:** server@szko.ru

Филиал ООО «Издательство «Эксмо» в г. Екатеринбурге
Адрес: 620024, г. Екатеринбург, ул. Новинская, д. 2ц
Телефон: +7 (343) 272-72-01 (02/03/04/05/06/08)

Филиал ООО «Издательство «Эксмо» в г. Самаре
Адрес: 443052, г. Самара, пр-т Кирова, д. 75/1, лит. «Е»
Телефон: +7 (846) 207-55-50.   **E-mail:** RDC-samara@mail.ru

Филиал ООО «Издательство «Эксмо» в г. Ростове-на-Дону
Адрес: 344023, г. Ростов-на-Дону, ул. Страны Советов, 44А
Телефон: +7(863) 303-62-10.   **E-mail:** info@rnd.eksmo.ru

Филиал ООО «Издательство «Эксмо» в г. Новосибирске
Адрес: 630015, г. Новосибирск, Комбинатский пер., д. 3
Телефон: +7(383) 289-91-42.   E-mail: eksmo-nsk@yandex.ru

Обособленное подразделение в г. Хабаровске
Фактический адрес: 680000, г. Хабаровск, ул. Фрунзе, 22, оф. 703
Почтовый адрес: 680020, г. Хабаровск, А/Я 1006
Телефон: (4212) 910-120, 910-211.   **E-mail:** eksmo-khv@mail.ru

Республика Беларусь: ООО «ЭКСМО АСТ Си энд Си»
Центр оптово-розничных продаж Cash&Carry в г. Минске
Адрес: 220014, Республика Беларусь, г. Минск, проспект Жукова, 44, пом. 1-17, ТЦ «Outleto»
Телефон: +375 17 251-40-23; +375 44 581-81-92
Режим работы: с 10.00 до 22.00.   **E-mail:** exmoast@yandex.by

Казахстан: «РДЦ Алматы»
Адрес: 050039, г. Алматы, ул. Домбровского, 3А
Телефон: +7 (727) 251-58-12, 251-59-90 (91,92,99).   E-mail: RDC-Almaty@eksmo.kz

**Полный ассортимент продукции ООО «Издательство «Эксмо» можно приобрести в книжных
магазинах «Читай-город» и заказать в интернет-магазине:** www.chitai-gorod.ru.
Телефон единой справочной службы: 8 (800) 444-8-444. Звонок по России бесплатный.

Интернет-магазин ООО «Издательство «Эксмо»
www.book24.ru
Розничная продажа книг с доставкой по всему миру.
Тел.: +7 (495) 745-89-14. E-mail: imarket@eksmo-sale.ru

ПРИСОЕДИНЯЙТЕСЬ К НАМ!

МЫ В СОЦСЕТЯХ:

🆅 eksmo

➕ eksmo.ru

eksmo.ru

ISBN 978-5-04-111956-0

9 785041 119560